关于我变成史莱姆这档事

Regarding Reincarnated to Slime

③

关于我变成史莱姆这档事 ③

Regarding Reincarnated to Slime

Story by Fuse, Illustration by Mitz Vah

[日] 伏濑 / 著
[日] Mitz Vah / 图
程 宏 / 译

时代出版传媒股份有限公司
安徽少年儿童出版社

著作权登记号：皖登字 12181856 号

ⓒ Fuse ⓒ Mitz Vah ⓒ MICRO MAGAZINE
All rights reserved.
Original Japanese edition published in 2014 by MICRO MAGAZINE , Inc
Translation rights in Simplified Chinese Arranged with MICRO MAGAZINE , Inc
本作品中文简体字版由风车影视文化发展株式会社授权安徽少年儿童出版社在中华人民共和国（不含台湾、香港和澳门特别行政区）独家出版发行。

图书在版编目（CIP）数据

关于我变成史莱姆这档事. 3 /（日）伏濑著；（日）Mitz Vah图；程宏译. —合肥：安徽少年儿童出版社，2020.4（2021.12重印）
ISBN 978-7-5707-0650-1

Ⅰ.①关… Ⅱ.①伏… ②M… ③程… Ⅲ.①长篇小说—日本—现代 Ⅳ.①I313.45

中国版本图书馆CIP数据核字（2019）第250827号

GUANYU WO BIANCHENG SHILAIMU ZHEDANGSHI 3
关于我变成史莱姆这档事3

［日］伏 濑 著
［日］Mitz Vah 图
程 宏 译

出 版 人：张 堃	责任编辑：王卫东 张万晖		责任校对：冯劲松
责任印制：郭 玲	版权运作：柳婷婷		

出版发行：时代出版传媒股份有限公司　http://www.press-mart.com
安徽少年儿童出版社　E-mail：ahse1984@163.com
新浪官方微博：http://weibo.com/ahsecbs
（安徽省合肥市翡翠路 1118 号出版传媒广场　邮政编码：230071）
出版部电话：(0551) 63533536（办公室）　63533533（传真）
（如发现印装质量问题，影响阅读，请与本社出版部联系调换）

印　　制：安徽国文彩印有限公司	
开　　本：635 mm × 900 mm　1/16	印张：21.25
版　　次：2020 年 4 月第 1 版	2021 年 12 月第 4 次印刷

ISBN 978-7-5707-0650-1　　　　　　　　　　　　定价：48.00元

版权所有，侵权必究

目录 —— 魔王来袭篇

章节	标题	页码
序章	魔王会谈	1
第一章	国家的名字	30
第二章	魔王来袭	91
第三章	造访者	158
第四章	悄然而至的恶意	224
第五章	暴风大妖涡	268
终章	新的阴谋	317
后记		331

序章

魔王会谈

Regarding Reincarnated to Slime

宽敞豪华的房间。

地上铺着高级地毯，那应该是工匠们耗费数年时间编织而成的奢侈品。

地毯上的桌子是古香木制成的艺术品，散发着怡人的芳香。这是一张巨大的圆桌，坐下十多人绰绰有余。

但如此宽敞的地方却只准备了三张椅子。这些椅子做工精美繁复，连王侯贵族也很难弄到如此奢华的东西。

其中一面墙上装饰着梦幻般的画，精妙的笔触描绘出栩栩如生的幻想生物，它们不时地变换姿势。那真的只是画吗？

那些幻想生物似乎随时都有可能从画中走出来。

据说里面封印着活生生的幻兽。这是描封画，是魔宝道具（Artifact）——至高的美术品。大多都是出自魔界的巨匠毕斯马克之手。

如果卖掉这房间里的任何一样东西，估计能过上十年贵族般的奢华生活。来这房间的客人都会被这一件件追求极致品质的奢侈品所折服。

金钱也是力量。

有钱就能搜购高级魔法武器，也能雇到超一流的佣兵。来这房间的客人应该也能准确地认识到这一点。

展示财力可以打消来客与主人敌对的念头。正是这穷奢极侈的房间的作用。

不过，这种威胁手段对这次应邀而来的客人无效。

序章
魔王会谈

房间的主人是一个五官端正的男性。

他体形修长，有着睿智却又神经质的眼神。

尽管如此，他却有着统领众人的霸气——他是魔王克雷曼。

克雷曼瞥了房间一眼，满意地点点头，坐到其中一张椅子上。

桌上放着一张笑脸面具。克雷曼拿起面具轻抚了一下，然后小心翼翼地收进怀里。

从这一举一动可以看出他死板的一面。

客人马上就到了。

那些客人是和他平起平坐的人——也就是魔王。他们行事全凭个人喜好，克雷曼的目的是款待并操纵他们。

身穿纯白高级礼服的克雷曼取出怀表确认时间。

克雷曼心想时间差不多了，这时——

"哟，克雷曼。格鲁米德那家伙干得怎么样？"

不知从哪儿冒出一个人坐在椅子上。那人搭着脚悠然地靠在椅背上。

那个毫不客气地与克莱曼说话的人身材非常高大，而且肌肉发达。但他动作十分灵敏，没有一丝迟钝笨重的感觉，让人觉得这是一位身经百战的勇士。

那人身上的高级服装穿得不是那么规矩，但一点也不显得邋遢。这种穿法反而彰显出一种野性的风格，展现出一种独特的难以接近的气质。

这随意的口吻和难以接近的气质并不相称，却为他增添了几分男性的魅力。

梳理整齐的短短的金发和精悍的神情十分相配。他锐如鹰眼的目光锁定了克雷曼。

他提防着克雷曼的举动,似乎不信任对方。

"是卡利昂啊,你来得很早嘛。我今天想说的就是那件事。不过,我没想到竟然是你先到。"

听到克雷曼这话,被称作卡利昂的男性耸了耸肩。

"别这么说嘛。淑女出门需要做不少准备。"

卡利昂答完,意味深长地笑了笑。

这名男性——卡利昂正是统领兽人族(Lycanthrope)的王,被称为"狮子王(Beast Master)",是魔王之一。

"哼,淑女啊。有道理,有道理。啊,这个话题似乎应该到此为止。毕竟——"

"毕竟那家伙对坏话很敏感。"

说完,两个魔王互相使了个眼色,一起轻声笑了起来。

等他们笑完之后,房门突然大开,那人似乎已经在门外等了有一会儿。

"你们刚才是在议论我吗?"

一名少女站在那里。

她探出头张望房间里的情况,确认里面只有克雷曼和卡利昂之后,少女提出了那个疑问。

如此稚气的少女出现在魔王们的会谈中实在太不自然了。

她看上去大概是十四五岁。魔人的外表多与实际年龄不符,但即便如此,这副外表也与这场合不搭。

她的右肩上装备着形似龙爪的肩甲。那肩甲稍稍浮起,与肩部有细微的间隙,也不知是什么构造。

最重要的身体部分几乎没有什么遮掩。只有薄薄的布围裙、短裤和抹胸。这身衣服和泳装差不多,也许是为了方便活动吧。

序章
魔王会谈

但最引人注目的是那少女的美貌。

虽然稚气未脱，但她那双大眼睛中却带着强大的意志，闪着青色的光辉。那瞳孔中的强大力量证明了这名少女并非等闲之辈。粉金色（Platina Pink）的头发扎成双马尾在两侧自然下垂，绽放出迷人的光辉。不过，她目空一切的微笑将楚楚可怜的印象一扫而空。

少女挺着胸膛，桀骜不驯的睥睨房间里的两位魔王。

"哟，米莉姆。我们可没议论你啊。我只是觉得你从没迟到过，这次这么晚还真是少见，而且也有点担心。"

"是啊，米莉姆。可我并不担心你。"

卡利昂用豪爽的笑容进行掩饰。

克雷曼耸耸肩，优雅地抿了一口红茶。

这两人知道该如何与米莉姆相处，所以不会乱找借口。他们知道，胡乱找个借口反而会触到米莉姆的逆鳞。所以，他们只是轻描淡写地一句带过。

两名魔王在这名少女面前显得有些紧张。

原因只有一个：与外表相反，这名少女很强。

因为这名楚楚可怜的少女正是唯一的龙魔人（Dragonoid），异名为"破坏暴君（Destroy）"的魔王米莉姆·纳瓦。

米莉姆可爱地用鼻子哼了一声，来回瞪着卡利昂和克雷曼。但这两位魔王仍然没有反应，米莉姆嘟囔了一句："算了。"便往房间里走去。

另一个人跟在米莉姆身后进入了房间。

那是长着鹰翼的有翼族（鹰身人）。

"啊，米莉姆。这房间只有魔王才能进来，随从不许入内。就算是你，也要遵守这项规矩——"

"好久不见啊，克雷曼。我可不是米莉姆的随从哟。虽然来这里并非我的本意，不过只要是魔王就没问题了吧？"

那人的声音听起来有些忧郁。看到预料之外的人物出现，克雷曼皱起了眉头。那人毫无顾忌，丝毫不畏惧克雷曼这个魔王。这名女性看上去文静优雅，但只要看到她散发出的妖气就能知道她没那么简单。

毕竟她也是魔王之一。

"喂喂，芙蕾，你怎么会来这里？"

芙蕾——有翼族（鹰身人）的魔王，人称"天空女王（Sky Queen）"。

她和克雷曼、卡利昂以及米莉姆平起平坐，是这世界的最强者之一。

"你好，卡利昂。你猜得没错。我是和米莉姆说过我没空。"

"哇哈哈哈哈。没关系嘛。我看到芙蕾板着个脸在发呆，所以就叫她来散散心。你没意见吧，克雷曼？"

"嗯，既然是这样——"

米莉姆老是强人所难，克雷曼虽然很意外，但还是答应了。

他没理由直接回绝。而且，这也许是件好事，克雷曼积极地想道。格鲁米德计划失败肯定会引起米莉姆的不快。到时候，芙蕾应该能把她劝住。

想到这里，克雷曼开始酝酿新的计划。

"那就应该立刻准备芙蕾的席位。"

听到米莉姆的催促，克雷曼点了点头。

他勾一下手指就凭空出现了一张椅子。那张椅子和房间里的家具浑然一体，似乎它本来就放在那里。

米莉姆和芙蕾没有一丝意外，毫不犹豫地坐了下来。

序章
魔王会谈

就这样，四位魔王都到齐了。

之后就看"人偶傀儡师（Marionette Master）"克雷曼的本事了。

他最擅长的就是随心所欲地操纵他人。

克雷曼露出淡淡的微笑，开始向其他魔王说明情况。

此刻，魔王会谈开始了。

*

克雷曼全盘托出现状。

他告诉其他魔王，格鲁米德失败并死于某人之手。

"格鲁米德那家伙太心急了。就算维鲁德拉消失，也没必要提前实施计划吧。"

"卡利昂，你说得也对。但维鲁德拉是森林的统治者，他一旦消失就必定会引起骚乱。与其坐视自己培育的种子被人破坏，还不如自己亲自销毁，你说呢？"

卡利昂认同了这话。森林里居住着不少强大的种族，他们无法保证自己的棋子一定能胜出。将作战计划改为专门培养胜率最高的猪头帝（Orc Lord）也不无道理。

但也有魔王不认同这一做法。

"什么？那让猪头帝成为魔王的事怎么样了？"

"米莉姆，你听我说，既然操纵猪头帝的格鲁米德已经死了，那这个计划也就无从谈起。"

克雷曼也为放弃计划感到心痛，不过只要格鲁米德和自己的关系没有暴露就没问题。他现在考虑的是针对猪头帝和那些魔人中活下来的一方制订新的计划，事已至此，这才是最有趣的做法。另外，他认为只要能勾起其他魔王的兴趣，自己就能增加可用的底牌。

关于我变成史莱姆这档事3
Regarding Reincarnated to Slime

卡利昂一直闭着眼睛默默地听着。虽然他也有想法，但他想等克雷曼全部说完再做判断。从这一点也能看出他和性急的米莉姆不同，是个性格谨慎的人。

不过，米莉姆可没想那么远。

"真没劲！都那么久没有新魔王（玩具）诞生了。而且格鲁米德那家伙其实是个只会说大话却不知深浅的无能之辈吗？"

"米莉姆，算啦算啦，你别发那么大的火。克雷曼话还没说完呢。等他说完再发话也不迟吧？"

克雷曼猜得没错，只是知道计划失败，米莉姆便怒不可遏。他本已做好心理准备要费一番功夫才能劝住米莉姆，不过好在芙蕾劝住了她。克雷曼松了一口气。

（幸好米莉姆把芙蕾带来了。）

克雷曼在心里嘟囔了一句，不过脸上仍挂着从容的微笑。

事实上，正如其"破坏暴君"的异名，米莉姆一旦爆发就很难控制住。如果事情发展到那一步，那克雷曼也不得不拿出真本事来应对。可是这样一来就本末倒置了，克雷曼原本的目的是随心所欲地利用其他魔王，而不是和他们对立。

米莉姆的优点是很单纯、容易控制。正因为她的单纯，一旦计划失败的话，克雷曼自己也会吃苦头，这是一柄双刃剑。

这次米莉姆带了芙蕾来当自己的冷却装置，所以会谈比预想的要轻松。

而且最重要的是芙蕾没有参与计划，她也没有半点兴趣，这简直太理想了。如果换作其他魔王，就会要求克雷曼从头开始说明计划，那就太烦人了。从这一点来看，芙蕾来得正好。

"米莉姆，芙蕾说得对。我们先看看这个吧。"

序章
魔王会谈

说完，克雷曼拿出了四颗水晶球。

克雷曼眼中闪着妖异的光芒，想象着其他魔王吃惊的样子，嘴角露出笑意。接着，水晶球中出现了影像，如在窥伺众魔王的反应一般。

和克雷曼的推测一样，看到水晶球中的影像后，其他魔王也显得很感兴趣。特别是最后那个与格鲁米德视线相连的水晶球，所有人都凝视着其中的影像。

"格鲁米德干得不错嘛。竟然留下了这么有趣的节目！"

米莉姆开心的声音在房间中回荡。

他们无法通过这影像判断出猪头帝的情况，可影像中断意味着格鲁米德肯定已经死了。

"原来如此。看来格鲁米德那家伙把事情搞砸，自己也被杀了，和你说的一样。不过，你刚才有意隐瞒了这些魔人的事吧？"

面对卡利昂指出的问题，克雷曼点头承认。

"很有趣吧？因为格鲁米德的死，之后的事也不得而知。不过既然有这些实力堪比高阶魔人的家伙在，那猪头帝应该会被打倒。不过，万一……"

"万一猪头帝活下来了，那他肯定会开始魔王的进化，对吧？"

芙蕾接下了克雷曼的话。她本来不知道这个计划，但她很聪明，估计已经猜出了大概。

（不愧是芙蕾……和那两个头脑简单的武斗派不同，我不能掉以轻心。）

克雷曼把眼睛眯成一条缝观察着芙蕾。虽然从态度上看她似乎对这事没什么兴趣，却若有所思地盯着水晶球。尽管克雷曼无法从这举动中看出芙蕾的想法，但至少可以看出芙蕾已经不再因为被米莉姆硬拉来而对他们的事缺乏兴趣。

（真麻烦。芙蕾似乎有什么烦恼。虽然她之前一直没什么兴趣，但现在似乎有了些想法——）

克雷曼对芙蕾产生了兴趣。

从体系上来看，芙蕾与那些武斗派不同，和克雷曼同属头脑派魔王。所以她是个难以欺骗的对手，克雷曼无法轻松操纵她。

如果芙蕾的烦恼和她的弱点有关的话……

克雷曼静静地在内心深处策划着邪恶的阴谋。

"我们怎么办？谁去确认一下？"

"哇哈哈哈哈！这种事当然要先下手为强吧。"

"米莉姆，你这话什么意思？如果你去的话就不只是调查了吧？"

其他魔王的话打断了克雷曼的思绪。克雷曼暂且放下心里的事，现在必须先商定怎么处理这些魔人。

"各位请冷静。那里是鸠拉大森林，是不可侵犯的领域。"

"啊？我们又没有真正出手，没关系的。我们只是想找出那些魔人，让他们加入我们而已，不是吗？不过如果他们拒绝加入的话，到时候可能会发生不幸的事故。呼哈哈哈哈！！"

"你可不能偷跑啊，卡利昂。虽然你之前一直没有发言，不过你们的打算是催生并控制新魔王吧。既然计划已经失败，那就从那五个魔人之中推一个出来当魔王，并让他服从我们，怎么样？"

"不愧是芙蕾。没想到你能看破我们的计划！"

看来芙蕾轻松看破了克雷曼等人想要催生一个任他们摆布的新魔王的计划。

听到米莉姆的肯定，芙蕾应该已经确信了自己的推测。这样也好。目前为止，事情还在克雷曼的预料之内。因为从芙蕾加入今天

序章
魔王会谈

的会谈之时起，克雷曼就已经猜到了这个结果。

米莉姆是个藏不住事的人，所以这件事是瞒不住的。

"调查是必要的。虽然不能按卡利昂说的做，但他们确实有可能不配合。另外，万一赢的是猪头帝，我们也可能控制不了他，毕竟他的养父格鲁米德已经死了。"

克雷曼叮嘱其他魔王不能偷跑。

听到克雷曼的话，其他魔王也认为确实有必要调查。

或者是猪头帝，或者是那些魔人——无论是哪一方，这一战的胜者的实力应该会提升。如果能顺利控制住胜者当然最好，但胡乱出手，失去自己的棋子就弄巧成拙了。

这次行动必须要以准魔王级魔物已经出现为前提进行。就算是这些魔王，也无法保证能轻易将如此强大的魔物纳入自己魔下。如果成功的话，应该能够拉开和其他魔王的差距。可是一旦失败也可能会蒙受重大的损失，这一点不得不考虑。

如果生还者擅自以"魔王"自居的话，其他魔王会即刻对其失去兴趣，并实施制裁。可现在还没到那时候。

魔王们互相观察、互相试探……

●

"狮子王"卡利昂思考着，他的心情不错。

卡利昂继承兽人族王国的王位数百年，在扩大势力的大战中活了下来。他如今得到了已故的咒术王和魔王米莉姆的认可，当上了魔王。

尽管卡利昂对打败咒术王的莱昂有想法，却没有愤怒或憎恨之情。因为咒术王的覆灭正是遵循弱肉强食这些铁则的结果。卡利昂没资格抱怨。

而且，莱昂很强。

他成为魔王之后，没有懈怠自身的修行，而且据说他还在拉拢强者。如今已经不能因为他是新魔王就不把这股势力放在眼里。

卡利昂不可能坐视莱昂不断壮大势力。卡利昂自己也是魔王之一，他认为自己必须拥有强大的实力。

他需要不输于任何人的强大实力。

卡利昂追求强大的实力，他需要能保护自己的王国、足以击溃敌对者的实力。

这种想法不是出于他谨慎的性格，单纯只是因为他追求强大的本能。

正因为如此，卡利昂才会这么强。

他不满足于当下的强大，不忘吸收新的力量。

而现在，一件很有吸引力的事摆在卡利昂的面前。

在克雷曼的邀请下，卡利昂参加了魔王会谈以作消遣。

三名魔王的会谈内容有可能是认可新的魔王。如果新魔王对他们三位魔王言听计从的话，与其他魔王相比，他们就能占据绝对优势。

听到克雷曼的说明，卡利昂表示同意。

他这么做是出于诸多考虑，不过最大的理由绝对不是想增加魔王同伴。

魔王间也有纷争。

克雷曼和莱昂不和的事很出名。众所周知，他总是不留证据地

序章
魔王会谈

找莱昂的麻烦。表面的事暂且不谈，他们暗地里总是互相牵制。

所以，卡利昂认为克雷曼不会背叛自己。值不值得信任，另当别论，只要利害一致、能互相利用，就能够形成某种互惠互利的关系。克雷曼还不至于蠢到向与自己合作的魔王出手。这一点对卡利昂来说也一样，所以他们都差不多。

卡利昂觉得另外那两人应该也没必要担心。

芙蕾是鹰身人的女王，估计对这事没兴趣。她只是被米莉姆硬拉来的，从一开始就没有参加计划。

而且她刚才若有所思地注视着水晶球中的影像，似乎有所顾忌。她似乎无意争取新的战力——同伴。

鹰身人本来就是个特殊的种族。在他们统治的地域中，以有翼为尊，是彻头彻尾的阶级社会。无论是多么强大的高阶魔人，只要无法凭借自己的力量飞行，就得不到优待。

水晶球中的那些魔人中似乎只有一个拥有翅膀……卡利昂认为这不值得让芙蕾采取行动。

（而且，让给芙蕾一个人也无妨。不过，前提是他能活下来。）

是的，魔人不止一个。他们还不清楚那些魔人是否战胜了猪头帝。卡利昂推测那些魔人会取得胜利。那么，给芙蕾一个生还者又何妨呢？

最后是米莉姆。

卡利昂想道，自己和克雷曼应该处于利害关系的对立面，那米莉姆又如何呢？

米莉姆虽然既性急又单纯，却是个没有破绽的魔王。

她更加忠实于自己的欲望，决断全凭兴趣，行事全靠感情。

从某种意义上说，她是个难以预测的魔王。

对卡利昂而言，米莉姆看重自己并将自己推荐为魔王，她是自己的恩人……

（不过……这家伙实在难以琢磨……）

卡利昂边想边暗中观察米莉姆。

米莉姆凝视着水晶球，她的神情满是自信。

毫无疑问，对此最感兴趣的人就是米莉姆。

据说这次拥立新魔王的计划是一个名叫格鲁米德的魔人向克雷曼提议的。

这事是真是假都无所谓，只要有趣就够了。

米莉姆应该也是这个想法。米莉姆活了很久，很讨厌无聊。所以一旦出现有趣的事，她就会咬钩，不会起疑。

而且米莉姆的实力可是货真价实的，即便面对的全是阴谋诡计，她也可以凭借自己强大的实力将其打破。

米莉姆人称"破坏暴君"，这位魔王将自己强得离谱的实力化为了权力。

正因为如此，米莉姆才是位思想单纯但行动难以琢磨的魔王。

估计米莉姆的想法很简单，她想亲自前去调查。

因为对方的强大与危险对米莉姆而言都不是大问题。

估计不管在那场战斗中活下来的是谁，只要她看上就会被提为魔王，如果看不上就会被杀掉。

但这次不行。

因为地点不对。鸠拉大森林是不可侵犯的领域，只要踏入这里就会引发问题。即便是米莉姆，也不能任性到和所有魔王对着干。

所以，首先要进行调查。

米莉姆不会考虑增强战斗力之类的事，卡利昂要考虑的只有自

序章
魔王会谈

己和克雷曼之间的利害关系。

在卡利昂看来，克雷曼这个男人会用绅士般的礼貌举止来隐藏自己的真实意图。卡利昂难以看透他的想法，也无法真心地信任他。

这次需要运用智谋。这样一来，米莉姆这个好骗的家伙就不是问题。

芙蕾似乎站在米莉姆那边，所以也没必要考虑。

问题只有克雷曼一人——卡利昂自然而然地得出了这样一个结论。

接下来的问题就是要怎么提出这件事……

卡利昂舔了舔嘴唇，考虑着作战计划。

●

鹰身人女王芙蕾心烦意乱。

事实上，她现在没心思参加这种会谈。

她只是莫名其妙地被米莉姆拖来而已。

"哇哈哈哈哈！你需要去散散心！"

米莉姆不等芙蕾答复就已经决定要把她硬拉来了。当然，也没有征求过其他魔王的意见。

米莉姆对此毫不在意，所以芙蕾再怎么在意也无济于事……

似乎所有人都默契地认为为米莉姆胡闹后的善后是芙蕾的工作，芙蕾可不喜欢这样。

而且，如果是平时就算了，可现在正是情况最坏的时期。

鹰身人巫女预言灾厄将会复活。虽说是预言，但这已成为确定的事实。巫女感受到魔素的流动和空间的扭曲，准确地预测出

关于我变成史莱姆这档事 3
Regarding Reincarnated to Slime

鹰身人天敌——在遥远的过去被勇者封印的灾厄级魔物（Calamity Monster）暴风大妖涡（卡律布狄斯）的复活……

卡律布狄斯是在古代统治天空的大妖。他是天空的暴君，能召唤并使役鲨形魔物翱空巨鲛（Megalodon）。他以漫长的数百年为一个周期，在死亡与重生之间往复。

卡律布狄斯上一次复活是在芙蕾刚成为魔王的时候，她的统治领域（领地）也遭受了不小的损失。后来，勇者担心即便杀了卡律布狄斯，它也会再度复活，于是把它封印在鸠拉大森林的某处……现在那个封印似乎解开了。

芙蕾没想到勇者的封印会被解开，她认为这事应该和维鲁德拉的消失脱不开关系。

卡律布狄斯很特殊，据说它是邪恶意识的结晶体，是破坏欲与魔素（能量）结合产生的一种精神生命体。

在大地上出现大量死者时，它会将那些尸体作为临时肉体复活——这是传说中对它的描述。也就是说，它必须要有肉体作容器才能复活……

（喊，太可恶了。他们竟然想在鸠拉大森林引发骚乱，促使魔王诞生……如果我事先知道的话就能在事情变成那样之前阻止他们……）

芙蕾不清楚具体原因，但她估计米莉姆他们的诡计也是原因之一。想到这里，她就一肚子气。但不管怎么说，她能不能阻止米莉姆也很难说。

事到如今，再说这些也无济于事，于是芙蕾开始思考对策。

就连翱空巨鲛也是 A^- 级的危险魔物。而作为首领的卡律布狄斯的实力更是远在他们之上。它的实力远超 A 级，是名副其实的灾

序章
魔王会谈

厄级魔物。

是的。在人类国家眼中，卡律布狄斯也被指定为 S 级，是足以匹敌魔王的危险魔物。由于它没有自我，只是遵从于本能活动，所以才没被认可为魔王。

尽管这只是人类判定的危险等级，但和芙蕾同等实力的魔物可不是闹着玩的。

卡律布狄斯被视作如此危险的魔物是有理由的。

它的本能很棘手。

它能在天空中遨游，玩弄并杀死盯上的猎物。肚子饿了就会袭击都市，无论是人类还是魔物都是它的食物，是猪头帝无法与之相提并论的凶恶魔物。

鹰身人是天空的统治者，而芙蕾又拥有被称为"天空女王"的实力。她拥有强大的魔力，在空中战斗中的实力超群。她有自信不会输给那些不会飞的家伙。

她可以使用种族特有的固有能力"魔力妨害"，妨碍战斗空域的"飞行系魔法"。光这一点就能让无法靠自身能力飞行的家伙从高空坠落而摔死。

虽然高阶魔物不会因高空坠落而摔死，但如果是人类的话，生存希望将十分渺茫。即便没死，在地面攻击高空目标的手段也很有限。能单方面攻击在地面上蠕行的目标，这种优势不言而喻。

不会飞行的家伙根本构不成威胁。

但卡律布狄斯则另当别论。

"魔力妨害"对数十米的巨大身躯不起作用。更重要的是卡律布狄斯和鹰身人一样也拥有固有能力"魔力妨害"。

飞行能力本是鹰身人的绝对优势，失去这项优势后，鹰身人的战斗力将大幅减弱。所以，卡律布狄斯自然成了鹰身人的天敌。

不过只是一味地祈祷，有损魔王芙蕾的颜面。但正面与之战斗必定会付出惨重的代价，没有相应的决心可不行。

这就是芙蕾的烦恼，也是她无心参加这次会谈的原因。如果魔物没有复活的话，她说不定也会对拥立新魔王的计划产生一些兴趣……

芙蕾注意到水晶球的影像中有一个长着翅膀的魔人。如果那个魔人在战斗中活了下来，并且实力有所增长的话……可芙蕾自己否定了这个想法。

（仅仅是增加一个魔人，很难说能获得多少战斗力。区区高阶魔人可没办法对付魔王级的魔物。就算那人成长为准魔王级的魔物，也不一定愿意提供帮助。真麻烦！不考虑那么多，我直接和他战斗倒是最简单的办法……）

芙蕾想着，忧郁地叹了一口气。

她现在是魔王，是鹰身人的女王，无法亲自上阵。芙蕾有责任保护子民和领土，只考虑如何打胜仗可不行。无论会出现多大的牺牲，芙蕾都不能参加战斗。只有在能确保胜利的情况下，芙蕾才能出战。

只有一个方法可以保证打倒卡律布狄斯。芙蕾收到预测天敌复活的报告之时，立即想到了那个方法。

那就是——

芙蕾偷偷看了米莉姆一眼。

米莉姆兴致勃勃地盯着水晶球。魔王是最强的，但在魔王之中，米莉姆是个特别的存在。

卡利昂和克雷曼并不清楚米莉姆的真实面目。他们被她少女的

序章
魔王会谈

外表所迷惑，没认清她的本质。

虽说大家都是魔王，但实力明显不在一个层次上。

米莉姆·纳瓦和其他魔王不一样。和芙蕾这些新魔王也不同，她是古老的魔王之一。

她是龙魔人，是足以匹敌"龙种"的特S级魔王。"破坏暴君"可不是浪得虚名，据说她曾毁灭过一个王国。

米莉姆也能靠翅膀飞翔，她平时都收着翅膀。她拥有强韧的肉体，不靠魔法就有强得离谱的战斗力。"魔力妨害"当然对她不起作用。

米莉姆也是芙蕾最强大的天敌。

所以，芙蕾才无法违抗米莉姆……

她这次也被米莉姆硬拉了过来。

芙蕾正在苦想应对卡律布狄斯的对策，结果却在这时候被打扰，所以她随意应付着，期待会谈尽早结束。

不过她同时也在想，如果米莉姆愿意帮忙的话，应该能够打倒卡律布狄斯。毕竟"魔力妨害"对米莉姆无效。

可是，这好像很难。

因为魔王间并不是同伴关系，不能轻易请其他魔王帮忙。魔王与魔王间是利用与被利用的关系。

魔王间缔结了互不侵犯条约。这倒不是因为这样无利可图，但是公开敌对，会让其他魔王乘虚而入，风险与回报不成正比。不仅如此，可能还会暴露自身的弱点导致覆灭。

因此，芙蕾没法委托其他魔王帮她打倒魔物。利用米莉姆也不现实。因为米莉姆想要的东西是其他人猜都猜不到的。

有个国家的人民十分尊崇米莉姆，视她为龙之公主，米莉姆庇护着那个国家。那是一个和平富饶却无聊的国家。那个国家没有武装，因为有米莉姆一人就足够了。

人人都知道那个国家受米莉姆的庇护，没人会蠢到去攻击那个国家。

换句话说，米莉姆不仅有财富和名声，而且连下属和同盟国等武装力量都不需要。

（如果能让米莉姆出手的话，问题就能迎刃而解……可是这似乎很难——）

米莉姆想要解闷，但芙蕾之前对此毫无头绪。

可是现在，米莉姆明显对水晶球中的影像很感兴趣。

（如果能利用好这一点的话——说不定能打动米莉姆。不，是利用米莉姆，利用她解决卡律布狄斯。）

芙蕾下定决心，轻轻舒了一口气。

●

克雷曼挂着非常绅士的笑容观察另外三位魔王。

指示格鲁米德实行计划的就是克雷曼。当然，这事一旦暴露会对克雷曼很不利。不过，现在已经没必要担心了。因为从格鲁米德死亡的那一刻起，证据就已经毁灭了。

卡利昂似乎怀疑克雷曼与此有关，幸好以他的性格不会乱说话，所以可以放心。

芙蕾倒是有点让人不放心，但她没有证据，所以总有办法敷衍过去。

其他魔王也能从中获利，大家是一根绳上的蚂蚱。虽然计划以

序章
魔王会谈

失败告终，却没有决定性的损失。

克雷曼把过去的事放到一边，开始酝酿新的计划。

克雷曼打算调查那些生还者，谨慎地谋划着如何才能将自己的利益最大化。

和他计划的一样，这事引起了其他魔王的兴趣。

其实对克雷曼而言，那些生还的魔人根本无关紧要，只要他们能钓到其他魔王就行。

生还者会成长为准魔王级的魔物，如果能将他们纳入麾下确实会增加自己的战斗力。要增强战斗力，克雷曼还有别的门路。毕竟，只要肯花钱，多少佣兵都能得到。培养完全受自己控制的魔王倒是另当别论，克雷曼并不需要那些只是稍微有点实力的高阶魔人。

克雷曼权衡得失之后，改变了初衷。他决定卖米莉姆和卡利昂一个人情，博取这两位魔王的信任。

这样一来，今后如果有什么事的话，他们也会帮自己一把……

（米莉姆和卡利昂和我想的一样，有喜欢强者的癖好。他们顺利咬钩了。芙蕾倒是在我的计划之外。她似乎有烦心事，如果顺利的话，也许可以抓住她的弱点。去调查一番应该也很有趣。）

这意想不到的结果令克雷曼在心中窃笑。他原本只是想卖米莉姆和卡利昂一个人情，结果现在还有机会抓住芙蕾的弱点。

只要能够随意操纵一位魔王，那失去猪头帝这颗棋子也很划算。

米莉姆和卡利昂两人虽然没有破绽，但个性十分单纯。他们强大的武力不容置疑。魔王们都倾向于隐藏自身的实力，只有米莉姆和卡利昂两人反而会炫耀自己的武力。

这两位是一心追求武力的魔王，博得他们的信任不会有坏处。

在所有魔王齐聚的魔王飨宴（Walpurgis）上保证包括自己在内

三张票，意义重大。如果能加上芙蕾的话，克雷曼就能够决定几乎所有的议案。

（呼呼呼，太棒了！虽然与最初的计划不同，但现在的情况非常理想。虽然把猪头帝变成受我控制的人偶，让他成为傀儡魔王也很有趣……但现在这样也不错。如果顺利的话，就能把芙蕾——）

克雷曼憋住了狂笑的冲动。接下来就是展现自己这个"人偶傀儡师"手段的时候。

首先是芙蕾，然后是米莉姆和卡利昂……

克雷曼心想自己终于能够控制魔王飨宴，从而掌控世上的一切了。

鸠拉大森林是不可侵犯的领域，魔王不能光明正大地派遣调查团前往。必须要雇用格鲁米德这种不属于任何魔王阵营的自由高阶魔人，而且必须要谨慎地隐藏两人的关系。

这种暗地里的交易是克雷曼的专长，并不适合米莉姆和卡利昂。所以在分工时，控制格鲁米德的工作就交给了克雷曼。

这次也一样。虽然米莉姆对这事非常感兴趣，但调查应该是克雷曼的工作。

现在鸠拉大森林中的情况还不明朗，所以克雷曼认为调查工作非自己莫属。

（如果可能的话就先控制她，能帮我刺探米莉姆和卡利昂的情况也好——这就有趣了。）

克雷曼挂着淡淡的笑容想着。

他知道不能太贪心，根据事态的发展也不是不可能。

抓住芙蕾的弱点是第一要务，如果可能的话，也要掌握调查鸠拉大森林的主导权。

序章
魔王会谈

克雷曼定下方针，从容地观察其他魔王的神色。

●

魔王米莉姆·纳瓦是个适合粉金色双马尾的美少女，她想着：如果交给这些呆瓜，他们一定会把这难得的玩具给糟蹋了。毕竟这些家伙只是刚出生的雏儿，他们看不透事物的本质。现在必须由冷酷、聪慧的我来带头才行。

米莉姆是最古老的魔王，她想用自己这份从容指引那些只有数百年经验的年轻魔王。

看上去最为年幼的米莉姆才是最老奸巨猾的魔王。虽然很讽刺，但这是不争的事实。稍加思索之后，唯一一个龙魔人兼最古老的魔王之一米莉姆威严地开口了。

"好！那我现在就去和生还者进行交涉吧。"

米莉姆慌忙地向其他人提议道，一副急不可耐的样子。

听到她的话，其他魔王沉默了。

这也难怪。魔王们签订了不可侵犯鸠拉大森林的条约，没有任何准备就直接进去怎么行。米莉姆竟然提出立刻进入森林，这事连讨论的意义都没有。

"我说米莉姆……我们签订了不可侵犯条约，不能这么做吧？"

"是啊。你怎么突然说这个？"

"米莉姆，请你冷静一下。我会去调查清楚的，请你先等一等。"

另外三人慌忙劝道，米莉姆微笑着忽略了他们的话。

认识米莉姆的魔物有一个共识，她是一个"连脑子里都塞满肌肉的家伙"，也就是"肌肉脑袋"。但事实并非如此。米莉姆只是因为性急才会给人这种印象,其实她非常有智慧。

米莉姆能够看透事物的本质,并且思路十分清晰。而且她经常在一瞬间就得出结论并直接采取行动,所以她显得很没有远见。可以说米莉姆是魔王之中数一数二的天才,但现实很可悲,注意到这一点的人少之又少。不仅如此,别人都以为米莉姆是最心急、最单纯的魔王。

米莉姆不顾他人的看法,自信地挺着胸直言不讳地说出了自己的想法。

"不可侵犯条约,那又怎么样?我们当即废除这个条约就行了。这里有四个魔王,这事很简单吧?"米莉姆带着轻蔑的笑容肯定地说道。

听到这话,其他魔王无言以对。

他们顿时恍然大悟,开始探讨米莉姆的提议。接着,他们明白这完全有可能实现。他们虽然想反驳,但找不到理由。这一瞬间,各人心中的计划都被米莉姆这一句话给打乱了。

可是这状况正中卡利昂的下怀,他之前一直在考虑要用什么托词介入调查。

"有道理。如果我们联名发出将条约作废的宣告,只要不让有异议的人提出反对的话……我赞成这个提议。"

卡利昂赞同米莉姆意见。这样一来,就可以光明正大地派部下去鸠拉大森林,卡利昂自然没什么不满。

"我也赞成废弃条约。我的领土原本就和鸠拉大森林接壤,不可侵犯条约挺碍事的。"芙蕾也没有异议。

芙蕾的目的是利用米莉姆,所以就算是为了博取米莉姆的好感,她也应该要赞同。而且鸠拉大森林中食物丰富,应该能成为芙蕾这

序章
魔王会谈

些可爱的姑娘们的狩猎场。

虽然可能会和森林的管理者产生摩擦，但等真正发生了再说也不迟。

得到卡利昂和芙蕾的赞同后，米莉姆满意地点点头。

"不过这事会顺利吗？其他魔王会轻易答应吗？"克雷曼对米莉姆提出了自己的疑问。

引起米莉姆的不快可不是个好主意，但克雷曼也不能轻易赞同这件事。

虽然不是非调查不可，但他可不想之后被其他魔王责难。

只要有四人赞成，这个提议就一定能通过。这数百年来鸠拉大森林一直受不可侵犯条约的保护，这项条约似乎不能说废弃就废弃。

（如果能够如此轻易地废弃，那我就没必要在暗中下那么大力气了。应该有某种原因——难道是因为维鲁德拉已经消失了？）

在克雷曼想到这个原因的同时，米莉姆用满意的微笑表示肯定。

"嗯？看来你注意到了。没错。正因为那座森林是那个麻烦家伙的地盘，我们才会定下不可侵犯条约。鸠拉大森林的不可侵犯条约是在约三百年前，那家伙——'暴风龙'维鲁德拉被封印之时缔结的，因为'难得那家伙被封印住，我们不能解开封印'。你们刚好是在那时候成为魔王的，所以不知道也正常。我记得提出这项提议的是——"米莉姆饶有兴致地回想着当时的情景。

克雷曼对米莉姆的话置若罔闻，但他终于明白了一件事。

维鲁德拉是问题的关键。既然他已经消失，那应该不会有魔王提出异议。就算有异议，也要得到三名以上的魔王同意才能在魔王会议上审议。

（这事按照米莉姆的提议来也没有问题。）

克雷曼不再多想，当即同意了米莉姆的提议。

　　"既然这样，那我不反对。我们尽快派调查部队去鸠拉大森林吧。"

　　"喂喂，克雷曼，关于这事，我们是互相协作，还是按米莉姆说的先下手为强？"卡利昂带着狰狞的笑容问克雷曼。

　　没等克雷曼回答，芙蕾便开口了。

　　"话说，我觉得……大家各自派出部下，让他们竞争怎么样？如果有必要，我也可以派姑娘们去……我们在这里争论是不是太没意思了？"芙蕾无精打采地说道。

　　这次行动的目的是增强战斗力，如果因此导致不和，就本末倒置了。芙蕾的意见很有道理。

　　有那么一瞬间，另外三位魔王僵住了。他们各有各的想法，单独行动比共同作战更方便。如果采取竞争的形式就不需要配合对方，可以说是最理想的。

　　魔王们观察着其他人的神色，互相点了点头。

　　"哇哈哈哈哈！那就先到先得，谁都不要有怨言！"

　　"好。那就不搞什么慢吞吞的调查了。我们既不妨碍他人，也不协作，怎么样？"

　　"那就没办法了。虽然还不清楚生还者的情况，但这样也行。而且一切后果都要自行承担。"

　　就这样，魔王们决定各自挑选部下，单独进入鸠拉大森林。

　　"那我们就要竞争了，不过严禁对他人出手。说定了哟！"

　　"嗯，我明白了。我保证不会妨碍你们。"

　　"好啊。我也以'狮子王'的名义做出保证。"

　　"好的，米莉姆。我克雷曼不会违背约定。"

序章
魔王会谈

"好！那就说定了，协议就此成立。那么，我们赶紧废除鸠拉大森林的不可侵犯条约吧。"米莉姆满意地点点头，宣布协议成立。

就这样，四位魔王达成协议，禁止对另外三方出手。

之后，四位魔王迅速联名秘密通知其他魔王废除鸠拉大森林的不可侵犯条约。鸠拉大森林就此失去了中立性，这里成了魔王们进行战争游戏的舞台之一。

米莉姆刚宣布完便慌忙飞了出去。

"那我就出发了！"

她的速度非常快，等人消失之后，这句话才传入其他人耳中。

米莉姆离去之后的会议室中，芙蕾目瞪口呆地嘟囔道："她就这么把我丢下了……她总是这么任性。"

卡利昂笑着耸耸肩，表示赞同。

克雷曼一言不发地苦笑着——

"不过，既然鸠拉大森林的不可侵犯条约已经失效，那是不是需要一个新的统治者呢？"

克雷曼低声说着，似乎突然想到了这件事。

卡利昂和芙蕾也用各自的想法回应他的话。

"既然这样，我去统治那一带也无妨哟。"

"我看之前就是因为考虑到有人会说这种话，所以才会缔结不可侵犯条约。"

"哈哈哈哈，别这么说嘛。如果调查发现生还的家伙已经成长为准魔王的话，我可能会认同那家伙统治森林。这样一来，我们最初催生傀儡魔王的计划就能复活了。"

"你说得也有道理。"

"应该还有人想夺取森林的霸权，我们还是尽快行动吧。"

最终，魔王们决定学习米莉姆直接开始行动，既不调查也不制订计划。

卡利昂带着愉快的笑容发动元素魔法"据点移动（Warp Portal）"返回到自己的领土。

继卡利昂之后，芙蕾也离开了。

留下克雷曼一人带着淡淡的笑容盘算今后的计划。

"米莉姆和卡利昂，还有芙蕾，那么……"

克雷曼独自描绘着愉快的梦想……

就这样——利姆鲁他们居住的城镇即将面临新的威胁。

设计草图

克雷曼

卡利昂

芙蘭

第一章

国家的名字

Regarding Reincarnated to Slime

第一章
国家的名字

矮人王盖泽尔·多瓦贡想起暗部的报告，沉思了很久。

他命令暗部监视自己在意的那只魔物（史莱姆），可是报告的内容太荒唐、太难以置信了。

一群魔物正在建设大规模城镇。

报告的第一句话令盖泽尔国王感到极为混乱。

国王一度以为这是句玩笑话，但暗部不可能开玩笑。国王相信暗部会清晰地阐述事实，他静下心来往下看……

报告书在后面这样写道。

大群猪头族（半兽人）开始作乱。其数量约二十万。

森林中强大的大鬼族已经灭亡。

蜥蜴人族正在备战，增强军备。

已确认猪头帝的存在，推测其危险程度为 A 级。

鸠拉大森林将有一场不可避免的决战。推测其综合危险程度相当于特 A 级。

这是前些天收到的报告。

这些报告是派往各地的暗部成员通过魔法传回的调查成果。

国王派出暗部去监视谜之史莱姆，他们目睹了一群正在建设城镇的魔物。

而且在观察城镇中的魔物时，暗部注意到森林有异变。

在得到盖泽尔国王的应允之后，暗部增派人手并分头前往各地进行调查。

其结果就是这份报告书中的内容。

猪头帝的诞生不容忽视，盖泽尔国王当即宣布发生紧急事态。

他担心的不只是猪头帝。视森林中决战的结果，战火很可能会烧到这个矮人王国。他知道一旦遭到二十万半兽人大军的攻击，国家将面临存亡危机。根据暗部的报告来看，矮人王国不在半兽人的进攻路线上，但盖泽尔国王一点也不乐观。

盖泽尔国王下旨召集天翔骑士团（Pegasus Knights）。

这些骑士拥有矮人工匠制造的顶级装备，骑着天马（Pegasus）。骑士与天马人马一体，战斗力相当于 A 级，总数有五百名，是武装国多瓦贡引以为傲的最强骑士团。

最坏的情况下也可以让王牌部队天翔骑士团争取时间，让本国军队做好准备。即便是武装国家出动军队也需要时间，这是只有盖泽尔国王才能施行的拖延计策。

武装国多瓦贡迅速进入战时状态，静静地为战争做准备。

时间非常紧张，盖泽尔国王等待着后续报告。

这时，盖泽尔国王翘首以盼的报告送到了——

——因数名高阶魔人参战，战争终结。

因我方的监视被发现并遭到阻挠，详情不明。

推测那些魔人是那只史莱姆的部下。

附言：为以万全的准备执行任务，请求更换最高级别装备。

第一章
国家的名字

  盖泽尔国王将报告伸到蜡烛上烧毁了。
  "国王,暗部怎么说?"
  盖泽尔国王闭上眼睛正要整理思绪,这时骑士团长说话了。
  "危机似乎已经过去了。暗部说战争结束了。"
  "什么?"
  骑士团长吃惊地叫出声来,天翔骑士也一片哗然。
  "等等。我也一时无法相信。"
  听到国王的话,那些骑士也恢复了冷静,毕恭毕敬地站着。
  据暗部回报,其中一个魔人发现了矮人的监视网。
  暗部擅长隐形法,很难相信他们会被发现,他们勉勉强强甩开了追踪。但暗部长官判断继续接近会有危险,于是发回报告请求提高对方的危险等级,并申请解除装备限制。
  确实有必要进一步调查。
  看来等战斗的事完全过去之后,有必要让暗部再次进行调查。
  "后续命令如下。天翔骑士保持战时状态待命。其他军队降低警戒等级,转入备战状态,防备紧急事态。"盖泽尔国王下达了命令。
  "遵命!!"
  战争能在鸠拉大森林终结固然值得高兴,但盖泽尔国王认为立即放松警惕十分危险。他同意了暗部的请求,并命令暗部继续调查详情。

*

  三个月之后……
  王国的首脑层齐聚谒见间等候王的命令。

暗部的调查全部结束了。

这几天，他们夜以继日地围绕调查结果开会讨论，现在终于要有结果了。

目前，因森林魔物的活动增加而造成的损失比预想的要小。

森林周边情况稳定，很难让人相信森林出现过一场骚乱。

尽管魔物数量确实比维鲁德拉存在期间有所增加，但与过去多年相比没多大差异。之前预计的损失至少比现在高一倍。

可以肯定有某种原因使森林的治安得以维持。

调查结果显示这可能与那只史莱姆有关。

还有，这次半兽人军队的作乱与平息、谜之高阶魔人的存在、已确认森林中有强到能够发现暗部监视的人。

根据调查结果，那二十万半兽人大军分散至各地，不再作乱。而且那些半兽人都进化成猪人族（高等半兽人），这一异常事态已经超出了盖泽尔国王的理解范畴。

而且据称那只史莱姆建设的城镇中居住的多为子鬼族（哥布林）进化后的人鬼族（大型哥布林），那只史莱姆肯定和这一系列进化有关。

（这事不能置之不理。他的危险程度何止是特A级，搞不好已经达到了S级——）

接到这份报告后，盖泽尔国王下定决心。

这事有可能危及国家安全，自己身为国王不能坐以待毙。

危险程度是依据造成损害的规模计算的。

特S级——被称为天灾级（Catastrophe）。部分魔王及"龙种"属于此列。单凭一国之力无法应对，人类需要摒弃国家间的隔阂，

第一章
国家的名字

同心协力，才有生存的希望。

S级——被称为灾祸级（Disaster）。通常是指魔王。小国无法应对，大国要倾举国之力才能应对。

特A级——被称为灾厄级（Calamity）。该等级的高阶魔人或高阶恶魔能通过阴谋诡计颠覆一个国家。

A级——被称为灾害级（Hazard）。很可能会对城镇造成极大的破坏。

虽然这只是大致的区分，但这一标准已被广泛采纳用于统一评估魔物等级。

暗部认定其危险程度为特A级。

猪头帝个体的危险程度为A级。这确实是个不容忽视的危险魔物，但只要派出多名天翔骑士就能将其击败。

不过如果半兽人军队继续作乱，如雪崩般淹没城镇的话，损害程度将不堪设想。小国可能会无力应对，最终被彻底吞没。没人能保证半兽人不会将矛头指向矮人的城镇。好在他们运气不错，这件事已经解决了。即便从这个角度来看，特A级的判断也不会错。

但问题不在这里。

平息这场危机的人才是问题的关键。

暗部的人有相当于A级的高超实力，却有高阶魔人可以看穿他们的隐形法。目测还有几个魔物实力与那个高阶魔人相当。问题就是率领这些魔物并促使魔物进化的人。

会议得出结论，搞清这个人物的真实面目才是最重要的问题。

（这次的事如果处置不当，可能会导致灭国。）

既然如此，就有必要亲自去摸清情况。

盖泽尔国王得出了这一结论。

谒见间陷入一片静寂。

众人咽了咽唾沫等待国王发话。

盖泽尔国王睥睨着那些热切地注视着自己的人，开口道："我有必要亲自去见他。"

盖泽尔庄严地向等候命令的众人宣布。

谒见间中的首脑层显得有些动摇，但所有人都默不作声。

他们知道国王的话就是定论，不容否定。

"那我陪您一起去吧。"

"这事可不能交给你一人，我也要同行。"

"呼呼呼呼呼，好久没有出门了，出去走一趟好像也不错。"

"那么——各位的安全就交给天翔骑士团——"

说话者分别是：

暗部的首领（暗夜刺客），美女安莉耶塔。

军部的最高司令官（统御圣骑），潘。

宫廷魔导师（弧光魔导），老婆婆珍。

国王直属的天翔骑士团团长，德鲁夫。

他们是武装国多瓦贡的最强战斗力。

盖泽尔将与所有同伴共同离开王国，这是他成为英雄王之后首次面临如此严重的事态。

对方到底是正是邪？

"虽然我想避免与之为敌，但如果能断定对方是邪恶之徒，那必须将灾厄扼杀在萌芽状态。"盖泽尔国王想道。

无论如何都不能留下祸根。

第一章
国家的名字

国王做出决断，开始行动。

●

城镇建得比我预想得更漂亮。

由于是从零开始进行区域建设，所以街道被规划得井井有条。

这些全拜我的努力所赐。话虽这么说，但其实我只是动动嘴而已……

房子像棋盘一样四四方方地排列着，可能会让方向感很差的人感到头疼。但现在也管不了这事。

我的关注点是厕所、用水、防虫以及澡堂。

我已经习惯了以前的生活水平，没必要去适应异世界的生活。因为从魔物的文明程度就能推测人类的状况。我从一开始就无视了这一切，完全按照自己的想法来制订计划。

自上下水道完备之时起，我就有了这一构想——事实上，城镇的建设比我设想得更完美。

首先是厕所和用水问题。

最初是用木头制作马桶座，但无法使用，所以我们尝试用其他方法。

蹲式厕所姑且不论，木制马桶很难打扫。

马桶的臭味无法清除，要是疏于清洁，还会腐烂。

不，只要交代魔物们不能疏于清洁，他们就会照做。从耐久度的角度考虑木头很不适合做马桶，于是驳回了这个方案。

钢铁等金属不在考虑范围之内。这些资源本来就很少，我们不能这么奢侈。

因此，我决定选用与我记忆中的陶器近似的材料来制作马桶。

这时候，"思维传递"就派上了用场。这项能力可以对任何人使用，因此在沟通时非常有用。

有了它，我就可以把自己的想法原封不动地传达给他人，因此他人也很容易想象出实物。

这项能力能将自己的想象（印象）传达给他人，因此可以准确无误地将难以用画和语言表述的事物告诉他人。

之后就轮到那些矮人工匠出场了。

据说在这个世界有陶器日用品流通，所以要重现陶器马桶比较简单。

我们从森林各地采来土样，严格挑选合适的泥土，并用我准备的窑炉进行烧制。这一阶段似乎经历过多次失败再调整，不过只要成功一次之后就简单了。没多久，他们就按照我的记忆重现了马桶。

我不禁感慨，矮人真不愧是制造专家。

不过，接下来的事才让我吃惊。

我把拧开水龙头就能出水的供水系统也告诉了他们，但我觉得这个难度太大，于是就放弃了。

据说有种装置能用高品质的水系魔石从空气中汲取水分，不过这种装置非常昂贵，而且体积很大。另外，更换魔石非常费钱，只有部分大富豪才有这种设备。

当然，不会有人蠢到将如此昂贵的装置用于抽水马桶，所以就连矮人也没见过抽水马桶之类的东西。

这世界的文明程度不高，矮人王国采用的旱厕已是最新式的厕所，自然没人见过抽水马桶。

据说"异世界人"的知识已在这世界流传，上水道的开发已经

第一章
国家的名字

完成。因为预算问题，所以这套系统没有被接受。

仔细想想，重新铺设上水道和下水道需要的预算高得吓人。虽然很方便，但也不能说换就换，估计国家计划花数十年慢慢推广这一系统。

我们这座城镇的情况不同。整座城镇都是从零开始，而且由我负责管理。城市开发可以全凭我的想法来。

既然连上水道的铺设都已经完成，凭那些矮人的知识，后面铺设供水管道的工作就没难度了。

要像我原来的世界的水管那样保持水压就太难了，所以我们利用了重力。构造和公寓等房子中使用的房顶水塔差不多。

由于没有高压泵，所以需要用人力给设在屋顶的蓄水槽装水，但对魔物而言，这费不了多大力气。因为拥有"胃"或"收纳空间"的魔物可以毫不费力地把水运上去。

但只有中央的设施才有这种最新式构造。

各家各户需要自行从井里打水。取水点和厕所设有小型蓄水槽，只要及时补充就行。

需要派专人每周净化各取水点，我的设想已经大致实现了。

凯金和米鲁特联手，果然不同凡响。

我之前太小看矮人工匠了，应该把我想到的一切都告诉他们。

我本以为建造排水系统是今后的问题，但矮人们轻而易举地实现了。

之后，我让魔物们严格保证取水点的清洁，并养成洗手的习惯。

我不清楚魔物会不会受细菌影响，也许只是无用功，仅仅为了以防万一。

我记得凯金说过冒险者会在初期寻找会用生活魔法"状态清洁

（Clean Wash）"的伙伴。看来卫生管理是个重要问题，这个问题得不到解决就无法出门。

　　魔法可以解决长途旅行的卫生问题，不过效果和安慰剂差不多。

　　哥布林中也有会生活魔法"状态清洁（Clean Wash）"的人，所以魔物应该也会生病。

　　就这样，我们建成了超越世界水准的文明都市。居民需要水时，只要拧开水龙头就行，甚至连我理想中的抽水马桶都有。

　　接着是防虫。

　　我们的城镇在森林之中，虫子自然少不了。如果不加以防范，光是蚊虫蜇咬就能让我们吃够苦头。我倒是没问题，但那些大型哥布林会很痛苦。

　　而且，蚊虫的可怕之处是它们会成为传播疾病的媒介。

　　如果放任蚊虫散播未知病原菌的话，无论多注意卫生都没有意义。尽管清洁的环境可以减少蚊虫大量滋生，但无法防止外来的蚊虫。因此必须采取防虫对策。

　　我最先想到的办法是安装纱窗。

　　这座城镇的房子都是用天然材料修建的日式木屋。因此，必须防止蚊虫从缝隙进入。

　　我让他们将蜘蛛丝做成材料，用以制作纱窗。

　　最后得到了意想不到的收获，用蜘蛛丝制作的装置为房子提供了额外的御敌效果。别说是虫子，就连低级魔物都难以突破。

　　据说人类城镇中有防虫结界，不过这是以城镇为单位的结界设施。要在每家每户设置应该要花不少钱，估计各个家庭也没有财力维持结界。

第一章
国家的名字

我们这里的每座房子都有御敌设施,这么想来,说不定这座城镇有些与众不同,但这事我就管不了了。

最后是澡堂。

文明自然与澡堂有着斩不断的联系。

我们的住房在城镇的中心位置,这里有从遥远的火山地带引来的温泉,随时都能泡澡。

是我和苍影一起用"潜影移动"布下了管道。影子空间有隔热的效果,所以能够保持温泉的温度。拜此所赐,我们随时都有温度适中的温泉水。

我把浴池交给那些矮人负责,他们用大理石造了一个绝妙的浴池。大浴场可以同时容纳十多人,这里十分舒适,简直可以用奢侈来形容。

这是我亲自指挥建造的,所以效果自然特别令我满意。

浴池分为男用、女用两部分,所以我们可以尽情泡澡,不用担心时间问题,这一点也非常棒。似乎有人以为会是混浴,这想法太天真了。

我朝思暮想的澡堂完成了,这时却出现了问题。

给每家每户安设浴缸倒是不难,但布管就无能为力了。虽然可以从主管道中引出分支,但不可能把所有管道都铺设在影子空间中。

估计之后还会新建很多房子,到时候我和苍影一一去铺设管道太不现实了。

不用说都知道这样太麻烦了。

今后如果有人实在喜欢澡堂,无论如何都想将温泉引入自己家的话,就努力去学"潜影移动"吧。我事不关己地想道。

虽然我放弃了推广温泉，但估计魔物们在寒冬很难熬，为此需要想出一个能将水烧热的办法。

连这种小事都要考虑是因为燃料问题。

那些哥布林此前几乎不懂如何烹饪，很少有机会用火，最多就是烤肉的时候用一下火。高等半兽人加入后，城镇人口激增，用火的人也大幅增加。

现在使用木片等废弃材料便绰绰有余，但这不是长久之计。而且砍伐森林中的树木做燃料需要消耗大量劳力。

我们现在无暇保障燃料资源，就算是为了合理使用资源也有必要进行调查。

我认为魔物们有随意用火的问题，缺乏统筹规划。

这时候需要矮人三兄弟的老二特鲁特大显身手。

特鲁特一直在进行染色和制作小物件的工作，有空的时候还会给大家分发装备。我委托特鲁特用他擅长的"刻印魔法"制作道具。

这类道具一般叫"魔道具"，和昂贵的"魔法道具"不同，这是为平民准备的道具。

魔道具使用一种名叫魔石的东西作燃料。从魔物的核中能取得"魔晶石"，将其提取、加工之后就是魔石。魔石是人类用精灵工艺加工而成的，极少有天然形成的。

用纯度较高的"魔晶石"提取出的魔石，加工魔道具的效率更高，但只有实力接近A级的危险魔物才拥有"魔晶石"。

在这现状下，能弄到魔石的手段非常有限。加工魔石必须要有大型工厂设备，只有中央本部的自由组合才能加工。

自由组合讨伐魔物时偶尔能得到"魔晶石"，各支部会收集并将其送往中央。据说中央会根据提供"魔晶石"的数量决定各支部

第一章
国家的名字

支持经费的多寡。这就是魔石的完整供应链。冒险者狩猎魔物不仅是为了防止损失，也有盈利的目的。

矮人们为我讲解了魔石的事，这一体系似乎很不错。

"我们可以建造那种工厂吗？"

"老爷，不行不行。那实在太不现实了……"

其实我也是猜到了，但还是想确认一下。

这么说来，想要魔石就只能去买……

"说明。通过魔物的核直接利用魔素（能力）就能解决该问题。刻印的修正术式为……"

这时，我的"大贤者"提出了一个令人惊叹的手段。

原来能解决啊，原来是这样……我吃惊地把这个方法告诉特鲁特，特鲁特半信半疑地试制了道具。

"只要改变这部分的刻印就行了？"

"嗯。似乎这样就行。"

"似乎……老爷你……"

"哈哈哈，没事的。你放心好了。"

看到特鲁特满脸不信任，我笑着敷衍道。

我让特鲁特做了一个淋浴器，并把刻印刻在手柄上。只要握住手柄就能发动魔法，起到暖水的效果。虽然会消耗使用者的魔力，但魔素（能量）消耗量与生活魔法无异，有魔力的人应该都能使用。魔物可以轻松使用的划时代魔道具诞生了。

一般来说，这个用于冲澡就行，如果喜欢的话，也可以用来给浴缸里的水加热。浴缸中也有用于调节温度的刻印，放好水之后，

只要暂时注入魔力就能有一缸温水。

"喂喂,不是吧……虽然这是我做的,但只用这种术式就……而且这种设备竟然是每家每户的标准配备,这世上只有这座城镇能做到……"

讽刺的是,最吃惊的人竟然是制作者特鲁特。

在这项发明的刺激下,他的研究欲望高涨。魔素是万能的物质,利用魔素可以创造出无须担心燃料枯竭的世界。这种想法只有魔物城镇才能实现,无须魔石的魔道具诞生了。

估计他今后还会研发出许多便利的魔道具,特鲁特君的成果也十分令人期待。

就这样,我关注的问题全部解决了。

*

大家的住房完成了。

这时,房子的居住者又成了新问题。

这些魔物进化之后,出生率下降到和人类差不多的水平。他们以前一次生五到十只,进化之后只生一两人。

这绝不是坏事。毕竟孩子一生下来就是高阶种大型哥布林。

可以说,这是他们进化的证明。

因此婚姻制度势在必行,我得考虑一下具体方案。

无论是大型哥布林还是半兽人,各种族都喜欢强者,都有权选择结婚对象。估计这一习俗是为了留下更强大的子孙。

现在的问题是否定一夫多妻制。

对那些丧夫的女性应该没什么问题。可是如果强者坐拥所有女性的话,有可能引发不满。

第一章
国家的名字

鬼人可以和任何人生孩子，但他们说过不要孩子。可是，如果红丸和苍影有意建立后宫的话，估计少有女性会拒绝他们。

但红丸是这么说的——

"也就利姆鲁大人才能不在意魔素的损失。魔素之于魔物，就和生命力之于生物一样——一般来说，单是授予部下名字就有可能导致魔素无法恢复，就连魔王级的魔物也不会随随便便给其他魔物命名。而生孩子消耗的魔素更甚。"

这话还真有冲击性。

"喂喂！你怎么现在才说？我都已经不停地给那么多魔物命名了。"

"难道你不知道吗……"

红丸诧异的视线刺得我好痛。

幸亏我此前消耗的魔素都能恢复。

今后给魔物命名必须要三思才行。我本以为恢复魔素是理所当然的事，一直以为给魔物命名肯定不会有事……嗯，今后要慎重行事。

这事先放到一边。

孩子也有两种类型。

一种是单纯的受精，另一种是寄托着父母的期望。

前者只能继承父母的部分能力，实力较弱。父母魔素的消耗也不大，所以只要稍加注意就能随便生。但依然有魔素减少的风险，所以也不能太草率。

后者很强大，能继承父母的全部能力。

据说寄托期望生下孩子甚至会减少寿命。

因此红丸曾说过："我保持单身就好。托进化的福，寿命延长了不少。我对繁衍也没什么兴趣。"

大鬼族的寿命在一百年左右，但据说鬼人的寿命有千年以上。

这样一来也就不需要孩子了，也难怪红丸说对孩子没兴趣。

总之，鬼人这边应该没必要担心。

那么，虽然不及红丸等人，但大型哥布林中的强者又如何呢？

我询问后得知他们的想法和鬼人们差不多，只是程度不同。

魔物和人类的情况不同，孩子似乎会一口气吸走父母的魔素。消耗的魔素也有可能无法恢复，应该没魔物会蠢到随便生孩子。

当他们还是哥布林那种低阶魔物时，生殖行为并没有多大影响（应该说，必须要大量繁衍子孙才能延续种族），但如今他们已经进化为大型哥布林，生孩子的话会被吸走大量魔素。事实上，他们在完成生殖行为后，就能凭直觉知道是否成功怀上孩子。这事听上去很不可思议，却是事实。

成功怀上孩子之后，父亲的魔素量会减少最大值的一半。通常会在一定时间后恢复，但如果连续进行生殖的话就另当别论了。魔素可能会无法恢复。

因此，就算妻妾成群，也不能无节制地生孩子。

我判明了事态，如果为了孩子就不需要一夫多妻制，只有在以保护女性为目的的情况下，一夫多妻制才有意义。

顺带一提，对女性来说，情况有所不同。

如果种子不够强大，那女性能够拒绝怀孕吗？

要是女性看不上对方，即便勉强进行生殖行为也不会怀孕。只有被女性认可的人才有繁衍后代的权利。

这一点对于高阶魔物和魔人来说也一样。因此，可以说魔物们

第一章
国家的名字

的爱情意外地纯洁。

不过亚人族（Demihuman）则没有那种强制力，他们几乎和人类一样。

唯独这件事很难说哪一种更好。

从繁衍后代的角度来看，可以允许一夫多妻，但仅限于想要孩子的寡妇。

我定下了这条规则：不想要孩子的寡妇可以由国家提供保护。如果有问题的话，到时候再改变规则。

月初进行表白仪式，两人结为夫妻后，国家会提供住房。我打算推行这种风俗。

单身的就住在类似集体宿舍的长屋里，拥有较高职位的人也可以拥有自己的住宅。

决定住房问题时要避免出现不满。

看着亲密的男女魔物，我想道。

住所完成之后，我最初的目的便达成了。

衣食住全都有了。

居住问题就如我刚才所说，也解决了。

衣服方面也解决了，拜入伽卢姆和朱菜门下的女性（哥布林美女）正在源源不断地制作新衣物。

唯独粮食问题由于人口的增加，现在有些混乱。

由于中途加入了高等半兽人，所以调配粮食的问题变得很严峻。但警卫队长利古鲁在城镇周围巡逻的时候总是有大量收获。现在部队人数已增加至千人的规模，可以从各方面调配食物。

而且在莉莉娜的管理下，蔬菜类的栽培也很顺利。利古鲁他们采回各类野草交给朱菜鉴定，并培育种苗。后来可以食用的品种越来越多。

建设部队的下一项工作是城镇周边的开垦。田地在以惊人的速度增加，粮食紧缺问题也随之改善。只要没有意外情况，就无须担心填不饱肚子。

就这样，这座城镇现在已经建得有模有样了。

*

有个家伙可不能忘记。

他是加维鲁。

那个笨蛋来到了我们的城镇。看那模样，他当时似乎饿了一个月什么都没吃，理所当然地在这里大吃了一顿。

"啊，哈哈哈！我加维鲁专程赶到这里，想为利姆鲁阁下效力！"

我诧异地看着他问："你来干什么？"结果，他厚颜无耻地说出了这番胡话。

"要我杀了他吗？"紫苑严肃地看着我问道，我被吓了一跳。

看得出这是她的真心话，那表情太可怕了。

这小姑娘不懂得玩笑，真让人头疼。只要我轻轻点头，搞不好她真的会砍过去。

加维鲁似乎也察觉了这一点。

他脸色铁青，慌忙跪倒在地。

"我连续几周都没正经吃过东西，一不留神便得意忘形，请原

第一章
国家的名字

谅!请务必让我们加入利姆鲁大人麾下。我们一定会为利姆鲁大人效犬马之力,请一定收留我们!!"

听到这话之后,他的百名部下一齐向我跪了下来。

看到这一幕,紫苑终于满意地收起了大太刀,现在我们可以好好谈谈了。

据说加维鲁被生父流放,不得以蜥蜴人自居,现在已无处可去。

我看他可怜,于是决定收他当部下。从他自然地混到大型哥布林之中吃饭之时起,我就知道他有不可小觑的才能。

由于会妨碍建筑工程,所以我推迟了防护墙的建设。因此要进我们的城镇很容易,不过他坚称自己是我的部下,丝毫没有引起巡逻队的怀疑。

"你一开始就是这个打算吧?"

"因为我已经走投无路了……而且我只愿侍奉利姆鲁大人一人……"

这家伙还是那么会奉承人。

"别看我哥哥这样,其实他已经在反省了。请务必给我哥哥一个机会。"

有人在帮加维鲁说话。我仔细一看,发现那人是蜥蜴人首领阿毕尔的亲卫队长。

我想起她是阿毕尔的女儿、加维鲁的妹妹。

"咦?怎么连队长也来了?你不是应该在阿毕尔身边,帮他构建新体制吗……"

我记得我授予蜥蜴人首领"阿毕尔"之名时,亲卫队长就在他身边,像是在辅佐他……

"嗯,我和哥哥不同,没有被放逐。是我自己要来的——"

据说阿毕尔得到我的命名之后发生了进化，寿命大幅延长。蜥蜴人的寿命通常是五十到七十年，但进化为龙人族之后会延长到两百年。不过这终究是文献上的知识，实际能活多久就没有定数了。

不管怎么说，他的寿命肯定有所延长。

他和利古鲁德等人一样变年轻了。

继承人的问题也要暂且延后，所以他同意女儿外出，也算长长见识。

亲卫队长说："父亲让我带话，请您关照一下哥哥。"

"什么？你不是因为敬仰我才跟来的吗？"

"我当然很尊敬兄长。不过一定要说的话，我仰慕的是苍影大人。如果可以的话，我想侍奉苍影大人。"

加维鲁听到亲卫队长的话后一惊一乍的，而亲卫队长则用爆炸性的发言回应他。

"你说什么？"

"有什么问题吗？"

两人开始吵嘴了。

她也相当有个性啊，不愧是血亲。

可以肯定跟着加维鲁一起来的部下多数都是那家伙的仰慕者，不过其中混着几个亲卫队长的人。他们应该是跟着队长来的。

算了，她想侍奉苍影也没问题。

"如果你想侍奉苍影，那我就帮你和他说说。不过那家伙是密探，你帮得上他吗？"

"没问题！和那个乳臭未干的家伙不同，我有这个决心！"

"什么？我不和你吵，你反倒蹬鼻子上脸。你个黄毛丫头可别小看我！！"

第一章
国家的名字

看来他们的关系不怎么样……还是说他们的关系特别好？

估计亲卫队长也一直为自己在加维鲁谋反时被抓捕的事耿耿于怀吧。这事还是放着别管比较好。

这事很麻烦，我就不插手了。

后来，亲卫队长私下告诉我，她来这里还有别的原因。阿毕尔担心加维鲁，所以嘱咐她跟着监视加维鲁。根据加维鲁的态度，可能会考虑解除流放。

但这事要对加维鲁保密。

如果他知道这事马上就会得意忘形，所以让他先反省一阵子比较好。

*

这么一来，加维鲁等人也加入了我们。

既然是同伴就必须要有名字，我决定给他们一个个命名。

这时候，我还没听红丸说过命名的事，所以不怎么抗拒给魔物命名。无知真是件可怕的事。

"既然是苍影的部下，那就叫'苍华'吧。"

我给亲卫队长命了名。

跟着苍华来的有两男两女共计四人，所以我分别给他们命名"东华""西华""南枪""北枪"。

女性用华字，男性用枪字。

没什么深意，只是随便起的。

命名之后，他们便开始进化了。

加维鲁羡慕地看着他们。

我没想过给加维鲁命名。他已经有名字了，所以没这个必要。

"加维鲁君,你也没必要羡慕。'加维鲁'这个名字还不错吧?"

说着,我正想从加维鲁身边走过。那一瞬间一股熟悉的感觉向我袭来,我流失了大量魔素(能量)。

我暗叫一声"糟了",回过头发现加维鲁正两眼放光地看着我。

这时,加维鲁的身体已经开始发光——咦?这……难道是进化?

我无意中给加维鲁命了名。

想不到竟然能重复命名。也许是因为之前为他命名的人已经死了,而波长又刚好对得上。

虽然不清楚原因,但毫无疑问,我为加维鲁命了名。

我本想让加维鲁继续反省一下,事已至此,现在也没办法了。既然这样,就把他和哥布塔一起交给白老,让他见识一下什么是地狱也不错。

要不然进化之后,他恐怕又要得意忘形了。

之后必须给他安排一项工作……我边想边如往常一样进入了不活跃状态(睡眠模式)。

第二天,我开始给蜥蜴人战士团的一百名战士命名。

我利用自己无法行动的时间,随便考虑了一些夹杂拉丁字母的名字。

蜥蜴人毕竟是高阶魔物,我一次最多只能命名二十人,所以为所有人命名花了我五天时间。

得到名字后,加维鲁他们进化成了龙人族。

据说龙人是拥有龙之血统的亚人。

首先是外表——

第一章
国家的名字

不可思议的是，男性和女性的外表不同。

男性的外表和蜥蜴人的差别不大。他们身上长出了和龙一样的翅膀和角，鳞片变得更加坚固。最大的变化是鳞片的颜色从原来的黑中带绿变为黑中带紫。

而女性则不同，她们的外表很接近人类，变得十分美丽。

她们长着龙角与龙翼，并拥有"龙鳞化"技能，能让皮肤变为龙鳞。正因为拥有这项能力，她们反而可以变得更像人类。

感觉这项技能和我的"万能变化"很像，不过既然要变，不如完全变为人类更好。不，或许经过练习，她们真的能做到。

估计男性对人类的外表没兴趣，所以才不会变成接近人类的外表。

我可能会需要在人类国家进行谍报活动，所以这项能力是意外获得的至宝。

他们强韧的肉体上覆盖着坚硬的龙鳞，而且还自带展开了兼具物理攻击和魔法攻击抗性的"多重结界"。

龙人族似乎拥有"魔法耐性"，这项技能被"暴食者"的"受容"效果还原了，所以我才能得出这个结论。对把辛苦学会的"多重结界""供给"给他们的事，我多少有些想法，但这也算正负相抵，于是我坦然接受了这件事。

他们似乎还从我这里得到了另外几项能力，估计很快就会清楚。除非是我有意给予的能力，否则我无法得知被命名的魔物会从我身上得到什么能力，这一点令我有些难以接受。

但这也没什么……

我很好奇加维鲁的防御能力到底有多强。

想知道就要尽快进行试验。我变为人形，也不废话直接对加维鲁射出之前学会的魔力弹。

"你……你要干什么？"加维鲁被打飞出去，吃惊地问道。

我不紧不慢地回了一句："蠢货！"

加维鲁一脸茫然。

我继续对加维鲁说道："你背叛亲生父亲的事就到此为止。你记好了，不能再有下次。"

这也是为了让他别再得意忘形。重要的是要让他知道我不能容忍他再有背叛行为。虽然也是为了顺便做个试验，但这事就没必要说了。

加维鲁开心地接受了。我没看错，他是个笨蛋，不会记仇。他和哥布塔有的一拼。

顺带一提，虽然加维鲁被魔力弹打中，看上去却毫发无伤。

也许笨蛋不会感觉到疼痛，或许连我的"痛觉无效"都被他继承了。

恐龙的痛觉似乎也比较迟钝，说不定他是朝这个令人意外的方向进化的。

总之，我也把话和他说明白了，而且我本来就想接纳加维鲁。

就这样，加维鲁等人变强了不少。

他们从 C^+ 级的蜥蜴人变成了 B 级的龙人。

他们的技量（等级）保持在原来的水平，所以估计也没多大的成长。

加维鲁及苍华那边的五人则不同。

苍华变为 A^- 级，另外四人变为 B^+ 级。

而加维鲁则成功跨越了 A 级的壁垒。凭加维鲁现在的实力，他

第一章
国家的名字

已经能和格鲁米德抗衡了。

虽然他还比不上红丸那几人,但训练之后应该还会更强。

我打算请白老给加维鲁制订一套详细的修行计划。

我把苍华那五人介绍给苍影,之后就交给他了。

苍影应该会帮我把他们训练成忍者或女忍者。毕竟他是个不留情面的家伙。

*

我按照苍华等人的意愿,将他们托付给苍影。他们站在一旁,一副任人宰割的样子。

"我可以随意驱使他们吗?"苍影看着他们向我确认。被他这么一问,我反而显得比他还可怕。

苍华说过自己仰慕苍影,所以苍华等人期待地等着我的答复,毫不在意苍影的话。

"啊,嗯。随苍影怎么训练他们都行。"

听到我的答复,苍影说:"那就如利姆鲁大人所愿。"他收下了苍华等人。

听到这话,苍华开心地叫出声来。

虽然我无法理解,但只要他们自己乐意应该就不成问题。

就这样,苍华等人成了苍影的部下。

问题是加维鲁那伙人。

苍华等人的事交给苍影应该就没问题了,但我要负责加维鲁那伙人。

既然他们成了我的部下,那我就必须给他们安排点工作。

第一章
国家的名字

在此之前，解决衣食住的问题也是当务之急。

吃的方面姑且不谈，衣和住的问题则有待解决。

防具方面，他们只穿着一件破破烂烂的甲壳鳞铠。武器方面，虽然带着枪，但刀刃也已经残破不堪，眼看就不能用了。

装备方面，我委托生产大臣凯金尽快为他们备齐。

至于居住问题，考虑到他们原来的居住地，本来应该把他们安置在离水源较近的地方……

说到水源，这附近倒是有一条河。但为了仅仅百人新建一个村庄未免太兴师动众了。

这时，我突然想到了地底湖。

那里曾是维鲁德拉被封印的地方，我经常去那里做实验，那地方完全容得下这些人。而且很少有人会进入封印之门，那里正适合加维鲁那伙人居住。

没有光源倒是个问题，但只要让他们学会"魔力感知"，他们应该就有办法在里面生活。

那座湖中一开始魔素的浓度很浓，连鱼都无法生存，现在湖里的魔素浓度已经稀释了很多。B级魔物是不是勉强能在那里生存呢？

我想利用那里的魔素栽培希波库特草，这项工作应该很适合加维鲁那伙人。这可以同时解决他们的住所和工作问题，简直是一石二鸟。

接下来我还有个担心，以他们的实力进入洞窟会不会有危险？

加维鲁的实力已经超越了A级，所以他在洞窟里应该没有敌手。可是，有的魔物那些B级的龙人战士现在还无法对付。

其中邪恶蜈蚣是 B⁺ 级魔物，实力非常强。万一我把他们丢进洞窟后，他们成了魔物的盘中餐，那我会过意不去的。

"说明。单论等级，邪恶蜈蚣在龙人战士之上，但只要有五名以上的龙人战士互相配合，他们的胜率就非常高。这是以他们目前的装备进行计算的结果，如果能够充实装备，他们的胜率会更高。只要有回复药，他们死亡的可能性微乎其微。"

我正烦恼时，"大贤者"给了我建议。

龙人有翅膀，具有飞行能力。虽说邪恶蜈蚣是强大的魔物，却难以应对来自上空的攻击。邪恶蜈蚣需要注意的技能是"吐息（Breath）"，但只要有"多重结界"，龙人战士就不会受到致命伤。

我决定相信加维鲁那伙人的实力，把这项工作交给他们。

"加维鲁，我想让你在洞窟内栽培希波库特草。"

"交给我吧！我加维鲁粉身碎骨在所不辞！"加维鲁眼眶湿润、感动至极地答道。

就交给他吧，他好像非常有干劲。

最重要的是，如果让他们住到洞窟里，他们就能起到守卫的作用。这样一来，我们就没必要戒备洞窟方面了。

我不忘严令他们在洞窟中必须五人以上集体行动。从某种意义上说，这也算一种训练，从增强他们实力的角度来说，这最好不过了。

我给了每个龙人大量的回复药，顺便让他们知道自己在洞窟里的目的就是制作这些药。我允许他们在紧急情况下直接使用。即便他们一时大意受了重伤，只要有这些，应该也没问题。

就这样，我同时解决了加维鲁那伙人的住所和工作问题。

第一章
国家的名字

*

　　这一个月里,加维鲁他们也已经掌握了要领,可以安全地在洞窟中行动。

　　有了伽卢姆和黑兵卫制作的新装备,他们的实力有了显著的增强。

　　我曾有些担心,去看过一次情况,结果发现一切都很顺利。

　　在那漆黑的环境中,视力根本发挥不了作用,但他们所有人都学会了"魔力感知"和"热源感知",所以完全不成问题。加维鲁将五人编为一队,行动时总是三队互相配合。他们行动时用"思维传递"保持联系,所以就算有意外状况,也能迅速应对。

　　加维鲁利用他出类拔萃的指挥才能,让大家迅速适应了洞窟生活,所用的时间比我预想的要短。

　　在这环境中,战士团经常面临无法避免的战斗,所以他们的经验越来越丰富,实力越来越强。五人小队无须回复药,就能解决邪恶蜈蚣。

　　他们真是可靠。

　　之后让他们和狼鬼兵部队（哥布　林骑兵）进行一场模拟战似乎也很有趣。星狼族单体的实力为 B 级,但与骑手大型哥布林一心同体共同战斗时有相当于 B^+ 级的实力。狼鬼兵部队（哥布林骑兵）训练有素,目前龙人战士应该赢不了……他们拥有飞行能力,估计这场战斗会特别有趣。

　　看到加维鲁他们的成长,我不由得冒出了这个想法。

　　现在,加维鲁他们在洞窟中努力栽培希波库特草。

他们留下十人观察希波库特草的培育情况，其他人在洞窟内巡逻。他们在各栽培区域使用不同的培育方式，以此来摸索如何培育出品质最好的希波库特草。之后再用最好的培育方式进行大规模栽培。这便是我们的计划。

我打算用这里栽培的希波库特草制作回复药，再将这些回复药推销出去赚点外快。我今后要去人类社会参观，为此要寻找赚钱的手段，这便是我关注的手段之一。

我叫来加维鲁。

"加维鲁君，栽培进展如何？"

"呼呼呼，你问得好！进展很顺利！这就是我努力的结晶。"

说着，他轻轻把一株草递了过来。

这是杂草。

我无话可说，让加维鲁吃了一记"黑炎"。

不会出人命，我最近已经能够精确调整威力了。

"呜哦，你要干什么？我做错什么了？"

"你个蠢货，这不是杂草吗？你到底在栽培什么？"

"什……什么？实在对不起。我加维鲁稍稍有点急功近利了。"

"这事不是急功近利就能解决的吧……真是的，你给我注意点啊。话说回来，在魔素浓度那么高的环境中培育出杂草的难度比培育希波库特草还高啊。"

虽然嘴上这么说，但这结果也在预想范围之内。

让龙人培育稀有植物希波库特草的计划进展顺利。

教加维鲁区分杂草和希波库特草更加费力。不过我也知道，在一片漆黑中单凭触感进行判断是很困难的。虽然我会"解析鉴定"，但加维鲁他们没有如此方便的技能。因此只能让他们慢慢积累经验，

第一章
国家的名字

急也急不来。

如果有光线就更好了……

这也是今后的课题。

别看加维鲁这样,其实他现在已经成了洞窟的主人,能够旁若无人地在洞窟内随意走动。其他魔物一见到加维鲁就逃走了。

加维鲁的亲信中也开始出现能够独立战胜邪恶蜈蚣的勇猛战士,洞窟中的部分区域已经成了他们的统治领域(领地)。

他还真厉害。但我决不会说出这话,也不会褒奖他。

以那家伙的性格,一旦受到褒奖就会得意忘形,从而招致失败。

总觉得他和我很像。

正因为我们很像,所以我才会这么了解他。所以我相信他会尽职尽责地完成我交给他的任务。

目前我让他专心培育希波库特草,等步入正轨之后,下一个目标就是调和。

虽然用我的能力(技能)可以轻松进行大批量生产,但我不会这么做。我希望他们能在没有我帮助的情况下独立完成生产。

否则一旦我不在,他们就什么都做不了,我可不想变成这样。

无论失败多少次都没关系,一定要成功培育出一株——留下这个要求之后,我便离开了。

*

加维鲁他们衣食住的问题都得到解决,而且也和其他同伴混熟了。

和平的日子一天接着一天。

啊,"和平"真是个美妙的词。我待在紫苑的怀里安逸地在心

关于我变成史莱姆这档事3 Regarding Reincarnated to Slime

里感叹道,她正带着我走动。

"啵哟,啵哟。啵哟,啵哟。"

啊,我的心情越来越好……

我完全沉浸在这氛围之中,就在这时——

"利姆鲁大人,紧急事态。数百只天马正朝城镇飞来。"苍影冷静地用"思维传递"告诉我。

"紫苑,紧急事态。我来联系红丸和白老,去让利古鲁德对居民下达紧急指示。"

"我明白了。"

我急忙下令,紫苑把我放下,立即飞奔而去。

用"思维传递"通知城镇中的所有居民太不现实。我们必须敲钟发出紧急通知,让所有人集中到广场。

我把状况告知红丸他们,然后将注意力转向上空。

我将"魔力感知"的感知范围开到最大,平时一直限制感知范围。我发现有东西从矮人王国的方向飞来。

其数量约一千。

他们单体的平均实力不到A级——不,是两人一组——那是骑士骑着飞马?也就是说他们是有指挥的武装集团。

"说明。经'解析鉴定'骑士的能力为A⁻级,天马同样也是A⁻级。但骑士与天马的波长同步,二者一心同体。推测其实力比A级高一些。"

经观察确认这是五百人的骑士团。据"大贤者"说这是五百名A级骑兵。他们有极强的战斗力,集我们所有人的力量也无法取

第一章
国家的名字

胜……

看上去每个骑士的实力都比刚达到 A 级的加维鲁弱。但只要三骑进行围攻的话，就能轻松打败加维鲁。

从某种意义上说，他们的威胁比二十万半兽人大军还大。

紫苑带着朱菜来了。

红丸与白老也同时到了。不知不觉间，苍影已经站在我的背后。

克鲁特叫回了在建筑现场和去森林调配资材的高等半兽人，他们正急急忙忙地进行武装，不过看样子是来不及了。而且这些 C^+ 级的高等半兽人也只有被蹂躏的份……

"利姆鲁大人，我们如何应对？"

我无法明确地答复红丸。

"这倒是不好说……他们的目的和身份都是未知数。一旦开战，我们很可能会输。如果可能的话，我想避免争端……"

"说明。可以确定这一集团的目的地是这里。他们正径直朝这里过来。"

"大贤者"对我的低语起了反应。

看来暂时躲起来等他们过去是行不通的。

"没关系！只要击溃他们就行了。"紫苑轻率的声音把我消极的想法一扫而空。

就算我说她蠢，她也无法理解吧……

我和紫苑对胜利的理解不同。

不顾代价只求消灭这五百骑倒是简单，只关注这一点的话倒是可以做得到，但避免城镇居民伤亡是不可能的。

根据"大贤者"的计算，这里的全部人同时朝不同的方向逃跑是存活率最高的方式。这种情况下，九成的人能够活下来。

如果正面迎击最终会有半数死亡。就连我和鬼人们能否活下来都要看运气。尽管这只是以全力战斗为前提的模拟计算结果，但我肯定不能支持紫苑主动攻击的打算。

毕竟这会造成牺牲。

对我而言，开战就是失败。

城镇的损失倒是无所谓，但人员的伤亡不能无视，因此我要避免战斗。

"看来我们是躲不过了。万一开战，我们要优先让居民避难。到时候就由我们来争取时间。"

"了解。如果全力应战，说不定还能轻松取胜！"

"我会用魔法提供支援！"

"呼呼呼，我的大太刀渴望鲜血。"

"一切听利姆鲁大人指挥。"

鬼人们斗志昂扬，我让白老和黑兵卫需要时带领居民避难。

利古鲁德也赶到了，我对他说明了情况，并指示他如果我们无法交涉而被迫开战的话，他就想办法和城镇外的克鲁特会合。

这时，我听到有人低声嘟囔："咦？难道是……"

我转过头，发现凯金正在沉思。

"你怎么了，凯金？"

"啊，没什么。看到在天空翱翔的骑士，我想起了有关矮人王直辖的绝密部队的传闻。不过那终究只是传闻……"

"哈？矮人王国的主力是重装步兵和高火力的魔法兵团吧？而

第一章
国家的名字

且，还会有你这个前团长不知道的秘密部队吗？"

"不，这个……这传闻可是退役的老将说的。虽说是团长，但我毕竟太年轻，怎么比得上那些活了几百年的前辈……"凯金充满朝气地说着。

总而言之，退役的老将在军部中仍有影响力，那传闻是在慰劳那些退役军人的酒宴上传出来的。矮人不愧是个长寿又爱喝酒的种族，估计是因为喝了酒，嘴巴没有那么严。

据说除了七支正规军外，还有一支国王直属的绝密部队——天翔骑士团。

"一般的天马是 C 级魔兽。由于它们会飞，所以在多瓦贡也有饲养。A⁻级的天马在自然界中极其稀有。这么看来，那传闻有可能是真的……"

原来如此，凯金的话确实有一定道理。

那种秘密部队自然不能公之于众，正因为他当过团长，所以才能为我做出这番说明。

如果是这样，那来的就是——

"如果凯金的想法没错，那就有可能是矮人王亲自过来了吧？"

"应该……是。盖泽尔国王现在虽然不出王宫，但他以前可是英雄。如果他认为有必要的话，就算亲自上阵也不奇怪。"

"那他亲自上阵的原因，你有头绪吗？"

"这个……难道是因为猪头帝的事？不过这事已经解决了……"

嗯？猪头帝……

"咦？说起来，利古鲁德，我有个问题……"

"在，什么问题？"

"我之前让你找卡巴鲁他们，帮我们把猪头帝的消息放给冒险者，你有没有告诉他们事情已经解决了？"

"呃？"

"喂喂，原来你忘了啊。这事不告诉卡巴鲁他们可不行。"

"非常抱歉。我疏忽了——"

这不是利古鲁德一人的错，毕竟我也忘记了。而且只要有苍影在，就能立刻通知他们，这也算不上多大的失败。

虽然我想让苍影马上就去通知，但应对不速之客才是当务之急。

"难道矮人王听说那个消息之后特地过来帮我们？"

虽然凯金的推测很乐观，但这气氛怎么看都不像。

胡思乱想也解决不了问题，这话题就到此为止。

我们边商讨最坏情况下的应对措施，边等待这些不请自来的客人。

*

大群天马飞到城镇上空。

他们无视我们这些在下方戒备的人，在上空盘旋数圈后降落到镇外的开阔场所。

城镇中也有用于以后建设中枢设施的开阔场地，但他们没有擅自闯入城镇，估计是出于礼仪。

一般而言，这种行为与两国间的宣战无异，所以他们才会降落在城镇外。一般不会对魔物讲国际法，而且这世界有没有国际法都是个问题……

现在想这些也没用。

重要的是现在已经确认来者就是矮人王，这才是重点。

看来矮人王也不想对我们发动突袭。

第一章
国家的名字

　　如果他视我们为敌人的话，估计会不由分说地直接攻过来，难道真如凯金所说，他们是援军？

　　即便是这样，也不可能动用秘密部队来帮我们。

　　至少国王不可能亲自上阵。

　　我让白老、红丸以及哥布塔他们去安排居民避难，然后和其他人一起走到镇外。

　　利古鲁德跟着我来了。他不听我的安排，说对外交涉是他的职责。也不知道他能不能从容地与对方交涉……

　　不用说也知道，凯金和矮人三兄弟一起跟着我来了。

　　那些骑士整整齐齐地站在镇外的广场上。

　　有一个释放出压倒性霸气的人站在骑士前方。有几个人在一旁保护他，一眼就能看出那些人实力远超其他人。

　　他们一共四人。

　　加上盖泽尔国王，一共有五个强到出格的人。

　　虽然我不清楚他们的实力，但他们的实力等级至少在A级之上。我之前面对盖泽尔王时曾感受到一股危机感，其他人也有着相似的气场，由此也能看出他们的实力和别人不在一个层次上。

　　估计他们是英雄王的同伴（队友）。既然对方有如此强大的怪物，那么逃跑比应战的生还率要高。

　　这么看来，如果不能避免战斗，我们就真的完蛋了。

　　"竟然是盖泽尔国王大驾，好久不见。这还真是大场面，请问国王今天有何贵干？"凯金走上前去，跪在盖泽尔国王面前问道。

　　仔细想想我从没直接和盖泽尔国王说过话。好像有人和我说过有某种规矩，必须通过某种烦琐的手续才能和国王对话。

我们当时没有任何辩解的机会就被当成罪犯（虽然凯金殴打贵族贝斯塔是事实），还差点被判强制劳动。

幸好当时盖泽尔国王明辨是非，我们才躲过一劫，他应该不会不讲道理直接开战。如果他要开战的话，这次就争取一个说话的机会吧。

"好久不见啊，凯金。还有史莱姆，你记得朕——不，你记得我吗？"

我正在揣摩对方的意图，盖泽尔国王这时直爽地和我打了个招呼。

现在不需要那些繁文缛节了吧？我正悠闲地想着，突然感觉到背后有股险恶的气息。

大概是因为盖泽尔国王直呼我为史莱姆吧。

红丸脸上的笑容消失，手按在刀上，散发出危险的气息。

一向冷静的苍影则相反。苍影的嘴角微微扬起，这微笑完美地映衬出他的心情——暴怒。苍影总是面无表情，可是一旦发怒就会露出笑容，这种性格十分危险。想看到他的笑容就必须抱着必死的决心，这倒是有点讽刺。

红丸基本算是沉不住气的家伙，但还算克制。朱菜和紫苑的表现就是证据，她们已经放出了非同小可的险恶妖气。这两人毫不克制，全力表达自己的情绪。

情况非常不妙。

他们现在还能遵守我的命令保持克制，但万一出现更严重状况，就有可能突破他们的底线。我必须在他们爆发之前想办法把话说明白……

对凯金，我倒是没有这方面的担心，但国王出乎意料的措辞也

第一章
国家的名字

令他十分动摇。

"国……国王？"

凯金吃惊得眼珠子都快掉下来了。

看来这次盖泽尔国王的行动打破了凯金的以往的认知，可对我来说倒是正好。

因为大国的国王亲自来这里，我可以省去繁文缛节直接和他对话。

至少我不会因为擅自和国王对话而被定罪，光是这一点，就赚到了。鬼人们的愤怒姑且不谈，我现在必须利用好这个机会。

"呼哈哈哈哈，凯金你还是那么不懂变通啊。你看不出来吗？今天我是以个人的身份来这里的。虽然只是个借口，但我只有这样才能出来走动。"盖泽尔国王豪爽地笑道。

凯金心神不定地来回看着我和盖泽尔国王。不仅是国王，他周围的亲信也一言不发，凯金这才明白国王说的是实话。凯金的脑子转不过来，当场呆住了。

这么说来，矮人王盖泽尔不是出于公务，只是以私人的名义来这里。

可是他身后戒备森严的骑士团又是怎么回事？不，仔细想想，国王是不可能随随便便单独出来走动的。这么看来，如果不带那个骑士团当护卫，长老和大臣等国家中枢人员是不会放心让国王出行的。

既然无须那些繁文缛节，那直接问国王本人此行的目的就是最简单的办法。我相信他无意挑起争端，现在就硬气点和他交涉吧。

于是，我对他说道："也就是说，我们可以普普通通地进行对话咯？"

"当然。现在没必要拘泥于那些死板的表面功夫。"

"那么,我先自报姓名。我名叫利姆鲁。虽然我的确是只史莱姆,但我希望你别这么称呼我。我姑且算是鸠拉森林大同盟的盟主,身份和之前不同了。"

说完,我变为人形。

"虽然这不是我的本来面目,但这副模样更方便交谈,对吧?"

我带着微笑观察盖泽尔国王的反应。

"他竟然能变成人形?"

"即便在高阶魔人中也相当厉害。"

"唔。有魔力反应,可是没有魔法反应。看来这应该是使用能力(技能)进行的状态变化。魔素量(能量)没有增加,所以应该就如他本人所说,只改变了外表。战斗方式可能会有变化,至少他和我们一样使用了装备。从这点来看,他的攻击手段和防御力都会增加。"

"真棘手……这是久未出现的稀少种的变异体吗?他身后的魔物也很异常。"

"嗯。我已经确认了他们的身份。他们是鬼人族,是和猪头帝齐名的稀少种。"

"你说什么?鬼人族是由大鬼族进化而来的魔物。是不是应该趁现在解决他们,等他们成长之后,我们可能无力对付。"

"哪有那么简单?头上长角的家伙有四个。我们也要有相应的觉悟才行吧。"

"虽然怯懦是大忌,但也不能轻敌,你是这意思吧?"

盖泽尔国王默默地注视着我,但他的同伴非常谨慎。连红丸他们的真实身份也被国王的同伴看穿了。那个老婆婆似乎正在用某种

第一章
国家的名字

魔法探查我们的情报。被人窥探的感觉可不好,但从某种意义上说这也有必要。因为如果我们不展现出实力,就可能会被对方小瞧。

就算我们能活下来,对方也会要求我们归顺。

"安静!!不得喧哗。我正在和这只史莱姆说话。不——应该是利姆鲁。我来调查这家伙的底细,你们老老实实在旁边参观就行了。"

盖泽尔国王突然高声让众人安静,他的视线没有从我身上移开。他释放出可怕的霸气,那些同伴瞬间安静下来,他确实实力非凡。

"不好意思,我的变身太唐突了。我这么做只是为了方便对话。那位老婆婆说得没错,这变身是用我的能力(技能)'万能变化'进行的。这只是一种拟态,你们不需要如此防备。"

"这事由我来判断。我还无法断定你是敌是友,现在不可能相信你的话。"

他说得也对。"是敌是友"呢?

原来如此,盖泽尔国王此行的目的应该是想摸清我们的底细。恐怕他已经掌握了我们打败猪头帝的情报,所以才决定来一趟。

如果是这样的话,只要能博得他的信任,我们就无须敌对。

"信不信是你的事。但你带着这种怀疑我们没办法对话吧?"

"你放心好了。摸清你的底细不需要用语言。我的剑可以看透你的本性。你竟敢吹嘘自己是这座森林的盟主,我必须让你知道自己的斤两。如果你的剑不是装饰,就接受我的挑战吧。"

说完,盖泽尔国王把手中的战戟递给了他身旁的骑士。他看着我的刀目光骤变,说不定他是个不一般的战斗狂(Battle Junkie)。

"国王,难道您……"

"哼!认认真真地打一场是最有效的吧?"盖泽尔国王狰狞地

笑道。

国王的同伴和周围的骑士都显得很意外，估计用剑战斗意味着他要动真格的。

我也没理由拒绝。现在城镇的居民正在避难的途中，所以这是争取时间的好机会。

"我接受你的挑战。我要让你后悔说我在吹嘘。"

我和盖泽尔国王四目相对，一齐走上前去。

鬼人们也是一副观战的架势，估计他们认为我不会输。

盖泽尔国王的同伴和骑士团的人也没有劝谏国王，看来他们也打算静观其变。

他们不知不觉已经转变为环形阵把我和盖泽尔国王围在中间，我们在圆心位置对峙着。

"胜败条件如下，如果能抵挡我的一连串攻击就算你赢。当然，你也可以随便攻击。不过——你可别小看我剑圣盖泽尔・多瓦贡的剑。"

说完，盖泽尔国王娴熟地拔出剑，用剑尖指着我。这是一把有弧度的单刃剑，剑上刻着淡淡的精美纹路。这把剑很特别，和刀有几分相似。既然他是剑圣，想必他的剑也非同小可。

那我也摆好架势吧，我正想着——

"那就由我来当见证人吧！"

一个清爽的声音震惊了全场。

同时出现了三股清心的气息，声音来自其中一人。

我很熟悉这个气息，她是树妖精托蕾妮。她总是这样神出鬼没。另外两人的气息和托蕾妮很像，估计是她曾提过的姐妹。

"树妖精——"之前探查我们情报的老婆婆惊愕地叫出声来。

第一章
国家的名字

　　毕竟有魔物突然出现，她会如此意外也在所难免。

　　托蕾妮对我微微一笑，然后瞥了盖泽尔国王一眼说道："矮人王，你对我们森林的盟主有些出言不逊，竟然说盟主利姆鲁大人在吹嘘！你已经下定决心与这座森林的居民为敌了吗？不过既然利姆鲁大人已经接受了你的挑战，那我这个部下也不好多嘴。刚才的事我就当没发生过。要是你爽约的话，到时候我可饶不了你。"

　　托蕾妮带着不容违抗的气势向盖泽尔国王那边宣告道。

　　我的同伴们点了点头，像是在说托蕾妮说出了他们心里的话。

　　而矮人们的脸色则很糟糕。

　　"身居森林顶点的树妖精……竟然会加入某一势力……"

　　"树妖精可是足以匹敌高阶魔精的存在。而且竟然有三位……各位，你们都有心理准备了吧。"还有人带着悲壮的表情对同伴低语道。

　　可是，我倒是没有开战的打算……

　　"哈……呼哈哈哈哈！森林盟主原来不是你自吹的啊。利姆鲁，我为称你吹嘘的事道歉。而且我也隐约看出了真相。不过了解你的为人又是另一回事。既然有了见证人，那接下来就剩交锋了！！"

　　盖泽尔国王没有一丝动摇。

　　他从头到尾一直盯着我，稳如泰山。

　　"嗯，你说得对。我会轻松取胜，你要把事情的来龙去脉说清楚。"

　　"哼哼哼，你赢了，我就告诉你。"

　　周围鸦雀无声。

　　我们两人对峙着，托蕾妮神情严肃地站在我们侧面。

　　就这样，我和盖泽尔国王比试即将开始。

*

广场上一片静寂，托蕾妮说"开始"的声音响了起来。

我和盖泽尔王同时行动起来。

我的能力（技能）"魔力感知"能够读取范围内的信息，并转化为影像呈现在脑中。使用这项能力，我能够以第三人称俯视角掌握自身的状况。而且我还能将思维速度提升至千倍用以思考战术。

我已经很久没有拿出全力来战斗了。

同猪头魔王克鲁特一战之后，我每天都和白老进行模拟战，从未缺席。但那毕竟不是实战，我在思想上终究不够重视。

我倾注全部注意力锁定敌人，已经很久没有这种感觉了。

现在我的身高长到了一米三。吃了猪头魔王之后，我的魔素量（能量）增加了，所以史莱姆的细胞也增加了。

盖泽尔国王的身高比矮人的平均身高稍高一些，约有一米七，比我高出一头多。

在我眼中，他如耸立的山峦一般高大。大概是因为他有国王身份的加持吧。

但我的内心十分平静，继续观察着盖泽尔国王。

盖泽尔国王那把优美的单刃剑的剑尖指着我，从正面锁定了我。他纹丝不动，散发出能够接下任何攻击的自信。

事实上，我在盖泽尔国王身上找不出任何破绽。

我产生了错觉，以为站在自己面前的是白老。看来他"剑圣"的称号不是浪得虚名。不，也许应该感叹的是白老的实力，他竟然与剑圣相当。

总之，这不是训练，决不能大意。

第一章
国家的名字

首先是试探。

盖泽尔国王说过他只会发动一次连击。其间，我可以随意攻击，就算我把他打倒也没问题。

技艺越是高超就越能够精准地把握空间。那么——

我用"肉体强化"增加脚力，突然加速砍向盖泽尔王。如果他接住就好了，既然他想摸清我的底细，那应该会中我的计。

我确信自己能向盖泽尔国王提供充足的信息之后，向他砍了过去。我确信他能准确把握我的全部攻击，并以此为依据进行战斗。也就是说，我进攻的时候只把手伸长十厘米，通过交锋来迷惑他。

重点是别把手伸太长。

在他人看来，这是个取巧的手段，却非常有效。不让对手抓住破绽是近身战斗的要点之一。

顺带一提，我曾用这方法骗过了白老，不过第二次就无法奏效了。那天白老化为恶鬼（不对，其实他本来就是鬼），让我见识到地狱是什么样子。即便如此，这也是我为数不多的可以胜过白老的战术。

我这招连白老那样的高手都能骗过，盖泽尔国王能接下吗？

我充满自信的斩击被精确地挡下了，他似乎知道我会怎么做。

不是吧，喂？我慌忙再次举刀。

盖泽尔国王似乎没有乘势追击的打算，依然静静地观察着我。

之后，我用尽各种办法发动攻击，但他全部游刃有余地接了下来。

当然，我的攻击毫无保留。我有回复药，只要没死，多重的伤都能治愈。我极尽所能进行攻击，但完全没有效果。

轻快柔和的动作，他用最合适的力道应对我的攻击，似乎十分爱惜刀刃。

　　看来在技量（等级）上，盖泽尔国王有着压倒性的优势。我拿他毫无办法，不得不承认我们之间的差距。

　　"怎么，已经结束了吗？利姆鲁，你只有这点力量吗？"

　　其实我并没有限制自己使用能力（技能），就算使用也不算犯规。可是，我觉得现在依赖能力（技能）与认输无异，我可不想这样。

　　我要想办法夺得一分。我生来就是个不服输的人，看来我的倔脾气犯了。

　　"吵死了！我还没动真格的，你急什么？"

　　尽管嘴上不服输，我却想不出有效的手段。

　　我不想输，但束手无策。

　　盖泽尔国王开始行动了，他似乎看穿了我的焦虑。盖泽尔国王释放出骇人的斗气将我笼罩。

　　我暴露在斗气中动弹不得。

　　糟糕，这样下去，我会被击中。

　　"提示。已解析完毕。这斗气是'威压'的强化版——高阶技能'英雄霸气'。能让目标畏缩，是用于封锁行动的能力。抵抗力低下的人内心会屈服，由衷地敬佩能力使用者。"

　　我正为此头疼，可靠的搭档的声音响了起来——有困难找"大贤者"，赶紧问问应对方法吧。

　　"说明。和'威压'的对抗策略一样，要靠气势与之抗衡。"

第一章
国家的名字

什么？气势？你……

这回答真不靠谱。我隐隐觉得"大贤者"在敷衍我。

不，现在不是想这些的时候，总之必须先摆脱这种状态。

说到气势，应该是大喊吧？虽然我身体不能动，但可以发声。如果无效就再想别的办法。

"呜！哦哦哦啊啊啊啊啊啊！！"

我全力发出咆哮，随后朝盖泽尔国王放出岚牙的得意技"声震炮"。我同时释放"威压"，尝试中和"英雄霸气"。

盖泽尔国王没有躲避，直接挡住我的"声震炮"。但我也成功中和了"英雄霸气"，也许是因为他的注意力被分散了。

一切回到了原点。

我和盖泽尔国王再次举起刀对峙。

这样一来，只有一个办法能够取胜——看穿并抵挡住盖泽尔国王的攻击——达成他一开始提出的胜利条件。

但我没想到盖泽尔国王会强到这地步。他的实力深不可测，我差点以为自己的对手是白老。

如果他想杀我的话，估计早就使出致命的攻击了。他之所以没有这么做，是因为他只是想摸清我的底细，就和之前宣告的一样。

但我也不可能轻易认输。

既然我已经宣布自己是森林的盟主，那就必须全力争取胜利。

退一步说，我决不能太狼狈。

我重整心情，静静地用刀锋指着盖泽尔国王。我抱着求教的心态与盖泽尔国王对峙，就和我与白老对峙时一样。

能接下盖泽尔国王的攻击就算我赢。我不再胡思乱想，全神贯注与刀融为一体。

倾听剑的声音，与剑合二为一——这就是白老所说的剑术极致。

我完全不懂这话的意思，但现在只能照他所说，心无杂念地将注意力集中到刀上。

看到我的举动，盖泽尔国王轻轻一笑。

"没错，就是这样。那我就上了！"

他竟然特地告诉我。我正想着——盖泽尔国王瞬间从我眼前消失。我的所有探知能力都失去了目标。

这是——

我接下这招全凭偶然与幸运。

不知为何（的确没有任何理由），我感觉到危险从正下方迫近。此前，我从没相信过如此含糊的感觉，但现在我没有其他选择，只能相信这种直觉。

说不定这就是只有剑术登峰造极的人才能听到的"剑之声"。

我微微往后避开，紧接着一团杀气从我眼前掠过，但这还没完。

因为……这是……这一招是……

糟糕！我在心中暗叫的同时，下意识地举起刀。

锵——一个清脆的响声在四周回荡。

胜负已分。

我成功接下了盖泽尔国王的剑。

"呼……呼呼呼……呼哈哈哈哈！！你接住了我的剑！！"

"嗯……嗯。既然你承认了，那就是我赢了吧？"

"嗯……算你赢。看来你不是邪恶的家伙。"

盖泽尔国王豪爽地笑着收起剑。

"到此为止！胜者利姆鲁·特恩佩斯特！！"

见证这场对决的托蕾妮发出宣告，确认了我的胜利。

第一章
国家的名字

听到这话,我舒了一口气,当场躺坐下来。想不到这场战斗的消耗会这么大。

这就是……矮人王盖泽尔·多瓦贡。

我见识到了英雄强大实力的冰山一角。

*

托蕾妮宣布我获胜之后,魔物们的欢呼声响彻广场。

但那些矮人就没那么开心了,那边不满的声音四起。

"王的剑竟然被接住了?"

"这……这不可能!!"

"难道国王放水了?"

等等……

其实,盖泽尔国王只是想试探我。否则用不了多久,我就会在比剑中落败。他到底有没有放水呢?虽然我的胜利令矮人不快,但这么说就过分了吧……

"闭嘴!!你们要知道廉耻!!竟然说国王放水,这话太傲慢了!连我都看不清国王的动作,难道你们想说自己能看清?"

"他说得对。盖泽尔那家伙不会放水。他是名副其实的剑圣。这次比试的目的不是互相残杀,重点是看清对手的本性。我们不是来树敌的。你们别忘了这一点。"

一名纯白骑士着装的男性和一名漆黑战士着装的男性说出了我心里的话。并且也透露出矮人的目的不是挑起争端、而是来摸清我们的底细这样的信息,看来我的推测没错。

在那两人的呵斥下,矮人们羞愧得无言以对,他们走上前来向我和盖泽尔国王赔罪:"我们失言了,请原谅。"

估计他们不是有意诋毁我们的比试,只是不愿承认自己的国王盖泽尔败北,所以才会那么说。

他们的道歉是发自内心的,所以我接受了他们的歉意。

而且我也能理解他们的心情。

说实话,我自己也知道能在最后挡下那一击只是因为运气好罢了。因为我知道那种剑技。盖泽尔国王这招给我的印象和那种剑技完全一样,于是我就凭直觉举起刀,结果竟然接住了。

"不过,真亏你能看穿我的'胧·天地轰雷'。利姆鲁,你干得很好。"

"其实这是偶然。我曾见我的师父用过这项剑技。"

我不仅见过,而且在训练时经常被这项技能打败。

最近也是,我刚为避开第一刀感到高兴,紧接着头顶就吃到了其真髓的一击,当时非常失落。

从大地冲上云霄的挑斩是为了将对手的架势打到崩溃,紧随其后的第二刀才是"胧·天地轰雷"的真髓。

这是白老的初阶技能,但目前我只能勉强接下这项剑技。我只是因为事先知道,所以才能接下这招,这没什么值得褒奖的。

"什么?难道你师父是……"

盖泽尔国王径直盯着我,他看上去非常兴奋。既然剑技一样。难道……

"呵呵呵,很精彩啊,利姆鲁大人。你似乎能听到剑的声音,这实在太好了。"

白老刚才在帮助居民避难,不知何时已经站在我身边了。

白老笑得很开心,看来他是想赶来帮我。

盖泽尔国王转向白老,毕恭毕敬地问道:"冒昧地问一下,您

第一章
国家的名字

是剑鬼阁下吗？"

我猜得没错，盖泽尔国王和白老认识。

"……嚯，原来是那时的小鬼啊。我都没认出来。啊，我这语气对矮人王太失礼了。刚才那剑气何其凶猛，你的成长令人欣喜，现在你已经成了比我更强的剑士。"白老眯着眼笑着对盖泽尔国王说道。

"我竟然能得到剑鬼阁下如此美誉，不敢当，不敢当。"

"嗯，我们差不多有三百年没见了吧？真令人怀念啊，我当时遇到了森林里迷路的小鬼，闲来无事便教了他剑术。想不到如今，那小鬼成了矮人王。"

原来白老教过他剑术啊。难怪他们的剑技一样。

这么说来，盖泽尔国王算是我的师兄吧。不过……竟然是三百年前，白老到底活了多久啊？他真是个谜团重重的人物。而且也不知道他的人脉到底有多广。

我们决定换个地方慢慢聊。

城镇中央有座刚落成的建筑物，这不是临时场所，是经过精心设计的建筑物。这座建筑物有许多房间，那些房间是为管理这座城镇的要员准备的。

那座建筑物隔壁是办公楼，里面设有办公室和会议室。我们就在这座楼里商讨这次的事。

我叫回了去避难的居民，让他们招待骑士团。

双方高层的会谈在轻松的气氛中开始了。

矮人的目的是调查打败猪头帝的谜之魔物集团——也就是我们。

他们说自己此行的目的是确认我们是敌是友，和我推测的一样。

结果，树妖精和昔日恩师先后出现，就算不比试，盖泽尔国王也不会与我们为敌。

树妖精本是光明磊落的魔物，他相信树妖精不会帮助邪恶之人。既然光明磊落的魔物站在我们这边，那么不用试也能确信我们是无害的。

不过，进行比试主要也是出于他本人的兴趣。

听完矮人的事之后，我们也说明了自己的情况。我们说出了从猪头帝的骚乱开始到我成为森林盟主的经过。

猪头帝差点成为魔王的事倒是没说，这个问题已经解决，我认为也没必要说了。

就这样，我们详细说明了各自的情况。

不知不觉，我们的会谈变成了宴会。

在谈话过程中，我们之间的紧张感越来越淡。入夜之后，朱菜呈上了饭菜。

这座城镇中的食物较为丰富，所以能拿出不错的料理。最重要的是有朱菜超一流的料理技艺，所以宴会自然是必不可少的一环。

夜间飞行十分危险，所以今晚他们就在此留宿。因此，我让骑士团的各位成员也去大型集会场开怀畅饮。

确认不会影响矮人与本国的定时联络之后，我拿出了我们城镇正在研发的酒，与矮人深入交流感情。结果一发不可收拾。

在这轻松愉快的氛围下，我试着提出那个令我在意的问题。

"说起来，你们的行动非常迅速啊。我们三个月前才把消息透露给冒险者组合，估计你们才刚得到消息吧？"

第一章
国家的名字

盖泽尔国王的一句话解开了我的疑问。

"因为我曾命令暗部——谍报员跟踪你们。"

这事似乎是机密，盖泽尔国王竟然随口说了出来，估计是因为醉了。

"喂喂……这事不能随便说的吧？"

"没关系。反正已经被你们的人发现了。"

他毫不避讳地说出了派人跟踪我的事，从离开矮人王国时起，我就被国王的人跟踪了。不过那些人被我的部下发现了，这倒是让我很在意。

"嗯，之前是有人偷偷摸摸地调查我们。利姆鲁大人下令禁止我们杀人，所以我就把他们赶走了。那都是些微不足道的家伙，我当时是不是应该把他们抓回来？"苍影轻描淡写地说道。

看来苍影认为那不是问题，所以没必要一一向我报告。我让他今后要把这些琐碎的事也一并向我报告。

"你口气真不小啊。虽然我的部下的确不擅长直接战斗……"

一个美女对苍影的话感到很不满，她叫安莉耶塔。虽然是个美女，但喝了酒之后似乎很爱挑事。

据说她是盖泽尔国王的心腹，是包揽矮人王国谍报活动的暗部首领（暗夜刺客）。看来苍影的话伤到了她的自尊心。

两人间的气氛变得很紧张，这时一个身穿纯白骑士铠甲的男性从中劝解两人，这人看起来很正直。

他是天翔骑士团团长德鲁夫。他似乎十分敬仰盖泽尔国王，之前也是他为部下的失言道歉。他统领着绝密部队，估计他的实际为人比外表更加正直。

劝开苍影和安莉耶塔之后，德鲁夫开始热心地向红丸讲解空中作战的战术。看来这个正直的男人也不愿继续和那两人纠缠。那两人虽然不再互相挖苦，但他们散发着极寒的气息，默默地坐着。在这种情况下，当然是谈论自己喜欢的战术更好。

老婆婆珍之前对我的能力（技能）很感兴趣，她是矮人第一智者、宫廷魔导（弧光魔导）。她现在正和朱菜热火朝天地讨论魔法，朱菜似乎在向她请教魔法。

朱菜似乎对她用来探查我们的魔法很感兴趣。不仅如此，她还能为骑士团施加军团魔法（Legion Magic），令敌对军团魔法无效。据说就算红丸用"黑炎狱"攻击他们的军团，恐怕也无法造成多大的伤害。

她是强化军团的专家，在一对一的战斗中也有很高的战斗力。这个老婆婆比外表看起来更加危险。

和凯金亲切交谈的是一身漆黑的重装战士。他名叫潘，是掌握武装国多瓦贡最强战斗力的人物。据说他是军部的最高司令官（统御圣骑）。传闻他的实力仅次于盖泽尔国王。

他和凯金曾是上下级。

由于身份问题，他不能偏袒凯金，但现在似乎仍为凯金的辞职感到惋惜。所以，这次的事他似乎另有准备。万一要兵戎相向的话，他应该会努力保住凯金等人的性命。他虽然外表可怕，但其实是个有情有义的人。

我们就这样和矮人们打成了一片。

盖泽尔国王与白老聊着，气氛显得十分融洽。

"现在我是鬼人白老。在利姆鲁大人这里担任'师范'。"

听到这话，盖泽尔国王也想拜入白老门下。可是，他的同伴肯定会阻止他的。一国的国王，而且是大国的国王拜入别国的师范门

第一章
国家的名字

下,这种事谁都无法接受。

盖泽尔国王不甘地瞪着我。这又不是我的错,请别用那种眼神看我。

这个名叫盖泽尔的男人坚称自己是以私人的名义前来,彻底把王者的威严抛到九霄云外。

他现在一副超凡脱俗的态度,之前威严的姿态荡然无存。听到黑兵卫在夸自己的剑,盖泽尔国王很高兴,据说这把剑是他亲手打造的。看到这一幕,我在想也许之前那副模样并非他的本性,现在的才是。

盖泽尔是英雄王,同时也是一名武者。

正如盖泽尔国王看透了我的本质,我也看到了他的本质。

*

宴会进入高潮时,盖泽尔国王一脸严肃地转向我。

"利姆鲁,我想问你件事。"

"嗯,你尽管问吧。"

"你有意向和我缔结盟约吗?"

他原本还算清醒,现在似乎突然醉了。

"我现在是以国王的身份说这话,不是你的师兄。既然你是这座森林的盟主,那我们就是平起平坐的关系。如果能完全掌握这片广阔的森林,那我的国家也会更加富强。我在上空观察过,这座城镇建得十分美丽。而且你们修建通往森林的道路所用的技术惊人地合理。尽管现在似乎还未完成,但这里总有一天会成为贸易之路的中心都市。打开全新的市场意义重大。如果有个国家给你们当靠山,你们到时候也会方便不少吧?"

盖泽尔国王释放出王的威压，严肃地看着我。

先不管他不经意间说自己是我师兄的事，他这话的意思是他已经正式认可我们是一个集团。而且他还说会成为我们的后盾，这可是我求之不得的事。

"这样好吗？你这话就等于是承认我们——魔物集团是一个国家吧？"

我对此求之不得，但这事也不能单凭盖泽尔国王的一己之见决定。既然他说过这不是个人意向，而是国王的提议，那么现在不撤回就来不及了。

"当然。我先把话说明白免得你误会。这件事对我国也有利。这个提议不是出于善意，而是为了我们双方的利益。"

盖泽尔国王轻轻一笑，接着他非常严肃地提出了条件。

盖泽尔国王的条件如下。

一、缔结互不侵犯条约。

二、在国家面临危机之际互相帮助。

三、武装国多瓦贡支持并承认我们的国家，代价是我们要修建通往武装国多瓦贡的道路。

四、我们要保障矮人在鸠拉大森林内的安全。

五、保证互相提供技术。

另外还有不少详细条款，但重点大致是这五条。

互不侵犯条约是理所当然的，安全保障也没问题。

至于互相提供帮助，只要做出明文规定，我们双方就很难面临真正需要帮助的事态。从军事方面来看，多瓦贡虽然与东方帝国接

第一章
国家的名字

壤，但多瓦贡是个中立大国，帝国应该不会蠢到去找这样一个武装国的碴。至少，我们应该没有出场的机会。

既然要建交，那连通道路也是理所当然的事。因为贸易线路是重要问题。但是这个修路的费用全部要由我们负担，这条件原本是难以接受的。

从这点也能看出盖泽尔国王是个做事滴水不漏的人，这条件已经算破格了。

因为从常识来看，魔物很难得到人类的认可。按照我的预想，我们需要付出许多年的努力，如果耗费数十年就能做到的话，我就心满意足了。

武装国多瓦贡这一大国的支持是无法用金钱来衡量的。因为我们甚至都无法与小国进行交涉……

这意想不到的好机会令我精神振奋。

"这件事我非常乐意接受。"

我向盖泽尔国王表示同意。

利古鲁德、红丸和托蕾妮等人也没有异议。所有人都回答："一切听从利姆鲁大人决断。"

托蕾妮说，从树妖精承认我为盟主之时起，就不会有人反对我。魔物也不忌讳与人类或矮人建交。就这样，我们决定与矮人王国正式缔结同盟。

"那我就把旨意发回本国。"

一听到盖泽尔国王这话，暗部首领安莉耶塔便开始行动了。虽然他们也用魔法发回了通知，但估计直接传旨才是最正式的。

"那你们的国家名字是什么？"

盖泽尔国王非常自然地问道，这问题让我呆住了。

我们这边的人吃惊地面面相觑。

国家的名字……说起来，既然盖泽尔国王承认我们这个国家，那就有必要为国家起个名字。可是国家……建个城镇我就已经满足了，这方面的事我完全没有考虑过。

虽然我想过总有一天要建立一个魔物的国家，但我一直觉得那是很遥远的事。

"这个……现在我们还算不上国家。虽说有个鸠拉森林大同盟，但同盟中只有认可我当盟主的各种族而已。而且，说不定会有人反对我当国王……"

在场的所有人共同驳回了我这怯懦的发言。

"如果有人反对利姆鲁大人当国王，那就让我紫苑去砍了他！"

"服从强者也是魔物的本能。利姆鲁大人和其他强者有着根本性的区别。所有人都是自愿追随利姆鲁大人的，没人会提出反对。"

紫苑和红丸一副理所当然的样子，越说越来劲。

"呼呼呼呼。目前利姆鲁大人大概统治了森林三成的区域。即便是森林中的高阶种族也在静观事态发展。不过，实力中等的魔物已经表示了顺从，而低阶但有智慧的魔物已经聚集到我们的城镇寻求庇护。目前他们在大同盟中团结一心，希望能统一，建立一个国家。而位居国家中心的魔物就是利姆鲁大人。"

托蕾妮的话促成了这件事。

看来适者生存的铁则在这里也一样适用。

现在森林的守护者维鲁德拉（先不管那头龙自己是不是这么想的）已经消失了，森林的魔物有必要在利欲熏心的人类和奉行霸权主义的魔王对这里出手之前结成统一战线，否则我们只能在被压榨和被消灭之间二选一。

第一章
国家的名字

"鸠拉大森林的各种族间结成大同盟,构筑互惠互利的关系。我认为成立一个多种族共存的国家会很有趣——"

托蕾妮他们把我这话散播出去,在森林的各种族中引起了巨大的反响……在我不知道的时候,事情越变越复杂。

现在,我只能下定决心了。

"我明白了。那就考虑一下国家的名字吧……"

矮人们似乎还没喝够,看来他们打算畅饮一整夜。我们和矮人约好在第二天签订正式盟约(其实是国家间的条约),然后离开了宴席。

到了第二天……

我们花了一整晚决定了国家的名字。

这是我匆忙召集主要干部连夜开会讨论的结果。

我们最终决定国家名叫"鸠拉·特恩佩斯特联邦国",简称"魔国联邦(特恩佩斯特)"。

他们一开始想的名字是利姆鲁,不过这太让人不好意思了,于是我驳回了这个名字。特恩佩斯特我倒是勉强可以接受。

这听起来不像是我个人的名字,而且发音也还不错。

但他们把这座城镇的名字定为了"利姆鲁",实在防不胜防……

这座城镇的正式名称是中央都市利姆鲁。

这里可能会被称作利姆鲁之城或魔都利姆鲁吧?光是想想都觉得不好意思,可是众人一再坚持,我无力反驳只能接受。我只能祈祷自己能够尽快习惯这个名字。

我们也讨论了国家的方针。

但这不是一晚就能得出结论的事,所以我们计划进行多次讨论。

虽然我是最高统治者，但我想在将来改为共和制。我想让魔物参与政治，只要是有智慧的魔物，无论力量强弱都可以任用。量才录用是我的座右铭。

虽然还没定下大致体系，但现在可以先这样。因为这次的盟约是在我和盖泽尔国王互相信赖的基础上缔结的。

这次武装国多瓦贡与鸠拉·特恩佩斯特联邦国间的盟约由两国协商决定。

只要有双方国家的代表的签章（此时是双方的签字）就能生效。

在魔法的保障下，这份盟约将向全世界公布。

就这样，我与矮人王盖泽尔·多瓦贡之间的盟约成立了。

这就是"鸠拉·特恩佩斯特联邦国"登上历史舞台之后所做的第一件事。

第二章 魔王来襲

Regarding Reincarnated to Slime

据说乘骑天马从多瓦贡到魔都需要一天时间。

我会再来的——盖泽尔国王留下这句话后便离开了，然而……

"利姆鲁，我如约来了！"盖泽尔国王大笑着从天马身上下来。

"你不是前天才回去的吗？"我不禁吐槽道。

"你说什么呢？见到师兄，你应该感到高兴才是。"

真是个我行我素又不听别人说话的大叔。而且他又提到自己是我师兄。他现在已经毫不掩饰地想让我认他这个师兄了。

我现在似乎很难看到他作为国王的威严，这应该不是我的错觉。

话说回来，他竟然不带随从一个人跑出来……大国之王这么做没问题吗？

我正疑惑时，凯金慌忙跑过来叫道："盖泽尔国王，难道您溜出城了吗？"

"哼！那些警卫兵有一百人，却没发现我溜出来了。他们太松懈了，回去之后必须重新训练他们。"

"不，不……那是因为国王您……"

"嗯？凯金你想说什么？"

"没，没……没什么……"

面对这气势汹汹的国王，凯金似乎拿他没什么办法，没说几句便无言以对。

可是……

国王到底为什么要溜出来？矮人王国的国王可以这么做吗？

我还在疑惑时，那两人继续交谈。

第二章
魔王来袭

"国王,你这次来所为何事?"

"哦。很简单。我之前单方面决定把你们赶出多瓦贡,所以现在就由我过来找你。我们之前有过技术协议吧?我带了合适的人过来。"

盖泽尔国王边说边把肩上的袋子放到地上。

那个袋子似乎在蠕动?

"难道?"

凯金慌忙解开袋口,袋子里跳出了一个脸色铁青、骨瘦如柴的男子。

"这不是贝斯塔吗?"我不禁叫出了声。

他就是那个设计陷害我们的混蛋。可是他为什么会在这里?

"呼呼呼,就是他。你们的事是他一手策划的,他应该承担责任,我已经下令禁止贝斯塔进入王宫。不过这家伙也有才能,不给他安排点事就太浪费了!所以我把他带来了。"

"……"

"这不是一句'所以我把他带来了'的事吧?国王,您也理解让贝斯塔在这里工作意味着什么吧?"

"嗯?不行吗?"

"当然不行了!贝斯塔所掌握的知识会泄露我们的!"

凯金非常严肃,越说越激动。他不断追问国王,估计他骨子里十分耿直。

而那个贝斯塔似乎还不清楚发生了什么。毕竟他是被装在袋子里面带过来的,估计很难搞清状况吧。他似乎在袋子里待了一整晚……

"泄露……啊,事到如今,亏你说得出口。从你离开多瓦贡之时，这些知识就已经泄露了！我甚至考虑过命令暗部让你们统统消失！"盖泽尔国王把脸一沉，严肃地说道。

这话怎么听都不像玩笑，肯定是他的心里话吧。

"国王……那……那个——"

"我可没开玩笑。我犹豫了很久，最后放弃了。我不会做无谓的事。我带贝斯塔过来也是想让他在这里干活。"

听到盖泽尔国王的话，贝斯塔两眼放光。

"国……国王——"

"贝斯塔，你别误会。我没有宽恕你。可我确实对你有所期待。虽然你不能侍奉我，但可以在这里好好干。不要悲观，干好你的本职工作，努力在这里生活吧！"

"盖泽尔国王！这话听起来好像是要把矮人的所有技术毫无保留地对这里公开！"凯金非常慌张。

但盖泽尔国王对此似乎毫不介意，他爽朗地笑道："哼，你们听好了。你们要把你们所在的地方当成引领崭新技术的第一线。明白了吗？你们要放眼未来，以新的眼光自由开展研究。因为这就是我国与这个国家签订技术互助条款的目的。"

盖泽尔国王带着王者的威严对凯金和贝斯塔解释道。

看来他一开始就是这个打算。

不仅是我所掌握的技术，还有黑兵卫的锻造技术、朱菜的缝纫技术，甚至还包括正在绝密进行的回复药的开发。

他似乎有着敏锐的利益嗅觉，摸透了我们的情况。

不愧是在漫长岁月中让矮人王国越来越繁荣的国王。

话说回来，有件事我无法释怀，仿佛一切都在盖泽尔国王的掌控中，他似乎能读取我的内心……

第二章
魔王来袭

我正想着，突然听到一个声音。

"我说利姆鲁，你好像没能看破隐形法的极致'胧'。'魔力感知'确实非常好用，但有无数办法可以反过来利用'魔力感知'。也许你在探知方式上动了不少脑筋，可敌人会推测你的探知方式并反过来加以利用。这是战斗的基础。一味依赖能力是不会进步的，政治也一样。解读对方的想法才是最高境界。只有做到这一点才能成为执政者。你要继续精进。"

盖泽尔国王给了我适当的建议，他好像真的能读取我的想法。

不过这种事果然还是——

"说明。个体名：盖泽尔，极可能拥有读心系能力（技能）。"

也对。这是最合理的解释。

不，只有这么想，一切才说得通。

他之前避开了我所有的攻击，说起来这也很不正常。他的回避非常完美，仿佛事先知道我的动作一样。

"喂，难道你——"

"啊，暗部差不多要追上来了。我该走了！"

盖泽尔国王说道，他似乎看准了我要追问的那一瞬间。

接着，他笑了笑从怀里取出一个拳头大的水晶。

"这个给你。"

说着，他把水晶递了过来，我顺势接了下来。

"这是用于联络的通信水晶。贝斯塔应该会设置。紧急时刻可以用这个进行联络。那我走了，保重！"

盖泽尔国王留下这句话后跨上了天马。

接着，他瞥了贝斯塔一眼，说道："贝斯塔，你就在这里尽情研究吧！"

"国……国王！我这次一定……一定不会辜负您的期待！！"

听到这话，盖泽尔国王满意地点点头。

"那就再见了！"

他留下这句话便飞走了。

来得突然，去得也急。

他真是个暴风般的男人。

*

盖泽尔国王离开后，我和凯金看了看对方。

"我说凯金……你的国王为人那么随性，没关系吗？"

"这个……不过他有长达数百年的统治实绩，应该没问题吧？话说回来……我当官的时候，国王不会这样随性地四处走动……"

"算了，别人的事我也不好说……"

是的，我也一直在考虑直接去人类城镇游玩的事。批判他等于自掘坟墓，没这个必要。

含糊不清的对话结束之后，我们正准备离开广场。

这时，背后传来了一个声音。

"利姆鲁阁下、凯金阁下——非常对不起！首先请你们接受我的道歉。另外，如果可以的话，请让我在这里工作。"

贝斯塔向我们鞠躬道。

我可忘不了这男人设计陷害我们的事。但现在贝斯塔目光清澈，似乎和以前那种利欲熏心的眼神不同。

我觉得相信他也无妨。

第二章
魔王来袭

"我先把话说清楚,你要服从我的命令,禁止歧视魔物,你能接受吗?"

"这是当然。回顾我之前的所作所为实在太令人不齿了。这一切都是出于对凯金阁下的嫉妒。每当想起这一切,我就觉得自己是个蠢货……我不想失去这个好不容易才得到的机会,我要洗心革面。而且我想全心全意投入到自己喜欢的研究中,我这份心意绝无半点虚假!"贝斯塔径直盯着我的眼睛说道。

"对我而言,能多一个优秀的研究者能帮上不少忙。如果出事就由我来负责,你能不能给这家伙一个机会?利姆鲁老爷,请你相信我,答应这个家伙吧!"凯金拍了贝斯塔的肩膀一下,接着这么对我说道。

说起来,最终揽下这个麻烦的人不是我而是你……不过我本来就打算相信他,既然最终揽下这个麻烦的人没有意见,那我就没什么答不答应的问题了。

"只要凯金你没问题,我也不会有意见。贝斯塔,请多关照!"

"是!!鄙人贝斯塔定会竭尽全力,不敢怠慢!!"

"太好了,贝斯塔。你在这里不会无聊,你也没工夫为那些没意义的事烦恼。你要有心理准备哟!"

就这样,贝斯塔成了我们的同伴。

*

虽然有点仓促,但必须给贝斯塔安排一项工作。

而且这次有一项工作正适合贝斯塔。希波库特草的培育工作终于走上了正轨,我正在考虑后续的回复药制作。

加维鲁这方面的知识不足,我本打算让他从零开始研发。贝斯塔是精灵工学的专家，有了他的加入，这事就要另做打算了。

我打算让加维鲁担任贝斯塔的助手兼保镖，让他们共同着手研发。

首先要把贝斯塔介绍给加维鲁。

来到封印洞窟，我叫来加维鲁。加维鲁慌慌张张地出来迎接，我向他介绍了贝斯塔。

"初次见面，我名叫贝斯塔。我将和你一起进行研究。"

"我是加维鲁。我的工作是培育希波库特草，但如果有其他我能帮得上忙的，你就尽管开口。让我们一起为利姆鲁大人效力吧！"

说完，两人握了握手。

我本以为他会被加维鲁的外表吓到，看到他们这样，我就放心了。

我想让他参观一下培育希波库特草的地方，于是让加维鲁带我们去洞窟里。

我们一路无阻。

"利姆鲁大人请看，这些全是新培育的希波库特草！"

加维鲁这话让我不禁想要点头。

封印之门后面有一个广阔的空间，这里满是葱郁的希波库特草，一眼望不到尽头。

但现在有个问题，我和加维鲁倒是无所谓，但贝斯塔在这黑暗中什么也看不到。

单凭火把和魔法（照明）的亮度，连脚下都未必看得清。虽然有些地方泛着微弱的光，但这点光量不足以照明。

凯金也是第一次踏入这里，他说道："老爷，这地方这么黑，我什么都看不到……"

第二章
魔王来袭

　　他说得也对。由于我自己能够看见，所以就忽略了这个问题，他们不可能在一片漆黑中进行工作。

　　这时……

　　"那弄一些光源出来就可以吧？"紫苑开心地说道。

　　这家伙自称是我的秘书，但从来不参与讨论复杂的问题。

　　"紫苑，你有什么好办法吗？"

　　"嗯！只要在墙上打洞引入光线——"

　　"驳回，你个笨蛋！"

　　紫苑的提议即刻被我驳回，她无精打采地垂下了头。

　　这里之所以被称为封印洞窟，是因为异常坚固。如果使出全力，也许能在这凿个洞出来，但搞不好可能会导致整座洞窟崩塌。这样一来，加维鲁辛辛苦苦做出来的成果不就全部泡汤了吗？

　　虽然对不住自信满满的紫苑，但我只能驳回她的提议。

　　"如果能通电就好了……"

　　我心不在焉地低声说了一句，凯金和贝斯塔闻言立即有了反应。

　　"老爷，那是什么东西？"

　　"能告诉我你说的是什么吗？"

　　在两人兴致勃勃地追问下，我向他们解释了电力的相关内容。接着我想象着电灯泡，并把这个印象传达给他们。

　　"原来是让金属发热从而发光啊。"

　　"噻噻，这东西非常棒。荧光苔的光量也不够照亮这里，我们一定要把这东西开发出来。"

　　我考虑过利用电阻加热原理来产生热量，不过现在可以使用魔法阵来压缩魔素用以产生热量。使用"刻印魔法"进行处理应该能让金属发光，就和被赋予魔法的剑会发出淡光一样。

接下来的问题就是使用的金属，那当然是用魔钢了。这种金属本来就是锻造魔剑的一流材料，和魔素的相性很好。它的发光量也很足，而且耐热、耐久效果也值得期待。再加上它也很适合用于刻印，所以没必要考虑其他材料。这本来是一种贵重的材料，但是我有很多。而且魔钢就是在这里采集的，用在这里也不可惜，就尽情地用吧。

说到金属细工和"刻印魔法"，又要轮到特鲁特出场了，之后凯金会联系他一起进行研制。

把材料交给凯金之后就没我什么事了。

安排好之后，剩下的事全交给那三人了。

"既然要安装照明装置，那也在这里盖一间研究室怎么样？"

听到我这话，贝斯塔显得非常起劲。

"可以吗？其实我也有这个想法，在这座洞窟里可以静下心来研究。这就像个秘密研究设施，我很喜欢这种感觉。"

没想到贝斯塔还有点孩子气。他说话时两眼放光，现在我也不能说这是玩笑了。考虑到安全问题，我要再确认一下他的危险意识。

"真的没问题？你知道这里有 B^+ 级的邪恶蜈蚣出没吧？"

"嗯。没问题。其实我的个人爱好是魔道，我的水平还算可以！"

我看向凯金，他在一旁摇头。

看来不能指望贝斯塔的魔道。

我有些担心，再次提醒道："我可以给你准备一间屋子，你可别后悔啊……"

"没问题的！而且还有加维鲁阁下在，请务必帮我准备一间研究室！"

对啊，只要有加维鲁在，他就不会被袭击。话说回来，这里的魔素浓度很高，普通魔物本来也无法靠近。加维鲁他们也只是勉强

第二章
魔王来袭

能待在这里。这还是因为维鲁德拉被我吞进肚子，这里的魔素浓度下降了不少。

矮人和人鬼族的人可以随意出入，看来人类和亚人应该也没问题。

原来自然界中的魔物更容易受魔素的影响。

这样一来，我就放心了，我又向加维鲁确认道："加维鲁，你能保护好贝斯塔吗？"

"交给我吧！这里有我在，而且我会派两名部下全天候站岗！"

加维鲁真靠得住。

唯一值得担心的就是他很容易得意忘形，但他的能力原本就很强。

他最近似乎越来越稳重了，而且和贝斯塔好像也很合得来。

这事交给他应该没问题。

于是，我决定在开始研发回复药之前，先为贝斯塔盖住所和研究室。

*

几天后，贝斯塔的房间和研究设施完成了。

顺带一提，加维鲁他们是泡在湖里睡觉，所以不需要什么房间。虽然他们也可以在床上睡觉，但翅膀很碍事，所以还是在水里更舒适。苍华她们会收起翅膀在房间里睡觉，看来虽然同为龙人族，但偏好也有所不同。

那么，关于贝斯塔的房间。

加维鲁下属的龙人挖洞做出了意外舒适的房间，用于通风的管道也十分完善。生活必要的设备也搬了进去，在这里生活应该不成问题。

之后是贝斯塔往返于这里和城镇的手段——

"利姆鲁大人，我可以在这里设置魔法阵吗？这扇门内部难以发动魔法，但在门外侧没有阻碍。我想在这个大厅设置魔法阵。"

贝斯塔说他想在我以前打败黑蛇的地方设置魔法阵。

"那是怎样的魔法阵？"

"是转移系魔法阵。可以用它在一瞬间转移到事先设置好的地点。发动魔法需要一些时间，但也不过是短短几分钟。它能大幅缩短移动时间——"

那似乎是元素魔法"据点移动"。他说在出入口画上同样的咒纹，就可以进行移动了。

一个魔法阵可以连接出口和入口各一个，所以可以在事先设置好的两点间移动。光是这样就足以连接这里和城镇了，这魔法十分方便。

他说他爱好魔道，看来未必是假话。凯金对此也很意外，估计他也不清楚这事。

一般来说，要用昂贵的魔法药在地上画魔法阵，但我们改进了这一做法，在更加昂贵的魔钢上进行刻印。这么做，最大的好处是魔法阵可以重复使用，而用魔法药画的魔法阵是一次性的。

国内的绝密设施内也可以考虑设置魔法阵，但"魔钢"过于昂贵，用于连接他国的魔法阵有被盗的风险。所以，只有在无须担心盗窃问题的情况下才能设置刻印式魔法阵。如果直接设置在野外的话，会有风化、损坏和盗窃等问题，虽然不是不可能，但也难以管理。

在这里设置如此贵重的魔法阵没有问题。

第二章
魔王来袭

注入魔力之后还要在心中默念目的地,否则无法发动魔法,所以也不用担心魔物会跑到城镇上。

既然这样,我就同意他设置魔法阵。

不过,转移魔法阵真是方便的东西啊。真希望他能快点教教我。

加维鲁他们学会了使用魔法阵,所以在城镇和洞窟间的来往变得非常方便。

贝斯塔这男人比我预想得要有用。

他本人也想全心全意地投入到自己喜欢的研究中,现在生气勃勃,不会再耍阴险的手段。

我想起了他大权在握时的样子,看那表情,他当时似乎并不快乐。

估计他原本就适合做研究,不大擅长争权夺势吧。他当时心中满是嫉妒与欲望,做着自己不喜欢的工作,也难怪会走上歪路。

果然,做自己喜欢的事才是最好的。

当然,前提是不给别人添麻烦。

一来二去,准备终于完成了。

就这样,加维鲁和贝斯塔的共同研究开始了。

*

在盖泽尔国王来访、贝斯塔加入我们的这段时间还有不少客人造访。

正如托蕾妮所说,有不少种族来到了这座城镇。

最初造访的是狗头人族(Kobold)。

他们是来这里做生意的,但森林的巨大变化令他们十分意外。因为我们在砍伐树木,开辟开阔的空地,并在上面修建建筑物。盖好房子之后，我们又热火朝天地拓宽通往蜥蜴人族（Lizardman）统治的西斯湖的道路。

"这……这是怎么回事？"

从森林深处来访的狗头人注意到了森林的异变。但他们是商人，很有商业头脑，所以想过来一探究竟。

来看看倒是没什么，但他们遇到了另一层意义上的异变。

"哎呀哎呀，狗头人先生，我们一直承蒙你的关照。"

"……请问，你是哪位？"

"哈哈哈，是我啊。我是利古鲁德。"

不，我觉得这么说，对方也听不懂……

接着，利古鲁德解释说自己之前是子鬼族（哥布林）的村长之一，狗头人听后非常吃惊。

不过这个狗头人好像很好相处。作为商人经常在森林各地走动，他们各自负责的区域不同。他负责的就是利古鲁德的村子，现在正和几个大型哥布林聊得正欢。

所以在他提出"我们想以这座城镇为据点，在这里盖房子和仓库，请务必应允。"时，我当即答应了。

最终，狗头人们在这座城镇设置了总部，整个部族移居至此。他们以这里为据点，往返于森林各处，开始了新的生活。

来这里的还有小人族（半身人）和鱼人族（Merman）等种族。

小人族（半身人）过来投靠我们，负责农耕方面的工作。

鱼人族是来这里寻求庇护的。据说他们原本栖息在大河里，但凶恶的水栖魔兽变多了。

我命令红丸派讨伐部队过去。我们和矮人王国进行贸易时需要沿河行进，他们到时候也会给我们方便，所以我想尽量帮帮他们。

第二章
魔王来袭

　　我在探索森林时，发现了垂死的虫形魔兽——魔虫（Insect），并把他保护起来。这样的同伴倒是很少见。

　　他体长五十厘米左右，既像独角仙又像锹形虫，非常帅气，看得我心里痒痒的。有一只 B 级魔兽孤刃虎死在魔虫身旁，没想到大老虎竟然被这小小的魔虫打败了。

　　那只魔虫一看到我就发起了攻击，估计他把我当成了敌人。

　　我本以为他是个鲁莽的家伙，但我很快就发现自己错了。

　　他身后还有一只魔虫。他之所以攻击我，是因为想让另一只魔虫逃走。

　　"请……请等一下——"

　　对我说话的是那只魔虫。

　　他体长三十厘米左右，外表像蜂类。在以前的世界，三十厘米的蜜蜂肯定会让我非常害怕，但他现在已经快不行了。

　　他可以用思维结结巴巴地和我对话，智力好像非常高。

　　"你为什么不逃走？我已经无力保护你了。抱歉。"

　　朝我过来的那只魔虫悲叹道。他似乎已经放弃了。看来他也有智慧。

　　尽管在与孤刃虎的战斗中受了致命伤，但他仍用最后的力气朝我过来。他似乎不顾自己的性命，等待着光荣的牺牲。

　　"这位年幼的强者，能否请你保护我们？"蜂形魔兽向我请求道。

　　我本来也不想弃这些魔虫于不顾。他自己都快死了，但仍要保护弱者，这份心意让我十分感动。

　　如果有必要，把这两只魔虫收为部下也……

　　这时，我冒出了一个想法。

105

"喂，你会采蜜吗？"

"嗯。我……会。"

我本来不抱什么希望，只是突然想到随口一问，结果他竟然会采集花蜜。

这样一来也有了理由，我决定救这两只魔虫。

他们的身体破损近半，所以我给了他们一点万能（史莱姆）细胞进行治疗。接着，我加工魔钢用以修补外骨骼。然后再让他们喝下回复药，他们就恢复了。我将帅气的魔虫命名为"泽奇恩"，蜂形魔虫命名为"雅皮托"，让他们当我的部下（宠物）。

森林中有许多稀有的花，这些花只会在魔素浓度较高的地方或特殊场所开放。稀有的花也会在树人族的村庄中绽放。

雅皮托智力很高，他应该能分辨出那些稀有的花，只采集其中的花蜜。

托蕾妮一听就同意了我的想法，所以我命令泽奇恩去保护树人的村庄，雅皮托去采集稀有花朵的花蜜。

今后要定期悄悄地来拿雅皮托采集的蜂蜜。

这类友好互助的交流越来越多。

不过造访这里的未必都是友好的家伙。

"呀——这座城镇看上去不错嘛。从今天起我们会罩着你们。"

曾有一伙低阶魔人说着这种下三烂的台词来到我们的城镇。

那些家伙基本都被哥布塔和利古鲁的警卫队赶回去了，但也有有实力的人加入我们。

"啊，紫苑，有客人吗？"

"是，利姆鲁大人！"

第二章
魔王来袭

那些低阶魔人每次都有悲惨的结局。

紫苑没有口头交涉的概念，她总是用力量来对话。比起秘书，她更像个护卫，她下手可比哥布塔和利古鲁重多了。

每次都是这样，低阶魔人无论来多少都不是紫苑的对手。

直到对方哭着求饶，紫苑才会笑着问："你有何贵干？"如此一来，那些目中无人的家伙便吓得不敢再来了。

如果他们再来，绝不轻饶。

我总是叮嘱部下尽量不要杀生。魔物遵守物竞天择的法则，所以只要让对方见识见识我们的力量，对方就会在一定程度上屈从。不过，对不长记性接二连三地来作恶的魔物，我也允许部下对其施以惩罚，以儆效尤。

现在似乎有不少人认为我是最弱的魔物史莱姆，看不起我，或者把我当成一个即便被人侮辱也不会杀死敌人的天真老好人，我觉得这些传闻用不了多久就会消失。

特别是苍影，他的性格比紫苑更冷酷，他会把恐惧植入冒犯者的心底之后再将其放逐。我让他努力构筑魔都的防卫网，他好像也在惩戒那些在附近肆意胡作非为的人。

我们现在还是新兴势力，估计比我们更早入住森林的人正在试探我们的实力。所以，我们现在要展现自己的实力，博得邻居们的认可。

我这种政策正稳步推行，邻居们渐渐认识到我们的实力。

就这样，鸠拉·特恩佩斯特联邦国首都中央都市利姆鲁的来客络绎不绝……可是也有令人意想不到的客人来访。

我的"魔力感知"捕捉到一团强大的魔力正朝这边飞来，速度快得惊人。

糟糕！我瞬间做出判断，当即从紫苑怀里跳下，全速赶往门外。

我的判断没错。

那团魔力在空中改变轨迹，落到我的面前。如果我留在城镇里，估计附近的建筑物就要遭殃了。因为那家伙落下的地方，树木被冲击波卷至远方，地面凹陷像个陨石坑一样。

显而易见，以我现在的实力，连那家伙的一根汗毛都动不了。

我做好心理准备，决定先观察对手。

一眼就能看出我和那人不在一个层次上。

蕴含强大意志的青色瞳孔。

扎成双马尾的粉金色头发。

她看上去约十四五岁，但魔人的年龄无法根据外表来判断。从那不加掩饰的压倒性的魔素量（能量）来看，她的年龄也不可能和那外表相符。

她的衣服是用不可思议的材质制成的。

她是一位难得一见的美少女。

没等我问她的身份，这名少女就桀骜不驯地挺着胸膛开口了：

"初次见面！我是魔王米莉姆·纳瓦。你似乎是这座城镇的最强者，所以我来打声招呼！"

美丽的魔物如此对我说道。

●

就在几分钟前——魔王米莉姆发现了下方广阔的城镇。

这是一座美丽的城镇。

第二章
魔王来袭

建筑物整整齐齐地排列着，街道树点缀着各区域与道路，与自然融为一体的街景向前延伸。

可以确认城镇中有数个超越 A 级的高阶魔人。

最让人吃惊的是，城镇中的居民每一个都经过进化，他们的实力与低阶魔人相当。

魔素量（能量）暂且不谈，所有居民都拥有较高的智慧。看得出每一个人都在主动思考，认真进行工作。

不久之前，鸠拉大森林还不存在这样的魔物。正常来说，谁都想不到会突然出现这样一个魔物集团。

无论力量强弱，所有人都齐心协力地工作。连米莉姆的头脑都想象不出指挥他们工作的魔物统率力高到什么地步。

米莉姆非常开心。

她很久没有如此兴奋了。她使用能够看穿真实的专属技能"龙眼"判定每个人的能力。

"太棒了。"米莉姆感叹道。

难以置信的是几乎所有人都是持名魔物。

（难道——有人给这里的所有魔物都命名了吗？）

惊愕与感慨一起涌上米莉姆的心头，在这数百年来，她从未有过这种感觉。

米莉姆无论如何都不会做那么麻烦的事。而且给魔物命名等于转交自身的部分力量，这部分有可能无法恢复。普通的魔人不可能会去做那么危险的事。

因为在这个适者生存的世界，最忌讳的就是自身力量的流失，可以说这是一种习俗。

米莉姆开心地露出微笑。

（这是……为了慎重起见，事先和他们沟通，让他们不要出手果然是正确的！）

会谈之后，米莉姆第一个飞了出去。

直觉告诉她有必要进行事先沟通，她飞去直接找有可能惹出问题的两位魔王进行谈判，然后强硬地（只是威胁他们如果插手就是与米莉姆为敌）让那两位魔王保证不会插手这件事。

克雷曼、卡利昂还有芙蕾——这三位是年轻一代的魔王。

所以就算放任他们为所欲为，米莉姆也有自信凭自己强大的实力摆平。可是，魔王中也有连米莉姆也感到棘手的家伙。对方也不愿意与米莉姆为敌，所以只要和刚才一样进行事先沟通，就不必担心对方来碍事。

米莉姆有预感，这次遇到的家伙会比自己预想得更加有趣，所以心情很好。

也不用担心中途会有人来捣乱。

（不必心急，先从找出那个魔人开始……）

米莉姆想道。

她这次会参与克雷曼的计划，原因和往常一样——纯粹是为了打发时间。

米莉姆经历了漫长的岁月，对她而言，日常生活就是无聊的代名词，所以米莉姆每次都会参与有趣的事。

无论那个名叫格鲁米德的下等魔人在策划什么阴谋，米莉姆都没兴趣，重点是猪头帝会变多强，仅此而已。

就算有意培养、催生新魔王也没关系，米莉姆想看看那一瞬间，解解闷。

第二章
魔王来袭

可是，格鲁米德失败了。

米莉姆的期待化作巨大的失望。克雷曼拿出的水晶球里的影像令米莉姆为之一振，足以让她把猪头帝的事抛到脑后。

米莉姆的专属技能"龙眼"甚至可以透过水晶球看到的影像观察到本质。尽管那只是一些片段，但米莉姆也能从中得到充足的情报。

她看出与格鲁米德战斗的谜之魔人很有潜力，他明显有能力脱离高阶魔人的范畴。

尽管卡利昂和克雷曼看不出来，但这骗不过米莉姆的"龙眼"。

米莉姆也猜出了杀死格鲁米德的犯人。所以她推测那个犯人吸收了格鲁米德的力量并产生进化，得到了接近魔王的力量。

如果米莉姆的推测没错，那里一定爆发了一场壮烈的战斗。

（不，不对。估计猪头帝就算进化也不过是魔王之种的级别，但那个魔人已经——）

正如米莉姆所想，那个谜之魔人活了下来。

米莉姆满意地从上空观察城镇。

（他们什么时候建了这座城镇？）

修建道路的魔物，搬运砍伐好的木材的魔物，以及出入于施工建筑物的魔物。不管怎么看都是那些魔物自己建造了这座城镇。

米莉姆居住的城堡是由人类建造的。

那座城堡是将米莉姆奉为神明的信徒建造的神殿。那些人现在也在供奉米莉姆，但不会干预米莉姆的行动。

在米莉姆看来，那是一群微不足道的人类。

那些信徒通过侍奉米莉姆换来了千年的安乐。因为他们的土地被当成米莉姆的领土，就算遭到其他魔王的侵略，米莉姆也会保护他们。

其他魔王没说什么,能对她提出不满的人不多。

可是——那些信徒的时间停滞了。

在平静的日子中,他们不愿尝试新的挑战。世世代代都为侍奉米莉姆的工作感到无上的喜悦。

他们停滞了千年。

(这座城镇的人和那些无聊的人不一样……)

米莉姆此行也不是为了招募部下。

她是为了解闷来寻找刺激的。

这是她唯一的理由。

她知道克雷曼和卡利昂想增强战力,所以打算玩腻了之后把那些魔人让给他们。

戏弄年轻的魔王,让他们露出不甘的表情,等心满意足之后再开始下一场游戏——她的计划本来是这样……

可是,谜之魔人的能力超出了米莉姆他们的预想。

放任不管是不可能的,这个魔人的实力太强,也不会对魔王言听计从。

要打败他吗?还是……

米莉姆已经彻底忘了那些年轻的魔王们。

她找到了那个魔人。

她找到了这座城镇中实力足以匹敌"魔王"的魔物!

(哇哈哈哈哈!他果然已经成长到足以匹敌魔王了!!)

于是,米莉姆朝目标猛冲过去。

第二章
魔王来袭

竟然是魔王！这惊愕的喊声硬是被我咽了回去。

魔王到底是来干什么的？

不用问也知道她是真货。因为眼前这名少女释放出的霸气是我见过的最强等级。是的，这种压倒性的霸气足以与维鲁德拉匹敌。

话说回来……魔王一开始不是应该派麾下的使者或四大天王之类的家伙来吗？

我控制强烈的吐槽冲动。

但我应该怎么回答呢……

我现在是史莱姆形态。当然，也没有泄漏妖气。我最近已经习惯了魔力操纵，即便没有特意控制，也能在一定程度上抑制妖气。

也就是说，在不知情的人眼中，我应该只是一只杂鱼魔物史莱姆而已。

我曾在分身之后用"魔力感知"测定我的本体，我泄漏的妖气和野生史莱姆一样……

这个魔王竟然能轻轻松松地看穿我的身份，她肯定不是等闲之辈。看来谎言和掩饰是没用的。

因为面对这样的对手，我完全无计可施。现在不能乱来，不能惹怒她。

"初次见面。我是这座城镇的主人，名叫利姆鲁。想不到你竟然能看出我这只史莱姆是这里最强的魔物。"

实际上，白老可能才是最强的，可这个想法没必要说出来。

我先观察情况顺便探探口风。

"哼哼！对我来说，这种事轻而易举。连对方隐藏的魔素量（能量）都逃不过我这双'龙眼'。总之，你要知道在我面前伪装成弱者也没用！"

魔王米莉姆肯定地说道，一副得意扬扬的样子。

原来她的双眼拥有类似于我的"解析鉴定"的效果。如此一来，我确实什么事都瞒不了她。

这家伙很棘手。

根据我"解析鉴定"的结果，她的魔力（力量）明显在我之上，技量（等级）方面肯定是魔王更高吧。

我没有胜算。

如果开打的话，估计我的所有技能都对她无效。我唯一能做的估计只有巧妙运用自己的能力拖延一点时间。

不愧是货真价实的魔王，和猪头魔王那个自称魔王的家伙有着天壤之别。

我正想着，米莉姆继续说道："话说回来，这是你的真实面目吗？胜过格鲁米德的那个银发人形姿态是你变的吧？"

她竟然知道我和格鲁米德战斗的事？我想起苍影向我报告过当时有人在进行监视。我本以为进行监视的就是格鲁米德，想不到连格鲁米德也受人监视。

也就是说，格鲁米德的计划全部被人知道了——或者，格鲁米德本身也受人操纵，一开始就是某个计划的一环。

说起来，格鲁米德曾叫唤着说有魔王给他撑腰。我本以为他只是嘴硬，看来他真的认识魔王，而且是如此强大的……

"你指的是这个形态吗？"我边说边变为人形。

我没戴面具，因为隐藏妖气没有意义。

"哦，果然是你啊。那是你打败了猪头帝吧？估计那家伙吃掉

第二章
魔王来袭

了格鲁米德，进化成了魔王之种了吧？"魔王米莉姆开心地对我说道。

咦，她连格鲁米德死亡的事都知道？不过她似乎不清楚那之后的事。

那就借机欺骗她吧——不，我有预感这么做会很危险，现在似乎应该老老实实地回答她。

"你很厉害啊。猪头帝确实进化成了猪头魔王。我打败了他。那么，你今天来打招呼是有事找我吗？难道是要为格鲁米德报仇？"

我顺便询问她的来意。

万一她是来报仇的，我就无能为力了，但觉得她不会做那种没意义的事。估计只要愿意当她的部下，她就会放过我。现在消灭我们对她应该没有好处。

不管怎样都要先搞清楚对方的目的和态度。

"嗯？其他事？我只是来打声招呼而已。"

"……"

"……"

尴尬的沉默。

我和魔王米莉姆默默地注视着对方。

这时……

"觉悟吧！！"紫苑叫着挥刀冲向魔王米莉姆。

估计紫苑追着我过来，亲眼看到魔王的霸气之后彻底失去了冷静。她可能想先发制人，多少占据一点优势。

与此同时，一个黑影掠过。

岚牙从地面的影子中跳出来，扑向魔王米莉姆。

这是彻头彻尾的偷袭。他们的时机掌握得非常好，正常来说，

115

就算能挡住其中一方的攻击，也会被另一方攻击到。

可是，他们的对手是魔王米莉姆——

"哇哈哈哈哈！怎么，你们想陪我玩吗？"

魔王米莉姆发出开心的笑声，用右臂去挡紫苑的剑，接着朝岚牙轻轻挥动左手。

铿！紫苑的剑被挡住，发出了金属撞击的声音。魔王米莉姆用裸露的皮肤接住了大太刀，却毫发无伤。

而岚牙被无形的冲击波击飞，全身的毛倒竖着。等一切结束之后，我才注意到她轻轻挥动的左手放出了超音速的冲击波。

"喂，你们等一下！"

等我反应过来出声制止时，下一波攻击已经开始了——

"就算是魔王也无法摆脱这些丝的束缚。"

苍影利用岚牙做诱饵，从背后用"操丝妖缚阵"捆住了米莉姆。

这时，红丸……

"接下来是决定性的攻击。化为灰烬吧。"

他的黑炎狱将魔王米莉姆罩住了。

毫不留情的攻击，而且是在知道对方是魔王的情况下接连打出全力一击。

也许这些鬼人认为在这里消灭魔王是最好的办法。

然而——

"哇哈哈哈哈！！你们很厉害。这么强的攻击，要是换成其他魔王，估计不会毫发无损。说不定还有可能被打败。可惜——"

魔王米莉姆妖气暴涨。

接着，一股冲击波如火山爆发般席卷了这里。

米莉姆没有发动攻击，她甚至什么都没做。

第二章
魔王来袭

她只是让隐藏的妖气自由释放而已。

"这对我没用！！"

米莉姆身上的丝瞬间化为粉末，她又自由了。

双方的实力差距大得离谱，但现在说这个也没用了。靠小聪明和人数优势无法战胜这样的对手。

据矮人王盖泽尔说，高阶魔人的危险程度为灾厄级或灾害级，魔王是灾祸级。维鲁德拉那样的"龙种"和部分魔王被称为"天灾级"，极其可怕。

亲眼看见就能理解，她肯定是天灾级。

我眼前的魔王实力之强，甚至可以与人力无法企及的大自然的凶暴天灾相提并论。

一个人竟然能构成这么大的威胁，这简直是噩梦。可在这个世界，这就是现实。

那么我该怎么办？

紫苑、红丸、苍影和岚牙被刚才的冲击打倒在地。他们虽然没死，但也不可能继续战斗了。

"……利……利姆鲁大人……请快逃……"

"这……这里就交给我们——"

即便伤成这样紫苑和红丸仍想站起来掩护我逃走。

可是，他们现在已经站不起来了，况且对方也不会放我逃走。而且我那小小的自尊心也不允许我丢下同伴独自逃走。

"之后就交给我。你们躺着吧。"

"可……可是——"

"只要不放弃就有机会，我会尽量尝试各种手段。但是你们可别抱期望啊。"

我耸耸肩让红丸等人不要乱动。反正我们也跑不掉，不如把能试的办法都试一试。

"哦？你想和我抗衡吗？有趣。"魔王米莉姆露出开心的笑容，对我招了招手。

好啊，那我就上了。

既然事情变成这样，那我也不能胡乱出手。现在只能靠我擅长的故弄玄虚和嘴上功夫看看有没有希望。

"话是这么说，我想了半天，似乎只有一种攻击可能对你有效。"

"哦？"

"既然你有自信，那我们就试试吧。"

说实话，我很清楚无论我做什么都赢不了她。该怎么解释呢——

"说明。经测定，对方的魔素量（能量）下限是你的十倍以上。此外，其上限无法测定。"

听了"大贤者"这话应该就能理解，她还没动真格的就比我强十倍以上。这应该是单纯依据魔素量（能量）的多寡进行的判断，但无论什么方法都无法弥补十倍的差距。也难怪红丸他们的全力攻击不起作用。

所以，我能用的战术只有一个。

既然预测结果是我所有的能力（技能）都无法产生作用，那只能尝试使用自己的所有道具去对付她，之后就看米莉姆接不接受我的挑战。

"哇哈哈哈哈！好啊，似乎很有趣。不过如果你那攻击对我不起作用的话，你就要答应做我的部下哟。"

第二章
魔王来袭

哦！我运气不错。

看来她的心胸比我预想得要宽广。我们之前不由分说地对她发起了攻击，其实能活命就算赚到了。可是，看这样子只要我愿意成为她的部下，她就会放过我们。

"好啊。但是，如果我的攻击有用，你就要放过我的部下哟。"

"可以。那就快点开始吧！"

魔王米莉姆答应了我的条件，期待地看着我。

那就如她所愿吧。

我轻轻蹬脚，朝米莉姆飞奔过去。我发动了正面突击，没有拔刀。接着，我在手掌中做出一个小小的水球。

魔王米莉姆饶有兴致地看着我的行动。尽管我全速逼近，但一举一动全都逃不过她的眼睛，所以我不会耍小花招。

"吃我一击！！"

"唔！"

我在魔王米莉姆面前停下来，把手掌上的水球丢了过去。米莉姆显得十分从容，她知道这攻击没什么大不了的。所以她没有戒备，放任我进行攻击。

水球飞到了米莉姆的嘴角。

这个水球本来就不是攻击。水球只是为了裹住我的道具，防止其损毁罢了。之后就看魔王米莉姆对这个道具有没有兴趣了，不过……

我的命运完全取决于魔王米莉姆的反应。

"这是什么！！我从没吃过这么好吃的东西！！"魔王米莉姆异常兴奋地叫道。

她伸出可爱的舌头舔着嘴角的水滴。

哼，看来这场对决——是我赢了。

"呵呵呵，怎么样？如果你对我出手的话，这东西的真相将永远埋葬在黑暗之中。如果你承认我赢，要我把这个给你也行哟。"

我轻轻一笑，做出水球在魔王米莉姆面前炫耀。

魔王米莉姆紧紧盯着水球，眼珠子随着我的动作转动。她彻底被吸引住了。看来这场危机终于能过去了。

其实这是我让受我保护的魔虫雅皮托采集的蜂蜜。

我就知道会派上用场——其实这话是骗人的，我只是想藏着以后偷偷品尝。

毕竟我来这个世界之后从没吃过甜食，直到最近才好不容易能吃上美味的饭菜，我接下来的目标就是吃甜食。

可是！据朱菜说，甜食是超奢侈的东西，极难入手。我只能从各类水果上尝到甜味。据说西方大国和东方帝国有砂糖，但由于价格昂贵，这种奢侈品极少流通到别国。

那就没办法了。我打算从最简单的东西开始找，于是就想到了蜂蜜。因此，能保护雅皮托实属侥幸。

尽管辛辛苦苦弄到了蜂蜜，但现在还没做好大批量生产的准备。所以我就带着歉意私藏起来，打算独吞。

魔王米莉姆好像正在进行激烈的思想斗争。

"啊……但是，可是……"她非常纠结。

那就再给她一点刺激。

"嗯——真好吃！"我把已经拨弄了一会儿的水球放进自己口中。

"啊！！"

"呀，这个真是美味。咦，已经没剩多少了哟。"

"什么？"

有意思。感觉她和小孩一样，让人忍不住想逗一逗。

"那你愿意承认我赢了？"

"等等，我有个提议。"

"说来听听吧。"

"我们平手——这次就当我们平手怎么样？"

"那我有什么好处？"

"我不追究这次的事。"

"哦？"

"当……当然不只这些！我发誓今后不会对你们出手！另外，你们遇到困难的时候也可以找我商量！"

赢了！

虽然她有压倒性的实力，但心理似乎和外表一样是个孩子，她敌不过成人的交涉手段。

没错，成人很"肮脏"。

不过，进一步交涉会有危险。对方是魔王，而且是天灾级魔王。如果继续惹她不快，她可能会让整座城镇化为灰烬。

"那行。我接受这个条件。那我们这次就算平手。"

我趁魔王没改变主意，赶紧把这事定下来。

我还有一些蜂蜜，所以就多装了一点到容器（瓶子）里递给魔王米莉姆。这是用黏土随便烧制的容器，不算好看，但魔王米莉姆开心地接过了容器。她急忙用指头蘸了一点蜂蜜放到嘴里吮吸。

看来她心情不错，危机过去了。

就这样，我们躲过了前所未有的天灾。

第二章
魔王来袭

*

治疗了红丸他们之后，我正打算回城镇，结果魔王米莉姆也跟来了——真是让人头疼的家伙。

既然靠着花言巧语把她哄住了，那她也该就此回去，结果我的计划突然失败了。

她小心翼翼地抱着装着蜂蜜的容器（瓶子）寸步不离地跟在我身边。

她还想要蜂蜜吗？虽然我还有，但不打算再给她。再给她，我自己那份就没了。

"我说，你不想自称魔王甚至当上魔王吗？"米莉姆在路上亲切地问道。

这家伙在说什么啊，真是的……

"我为什么非得做那么麻烦的事不可？"

听到我的反问，她露出了疑惑的表情。

"咦？因为……那可是魔王啊！很帅气吧？一般人都会想成为魔王吧？"

"我没兴趣。"

"……咦？"

"咦？"

看来我和魔王米莉姆的思维方式有很大的差异。

两人看法不同，面面相觑。

"那我问你，成为魔王之后有什么好处吗？"

"呃？这个……强大的家伙会来找你的碴。可有意思啦！"

"没兴趣，这种事已经够多的了，而且我也没兴趣。"

"呃——那你的人生有什么乐趣？"

"有很多啊。要做的事太多，我都忙不过来了。你手中的蜂蜜就是我最近好不容易才弄到的。我想要的东西多得跟山一样，可没空当什么魔王。当魔王除了打架斗殴，还有别的乐趣吗？"

"没了……还可以向魔人和人类耀武扬威……"

"那不是很无聊吗？"

我的话如晴天霹雳一般令魔王哑口无言。

看来当魔王真的很无聊。

估计我的话一针见血，她无言以对。

我们马上就到城镇了，既然魔王还没从打击中恢复过来，那刚好可以请她就此打道回府。

"既然你问完了，那回去的时候路上小心哟。"

我本以为自己能够顺利摆脱她，但这想法似乎太天真了。

"等等！你……你！你做的事比当魔王还有意思吧？太狡猾了，狡猾狡猾！！我生气了。快告诉我。还有，带我一起玩！！"

你是个爱撒娇的孩子吗？我差点叫出声来，可我拼命忍住了。

她可是魔王，惹怒她可能会有不堪设想的后果。

我觉得把她当成一个孩子反而更好相处。我想起刚才对付她的办法，估计我这个成年人应该能轻松哄住她。重点在于要巧妙地哄住她，然后主导对话的内容。

从此刻起，魔王米莉姆在我心中已然成了亲戚家的熊孩子。

"知道了，知道了。我可以告诉你，不过有个条件。从现在起，你叫我时要在名字后面加上'先生'，叫我利姆鲁先生，知道了吗？"

"什么？别开玩笑了！恰恰相反，是你应该叫我米莉姆大人！话说回来，你刚才就已经直呼我的名字了——"

第二章
魔王来袭

糟糕。我是不是有点得意忘形了？虽然外表和心理都是小孩，但她可是天灾级的强者，惹怒她是很危险的。

"等等。既然我们打成平手，那我这样称呼你，也没问题吧？"

"嗯……嗯……"

"好，那就这样吧。我叫你米莉姆，你也可以叫我利姆鲁，怎么样？"

"嗯嗯嗯……也是，那好！那我就允许你叫我米莉姆。你可要心怀感激哟。只有我的那些魔王同伴才能这样叫我。"

"谢谢啦。那从今天起我们也是朋友了。"

"嗯？"

我们在激烈的争论中话锋一转，最终决定互相直呼其名。

"那我带你进去参观，你可不能自己乱跑啊！"

"我知道了，利姆鲁！哎嘿嘿。"

感觉魔王米莉姆——不，是米莉姆那家伙心情不错。

"好，你要听话。那没有我的允许，你不能在城镇中搞破坏。听好了哟！"

"没问题！我答应你，利姆鲁！"

太好了，这家伙比我预计得要好对付。

这样一来应该能暂时稳住她。

"……不愧是利姆鲁大人。竟然轻轻松松地驯服了魔王米莉姆……"

"当然了，他可是利姆鲁大人！"

"我想去通知利古鲁德阁下，免得有人搞不清状况惹怒魔王。"

既然红丸他们会这么说，那估计他们心中也没有不满。

就算心怀不满，他们也拿魔王没办法。

我边想边领着米莉姆进入城镇。

顺带一提，擅自以魔王自居可能会受到其他魔王的制裁。而且，无法证明自己的实力还可能会被抹杀。

好险。可以说当时非常危险。

如果我听米莉姆的话，以魔王自居，那将会引起真正魔王的注意。

且不说米莉姆也是货真价实的魔王，我在不知不觉间躲过了一场危机。

后来我得知这些事，想起我当时拒绝了米莉姆的提议不禁想要夸奖当时的自己。

*

我带着米莉姆在城镇中转悠，没想到这竟然是重体力活。

曾带小孩子去过游乐场的人应该能想象得到，稍不留神她人就不见了。

"喂！我不是说过别乱跑吗！"

"哇哈哈哈哈！这里！这是什么？"

"听我说！喂，你消停点听我说啊！"

"哇哈哈哈哈！到底是什么？我在听啊。"

我看她完全没听进我的话。她兴奋地四处乱窜，她怎么会这么激动？真是不可思议。

"哦，这不是利姆鲁大人吗？真巧，试制作品完成了，我正要拿去找你。"

我们进入城镇后，加维鲁抱着一个箱子出现了，真不知道这时

第二章
魔王来袭

机是好是坏。

"哦,这不是龙人族吗?哇哈哈哈哈!真是少见,想必你很努力吧?"

"哦,是个眼生的小姑娘啊。我是龙人加维鲁!是利姆鲁大人的心腹,正奉命开发秘药。矮个儿女孩,你也是新来的吗?"

噗喊——

"啊?你刚才说什么?矮个儿女孩——难道是在说我吗?你该不会是活腻了吧?"

一直笑嘻嘻的米莉姆态度骤变。

被人称作矮个儿女孩,想必她十分不满。

她猛地抓住加维鲁的头拉到自己身边,沉重的一拳陷进加维鲁腹中。

我根本来不及制止。

加维鲁"呜噜"一声,被打得只剩最后一口气。

等……等等!我们不是约好没有我的允许不能搞破坏吗……

"听好了。我现在心情特别好,所以才会就此放过你。下次我可不会再放过你,你给我小心点。"

话是这么说……但下手再重的话会死的。

这可算不上什么放过他。米莉姆的力道控制得刚刚好,在加维鲁只剩一口气的时候停了下来。

米莉姆真是可怕的女孩!恐怕她是用"龙眼"看透了加维鲁的状态,真是个可怕的家伙。

幸好加维鲁带着试制的回复药。我赶紧给他用了药,加维鲁的伤消失了。

"啊！我刚才看到敬爱的父亲在河对岸向我招手！"加维鲁边叫边睁开双眼。

"看来你伤得也不是太重嘛。你父亲应该健在吧？"我吃惊地说道。

加维鲁闻言赶紧改口："啊，是啊。抱歉抱歉。不过我刚才真的差点就死了……那位少女——啊，小姐到底是……"

"啊，苍影刚刚去通知利古鲁德了，不过你们洞窟里的人好像还没收到消息。这家伙是米莉姆。她可是魔王哟。"

"哈……嗯？啊！竟然是魔王！"

加维鲁差点吓出尿来。

嗯，我理解他的心情。等加维鲁冷静下来之后，我向他说明了米莉姆会暂住在这座城镇的事。

"原来是这样……难怪刚才那一击如此猛烈？话说回来，幸亏我能活下来啊……"

"嗯，因为米莉姆答应我不会搞破坏，所以她没想杀你。"

"哇哈哈，那当然。那只是一个小小的问候。"

我可不想被人这样问候。

这样看来，不搞破坏的约定可能很不靠谱。

可能我们眼中的惨案在米莉姆看来不过是次亲密接触而已，必须告诉其他人千万要小心。

"我过会儿要去洞窟，你帮我转告贝斯塔。"

"明白了。"

加维鲁谄媚地点点头离开了。想不到出了那种事，他还那么精神。也不知道是因为回复药的质量好，还是因为加维鲁的身体强

第二章
魔王来袭

壮——也许这两个因素都有。

米莉姆也大方地点点头挥了挥手。

接着,她若无其事地转过来对我说道:"那家伙非常耐打啊!下次我下手还能再重一点吧?"

这种事别来问我啊,真心的。

"我说,就算你生气也不能直接出手打人吧?"

"嗯?都是惹我生气的人不对。而且那种程度只能算是问候吧?"

不不不不,那可不是问候。

"斗殴可不是问候,所以这也要禁止!"

"是吗?可是,如果不在一开始给对方狠狠地来一下就会被看扁的……"

"不,不行!我会亲自和这里的所有人说清楚,不得对米莉姆无礼。"

"唔,是吗?那就交给你了。"

"嗯,嗯。那你要注意别动手啊。"

现在我能做的也只有这样提醒她了,看来今后有必要慢慢教米莉姆各类常识。

魔物米莉姆似乎长了不少逆鳞,我祈祷着别再出事,受害者有加维鲁一个就够了。

我继续带着米莉姆到处逛。

马上就到晚饭时间了,现在正是众人结束工作聚在一起的时候,所以我决定向其他人介绍米莉姆。

多亏了苍影,整个小镇的人都知道了小暴君来访的消息。得让

129

所有人看清米莉姆的相貌，我才能放心。我觉得就算不认识，也没有笨蛋会那么多嘴，还是有备无患。

我看人差不多到齐了，于是站到台上。

"各位，今天起有位新的伙伴会在我们这里住一段时间。她是我的客人，希望你们以礼相待。但是，她答应过我要遵守这座城镇的规矩，所以如果她违反的话，你们要告诉我。"

不能因为她是魔王就什么都由着她。在这种暴力面前，确实很难限制住她。虽然非常棘手，但还是要明确地告诉她要遵守约定。

米莉姆也很清楚这一点，她自信满满地说："你担心过头了吧？我会遵守约定的！"

我隐隐有些担心，但一味地怀疑也没用。我决定相信米莉姆。

我下来后，米莉姆站到了台上。

"我是米莉姆·纳瓦。从今天起我就住在这里了。请多关照！"

米莉姆这样自我介绍道。

她刚才说什么？

"喂，等等。'从今天起就住在这里'是什么意思？"

"就是字面上的意思啊。就是说我也要住在这里。"

"等等，等等。你现在有地方住吧？那里的人不会担心你吗？"

"没问题。我偶尔回去一趟就行了！"

混蛋，我这边的问题可大了！我硬是把这句话憋了回去。

没事的……她是个随心所欲的家伙，估计玩腻了就会回去。

"既然她本人这么说了，那我们就做好这个准备吧。"

我放弃了，决定随她去。

居民的反应基本都是善意的。

"什么！这不是魔王米莉姆吗？"

第二章
魔王来袭

"哦，我是第一次拜见魔王米莉姆的尊容。"

"真不愧是利姆鲁大人，竟然和那个暴君如此亲密……"

"这下我们魔国联邦（特恩佩斯特）也能过上安泰的日子了。"

等等！

魔王的威势真是可怕，米莉姆在魔王之中似乎还颇有人气。

没人怀疑她的身份。既然是我介绍的，估计没人会有疑心。

"我再说一次，米莉姆从今天起也是我们的同伴。如果有什么事，你们要多多关照她。"

"嗯。我和利姆鲁是朋友，所以如果有事的话，你们也可以来找我。"

米莉姆的实力无人能及，估计轮不到她去向别人求助。我觉得被米莉姆引发的骚动牵连的人反而会更多。米莉姆好像听不出我这话的意思，她似乎是往积极的方向想，那我也不该去否定她。

而且……

"朋友……吗——"

我和魔王成了朋友，这真的没问题吗？从这短暂的接触来看，米莉姆应该是个不错的人……

米莉姆一副扭扭捏捏的样子，她似乎听到了我的低语。

"也对，朋友的叫法有点奇怪……那……那个……与其叫朋友，不如叫挚友！！"她满脸通红地更正道。

米莉姆君，我们什么时候成了挚友？

"唔……挚友？"我小心翼翼地问道。

"咦？不是吗？"

米莉姆的眼睛水汪汪的，眼泪呼之欲出。可她拳头上的斗气似乎会来得更快。

"我是开玩笑的!玩笑,玩笑。我们当然是挚友!"为了躲避危险,我赶紧补充道。

刚才也差点踩上了地雷,我可不想重蹈加维鲁的覆辙。

"是吧?你也很会吓唬人嘛!"

米莉姆笑了,看来我的应对措施是正确的。

这家伙很单纯。

虽然单纯,却很不好相处。

今后千万不能大意,吃一堑长一智。

就这样,比火药库还危险的魔王米莉姆最终加入了我们。

*

米莉姆的介绍会结束后,我们来到了食堂。

饭菜端了上来。

今天晚上吃咖喱饭。

准确地说是以咖喱饭为原型制作的料理。我们发现了类似大米的禾本科植物,现在正在对其进行品种改良。目前这种植物的营养价值并不算高,而且味道也不好。但咖喱是万能的,这种植物和咖喱搭配之后也算美味。

这也多亏了朱菜精湛的厨艺。等培育出白米之后,这将是一道绝妙的料理……

和印度咖喱店一样,这里也有类似印度飞饼的食物,大家可以根据个人喜好选择食物。

这些料理都是在失败中慢慢摸索出来的。

虽然还有别的食谱,但由于没有砂糖,所以还要继续努力。他们正奉我的命令探索森林寻找类似甘蔗的植物。我交代他们在巡视

第二章
魔王来袭

的时候多采集一些植物样本回来，说不定会有类似甜菜那种根部含有糖分的植物。

只要有样本，就可以通过"解析鉴定"分析出成分，估计提取出砂糖只是时间问题。

米莉姆开心地吃着。

我估计她的口味和小孩差不多，于是让朱菜多放些果汁让味道更甜一些。

我想得似乎没错，米莉姆专心致志地吃着。

"好吃！！我从没吃过如此美味的食物！！"

她赞不绝口地再要了一碗。

朱菜见了也很开心，她给米莉姆再盛了一碗。

这场面真令人欣慰。

有人突然说出一句爆炸性的发言，破坏了这种气氛。

这个人是紫苑。

"利姆鲁大人，我一直很好奇，利姆鲁大人之前给米莉姆的东西到底是什么？"

呃……

紫苑这家伙突然提这事干吗？

"不给你！这是我的。"米莉姆慌忙藏起蜂蜜容器。

其实直接用"空间收纳"把容器放好，别拿出来就行了。

"没事的，米莉姆大人。没人会抢米莉姆大人的东西。"朱菜笑着说道。

她说得也对。敢抢米莉姆的东西，简直是不要命了，我们这里应该没人有这个胆子。

米莉姆这才注意到没人会抢她的蜂蜜，马上又笑嘻嘻地继续吃

133

饭。她这毫无防备的样子简直让人怀疑她魔王的身份。

不对，米莉姆的事先放到一边，问题是我私藏蜂蜜的事被发现了。

"话说回来，这气味好香啊。我本以为这是米莉姆大人的东西，原来是利姆鲁大人送给米莉姆大人的啊——"朱菜向米莉姆解释完后，若有所思地转向我。

不妙！事态非常不妙！

苍影装出一副漠不关心的样子，红丸却饶有兴致地听着我们的对话。

这张桌子上一共坐着六人——我、红丸、苍影、米莉姆、朱菜和紫苑。除了朱菜，其他人都听到了我和米莉姆的对话，估计是蒙混不过去了。

看来我只能坦白了。

我本想等有希望大批量产出的时候再说出这事，但现在也没办法了。我从怀里取出蜂蜜，倒满面前的杯子。

"这是蜂蜜。我们没有砂糖，所以我想用它来当替代品。可是产量很低，所以不够大家分。"

我让他们轮流蘸来尝一尝。

"咦？"

两名女性露出惊愕的表情。

苍影单眉上扬，红丸则一副还想要的表情。

不知怎么搞的，连米莉姆也沾去吃了。

不不不，你不是已经有了吗？真是贪心的家伙。

"这东西比较甜。它还有药效，能制成治疗百病的特效药。蜂蜜里可能会混有毒素，提取时必须小心。但这对我来说不是问题。"

第二章
魔王来袭

"这东西可以大批量产出吗？"

"目前不行。一周只有一杯的产量。"

如果一定要的话，雅皮托一周可能可以提供三杯。但是，硬逼是大忌，所以我就少说了一点。

"我打算研究蜂蜜的药用成分，所以不会拿出多少来食用。"

这是实话。事实上，经过"解析鉴定"，我发现蜂蜜能制作"特级万能药"。只有采自珍贵花朵的蜜才有这么好的效用。

"确实。巨大蜜蜂（Giant Honey Bee）的蜂巢中的蜜和这种蜜没得比。那种蜜当调味料还是差了点。"

紫苑也点着头。她明明不会做菜，却很了解这些事。

总之，紫苑说得没错，巨大蜜蜂的蜜不甜，而且有毒成分较多，不适合食用。如果能分析并从中提取甜味成分的话，味道应该也不错，可是，巨大蜜蜂很难驯养。

"如果我们能开辟出花田，应该也能酿出品质较高的蜂蜜。"

"原来是这样……"

紫苑陷入沉默，似乎接受了这一事实。

"利姆鲁大人刚才说这是砂糖的替代品，那砂糖也有这么甜吗？"朱菜兴致勃勃地问道。

米莉姆和紫苑也竖起了耳朵，看来她们也很关心这个问题。

"嗯。砂糖虽然没有药效，但是很甜，甚至有人会对砂糖上瘾。砂糖有很多用途，可以用于料理或加到饮料中。只要有砂糖，就能大量增加料理的种类。"我说明道。

"原来如此，我明白了。明天开始要尽全力寻找砂糖。紫苑——"

"交给我吧，朱菜公主。我紫苑赴汤蹈火在所不辞，一定要找到砂糖！"

"嗯，交给你了！"

三名女性相视点头。

"要为那种事拼上性命吗？"

"你们的关系什么时候变这么好了？"

我有着吐不完的槽，但还是不破坏这气氛了。

我品尝着剩下的蜂蜜，确信用不了多久就能发现砂糖。

晚饭之后，我决定带米莉姆去我引以为傲的澡堂。

大理石建造的浴池深度和矮人的身高差不多，里面装着温泉水，随时都能入浴。

米莉姆老老实实地跟着朱菜和紫苑走了。

平时我会用史莱姆形态静静地和其他人一起泡澡，但今天不行。我们必须趁米莉姆不在，商讨今后的事。

我来到会议室让其他人说说对今天这事的看法。

"哎呀……想不到魔王会亲自来我们这里……"利古鲁德摇着头低声感叹道。

我非常理解他的心情，因为我从来没有想过魔王会亲自过来。

"她也答应我没有我的许可不会搞破坏，应该没事吧？"

我也没什么自信，但也只能相信她的话。所以，我想听听其他人的看法。

"不，不过……值得注意的是其他魔王的态度吧？"凯金说道。

白老和红丸也点了点头，也许他们也认为这一点值得考虑。

"这话什么意思？"我没听懂，于是直接问道。

"魔王不止一位，他们之间互相牵制。米莉姆大人现在宣布利姆鲁大人是她的朋友，这意味着这座城镇也会得到魔王米莉姆的庇

第二章
魔王来袭

护。这本来是件求之不得的事——"

"利姆鲁大人的身份是鸠拉森林大同盟的盟主，也就是鸠拉·特恩佩斯特联邦国的首领。这意味着，我们鸠拉大森林与魔王米莉姆结为同盟，可能已经引起了其他魔王的注意。"

"魔王米莉姆一直以来连个部下都没有，现在她势力大增，打破了魔王间的平衡。到时候，如果处理不善，这片森林有可能会陷入战火之中。"

凯金、白老和红丸接连说道。

原来是这样，我的行动可能会把整座森林牵扯进来，之前倒是没考虑那么多。

可是……

"可是，说实话，我们无力制止魔王米莉姆吧？"利古鲁德对那三人说出了自己的看法。

确实如此。就算我们所有人一齐上也拿她没办法。所以，我才采取最消极的策略，等她玩腻了自己走。

"是啊。老实说，我们和她的实力根本不在一个层次上。我们甚至没有资格和她谈胜负。要是没有利姆鲁大人，我们早就没命了。"

"你说得对。如果一定要树敌的话，还是与其他魔王为敌更好。魔王米莉姆可是天灾级。"

听到利古鲁德的话，红丸说出了自己的心声。而苍影也表示了肯定。这个话题就此终结，我们没有其他办法，只能这样。

我们的结论是今后的问题先抛到一边，等敌对的魔王出现之后再做打算。

接下来是重点，怎么应付米莉姆——

"那么，关于米莉姆大人的问题就全部交给她的挚友利姆鲁大人，各位没异议吧？"

"没异议！！"

什么？红丸你！

但一切都晚了。平时都是我把事情全部丢给别人，结果今天我也得到了同样的待遇。

"而且，说到魔王米莉姆，她是最强最古老的魔王之一。都说绝对不能与这位魔王为敌。这次这事只有利姆鲁大人才能胜任——"

白老这话堵住了我的退路。

想不到她是如此危险的人物，那就没办法了。我叹了口气。

不管怎么说，也找不出其他能哄住米莉姆的人了。只有我擅长对付小孩，现在就由我来力挽狂澜。

由我来应付魔王米莉姆——这项不成文的规定成立了。

洗完澡后，米莉姆已经困了。

据说她在浴池里开开心心地大闹了一场。这倒不是不能理解，毕竟足以游泳的大浴场在这个世界好像很少见。

一般来说，平民只能冲冲澡，就算是贵族也只是在小浴缸里泡泡热水。除非是非常富裕的国家，否则都与泡澡无缘。

在泡澡的问题上，我不会妥协。可以说是我的任性建成了这么棒的设施。所以，知道别人喜欢，我也很有满足感。

我让朱菜带米莉姆去客房睡觉。

客房没有床，这里只有被褥和地铺，希望她不会抱怨……

看来这是杞人忧天。米莉姆一下就睡着了，她睡得很香。

就这样，魔王米莉姆在特恩佩斯特的第一天总算结束了。

然而，米莉姆掀起的风波才刚刚开始。

第二章
魔王来袭

*

第二天，天刚亮。

这一天一大早就十分忙碌。

早上第一件事是叫米莉姆起床……

"为什么我这个魔王非得早起不可？"米莉姆一个劲地抱怨。

我们好不容易才让米莉姆换好衣服。

米莉姆的衣服太不合时宜了，于是我昨天连夜让人准备了新衣。

虽然这是临时找来的衣服，但她本来就是个美少女，穿什么都合适。

"这衣服活动不方便。"

"是吗？我看这件衣服挺适合你的，这件更好吧？"

我随意夸了一下，结果她心情大好地不再吵着要换衣服了。

话说回来，小孩子还真单纯。

接着是早饭。

早饭是类似面包的东西、果酱以及牛奶（其实是经过冰镇的牛鹿奶，我管这个叫牛奶，所以其他人也跟着这么叫），还有热气腾腾的蔬菜汤。

果酱没有加砂糖，只是将水果煮烂放凉，然后再密封冷凝。虽然不清楚用的什么水果，但这是朱菜亲手制作的，比我预想得要甜。

在我看来，酸味比甜味更重要，但这个世界甜味极度匮乏，所以这是不可多得的奢侈品。城镇中主流的早饭是隔夜的蔬菜汤和面包类似物，拿出果酱来招待是非常高的待遇。

"好吃——这个非常好吃！！"

米莉姆赞不绝口地吃着早饭。她好像吃得很开心，这比什么都强。

第二章
魔王来袭

　　米莉姆吃早饭的时候，我在想：要我负责米莉姆的事也行，但我该怎么做呢？和平时一样吗？

　　视察建筑现场、田地、装备制造工厂，查看食物库存量及其他物资——我的工作以视察为主，并且在视察时和负责人商讨确认今后的计划。

　　此外，如果城镇中出现纠纷，我也要进行调解。

　　有许多种族群体在城镇中生活，所以必须要有严格的规则。而且我们如今已不再是村子，而是人口规模达万级的联邦国，规矩的意义更加重大。

　　我现在还没有余力去制定法律，所以居民遵守的是我制定的粗略规则。因此，在出现分歧或者纠纷时就由我来判断是非。

　　话虽如此，但利古鲁德他们会帮我解决大部分问题，所以需要我出面解决的问题很有限。其他人似乎帮我解决了不少问题，他们很关照我，会尽量避免拿那些事来麻烦我。

　　令我意外的是魔物的协调性很高。

　　虽然不可能做到人人满意，但遇到纠纷时由我来判断是非已经成了一种习俗。

　　要委托我进行调解，必须至少提前一周和我联系。毕竟听取双方的意见和收集证据都需要时间，所以预约制是必不可少的。

　　不过我现在没有这类预约。

　　因此，我今天只要去加维鲁那里露个脸……

　　我看了米莉姆一眼。

　　带她去加维鲁那里不会出事吧？那里还有给贝斯塔准备的贵重实验器材，现在已经成了特恩佩斯特的研究设施……

　　我突然想到一个好办法。

米莉姆现在只有一件临时找来的衣服。既然她打算在这里生活一段时间,那有必要给米莉姆准备几套衣物。

那么——

"米莉姆,等你吃完,我让人帮你做几套衣服吧?"

"为什么?这件不是挺好的吗?"

"只有一套也不方便,而且我觉得可爱的衣服更适合你。"

"什么?有可爱的衣服吗?"

"嗯,可以让他们按你的喜好定制衣服。"

"明白了!不愧是利姆鲁,你这里什么都有,太厉害了!"

刚决定要做衣服,米莉姆就开心得有些坐不住了。

这样就好,应该能争取到时间。

毕竟那里是个魔窟,半天时间一眨眼就过去了。我也曾在那里吃过苦头。我像个假人模特一样在那里任人摆布试了很多衣服。

那里有很多设计着玩的衣服,米莉姆应该能找到自己喜欢的类型。

"哎呀,两位是来给米莉姆大人置备衣服的吗?那就让我来陪您挑吧。"

"嗯,有劳了。我去洞窟里办点事,如果有事的话就用'思维传递'联系我。"

"我明白了。"朱菜当即答应了。

"怎么?利姆鲁不来吗?"

"嗯,我已经有衣服了。等米莉姆准备好后,我会来接你,你可以慢慢挑衣服,然后再让人帮你调整尺寸。如果需要的话,也可以让人给你做身新衣服。"

"哦!我明白了。"

第二章
魔王来袭

好,看来很顺利。

米莉姆一听到新衣服注意力就转移过去了。看来就算我不在,她一时半会儿也不会搞破坏或者闹出什么大动静。

早饭结束后,米莉姆跟着朱菜朝制作工坊的方向去了。

那我就趁这清静的机会去把事情搞定吧。

*

我叫上凯金一起去封印洞窟。

"你昨天没事吧?"我对出来迎接的加维鲁问道。

他看上去挺精神的,不过毕竟受了魔王的一击,我担心会不会有后遗症。

"没问题。我对自己结实的体格很有自信!"加维鲁开心地笑着说道。

看来他没事,那我就放心了。

"利姆鲁大人,我也给盖泽尔国王发了报告,不知是否妥当?"贝斯塔小心翼翼地问道。

报告指的是米莉姆的事。

我们的盟约中有一条是在一国面临危机时,另一国要尽可能提供支援。这次的事毫无疑问属于危机状况。

这次的危机我们完全无能为力,所以我们的联络也是为了告诉盖泽尔国王,如果有个万一的话,矮人王国那边也要做好准备。

"嗯。用于联络的通信水晶能正常运行吗?"

"能。盖泽尔国王也很快收到了消息。我的报告只提到魔王米莉姆来袭,利姆鲁大人已经处理好了。这么说可以吗?"

我也明白贝斯塔的担心。估计矮人王国现在一片混乱,正在积极搜集情报。估计贝斯塔也收到了一堆报告要求吧。

"经过昨晚的讨论,决定由我来照顾米莉姆。其实我们也没有别的办法。所以你就向盖泽尔国王报告说我只能善意地接待她。我也想知道有没有什么有效的应对措施。"

"你说得也是……我记得——说到魔王米莉姆,她强大的实力在为数不多的魔王之中也是独一份的……"

"嗯。据我所知,她是最强的魔王。"

啊,果然是这样,连贝斯塔和加维鲁也知道她的大名。

白老也说过她是最强最古老的魔王之一,加维鲁的话也印证了这点。

仔细想想这也是好事。如果每一位魔王都和那个怪物一样强,那要打败静的敌人简直就是天方夜谭,无论我怎么努力都没希望。

如果只有魔王米莉姆一人有这种实力,那我面对其他魔王也不是没有胜算。想到这里,我的心里轻松了一些。

可以说消极地选择与其他魔王对立,也是合情合理的妥协。

一个劲地担心也不是个办法。

应对魔王的办法要细细斟酌,现在先问问回复药的事吧。

"那就开始报告吧。"

加维鲁点点头,和贝斯塔一起向我报告研发的现状。

他们说昨天的回复药是贝斯塔研制的最新型。

新型回复药和用矮人现有技术制作的回复药有根本性的区别。我制作的那一大堆回复药是希波库特草的99%提取液,是既能内服也能外用的良药;而使用矮人的技术,提取98%就已经是极限了。

第二章
魔王来袭

虽然只是1%，药效却有着巨大的差距。

我制作的是魔法药，正式名称为"完全回复药"，可以完全治愈使用者受到的伤害，而且连缺损的部位也能完全治好。

顺带一提，所谓部位缺损就是断手断脚。据说经常有人身体部位被魔物撕咬成碎片或被魔法打飞。

这种药甚至能让人重新长出手臂，是名副其实的魔法药。

据"大贤者"说，这药之所以能有这样的功效是因为它能够解析基因信息并复原缺损的部位。换句话说，只要不是先天问题，所有伤都能被治愈。

用矮人技术制作的叫高阶回复药，这药能够治愈重伤，是世界公认的最高级的回复药。但有些伤无法完全被治愈，严重的部位缺损也无法再生。

估计是因为药效不足，无法深入解析基因信息。这药虽然能治愈大部分伤势，但伤势一旦重到一定程度便无能为力了。

我确认了这两种药的区别。

我们培育的希波库特草的品质和野生的一样。也就是说，我们用的是最高品质的材料。那么，药效的差异应该是制作方法造成的。

"一般情况下，这种高阶回复药的药效已经绰绰有余了……"凯金挠着头抱怨道。

因为这品质优良的回复药是他们完美再现矮人技术的结晶。

"可是，凯金阁下。既然有更进一步的希望，那就不能半途而废！"贝斯塔提出了这样的意见。

既然知道我的回复药有更好的效果，那就应该以此为目标——这是他的心愿吧。

昨天，贝斯塔的新产品完成了。

"昨天我用的回复药与利姆鲁大人的药相比毫不逊色。依我愚见，我们这次成功了。"

看来连加维鲁都对这次的药很有信心。

"那我就开始鉴定了。"

说着，我对他们的回复药使用了"解析鉴定"。

"说明。这药属于完全回复药。"

哦，竟然成功了。贝斯塔那家伙成功做出来了。

"太好了，贝斯塔。毫无疑问，这就是完全回复药。"

"哦！太好了！！"

"贝斯塔阁下，干得漂亮。我的协助也有了回报。"

"不愧是贝斯塔。我就知道你是最适合这类研究的人选。"

贝斯塔高兴得叫出声来，似乎带着无限感慨。加维鲁和凯金也向他表示祝贺。

不过，我没想到他真的能做出来。

"这全是托利姆鲁大人的福。"贝斯塔看着我说道。

不，我说的也不是什么大不了的事。付出努力的人是贝斯塔，我可不希望他把一切功劳都拱手让给我。

我只是说出了自己的想法罢了。

我之前看到贝斯塔的工作流程，发现和我在体内进行的提取过程没什么差异。虽然他所能提取的量和我不同，但应该还不至于影响到药效，我觉得有点不对劲。

我想到草药中的某些成分可能会和空气结合。

我的体内（"胃"中的工作空间）是完全真空的。我估计是因

第二章
魔王来袭

为里面没有任何杂质，所以才能完全提取药草的成分。

可是在这环境中提取率依然只有99%，我推测是因为提取液容易与其他物质发生反应。

我把我的推测告诉了贝斯塔，他听得非常认真。

我和他说这只是我突然闪过的一个想法，就算错了，我也不负责。贝斯塔信了我的话，不断进行相关实验。

结果他成功研制出了完全回复药。

虽然他辛辛苦苦终于研制成功了，但也不是事事都那么顺利。

"凯金，我想把这种回复药当成我国（特恩佩斯特）的资金来源，你看怎么样？"

凯金稍加思索之后摇了摇头。

"唔——老爷，这比较困难。这种药的药效太好了。提取效果过高，平时不会轻易使用。品质这么高的药是英雄级的人留作不时之需的……"

贝斯塔也在一旁帮腔。

"是啊。能做出最高品质的回复药我固然很满足，但从商品的角度考虑，这药却不大适合市场。"

我不禁在心中吐槽：那我们为什么要研制这种药？不过，仔细想想这是因为我搞错了。其实我本来想把这里的回复药当成城镇的特产，但贝斯塔他们想要研发的是以备不时之需的回复药。

"不过，利姆鲁大人，矮人王国的药师可没有这种能力。虽然有炼金术士能调和回复药，但以制作高阶回复药为业的人十分稀少。市面上销售的是低阶回复药，是由高阶回复药稀释而成的量产产品。这就是人们通常说的回复药。也就是说……"贝斯塔看到我心情低落，慌忙说道。

听了他的详细说明，我发现这事其实很简单。

天然希波库特草十分稀少，因此在市面上极少流通。虽然有少数人能够培育希波库特草，但能采集到的量极少。像我们这样能大量生产的人属于异类，所以经过稀释的回复药也很稀少。

接着，贝斯塔提出了他的主张。

"和盖泽尔国王交涉，让矮人王国收购特恩佩斯特生产的低阶回复药怎么样？不过条件可能是让我们接收矮人王国的回复药从业人员……"

"是啊，老爷，这倒是有可能。如果这个国家生产并销售回复药的话，矮人王国只要按需采购就行。说不定这就是签订技术协议的目的，我之前倒是没想到这一点。"结果连凯金也这么说。

但我们也能从中获利。

凯金和贝斯塔一起讨论了很多事，两人似乎在考虑要如何说服盖泽尔国王。

他们看上去很亲密，好像以前的不和是假的一样。果然，这两人在骨子里是意气相投的。

只要他们合得来就好。

制成的完全回复药稀释后可以做出一百个低阶回复药，所以只要积极推进这件事，回复药就会成为我们的收入来源。

这事不用着急。我也没想瓜分矮人王国的既得权益，所以想和矮人王国探讨一个双赢的办法。

我决定把这件事留到以后慢慢探讨，这一天的报告会结束了。

第二章
魔王来袭

*

  我们刚才讨论得很投入，花了不少时间，过了正午才结束。

  米莉姆估计还在制作工坊给哥布林美女们当服装模特，我差不多该去接她了。

  特恩佩斯特的居民一天吃早晚两顿，我想看米莉姆的心情决定是不是要准备点什么。

  在我用魔法阵回到城镇的瞬间出事了。随着一声巨响，一根火柱蹿起。

  那方向是计划用于建设中央设施的空地。

  我伸出翅膀立即飞了过去。

  现场一片狼藉。

  幸好这里是空地，没有建筑遭殃。附近也没有工作人员，所以也没有人员伤亡。

  发现我之后，苍影悄无声息地过来。

  "怎么了？"

  "其实……"

  苍影简要地说明了情况。我一来到现场，看到这里的情况也能猜出大概发生了什么。

  我在洞窟的时候，有新的客人来访。而那位访客激怒了米莉姆。

  苍影带我来到这场骚动的中心。

  朱菜、紫苑、红丸和白老都在那里，另外还有利古鲁德和几名大型哥布林。

  利古鲁德脸上挂着伤，好像被人打了。

  "利古鲁德，你怎么了？没事吧？"

"利姆鲁大人，我没事。这点伤算不了什么。"

虽然还在逞强，但他似乎受到了不小的伤害。

我把回复药递给利古鲁德，然后将目光转向众人视线的焦点。

"是那家伙干的吗？"

"是……"

不用问也知道是那人，但以防万一还是问一下。

黑发魔人倒在地上，似乎被米莉姆揍了。那人表情扭曲，非常痛苦，嘴角挂着呕吐物和长长的舌头。那人翻着白眼一动不动，不过似乎还有气。

那个魔人的周围是他的部下，那些人被吓得动弹不得，无力逃跑。这状况看得我一头雾水，我也不知道现在该怎么办。

倒在地上的魔人穿着黑色豪华衣装、佩戴昂贵的装备。据苍影报告，这人自称是魔王卡利昂的部下。

苍影布下的警戒网发出了警报，于是他急忙赶了过来。发现这个魔人带着一伙人从天而降落在广场上。

当时我不在，所以就由利古鲁德出面应对。但事出突然，苍影还没来得及弄清状况向我报告，这一切就结束了。

"非常抱歉，我联络晚了——"

听到苍影的反省，我便安慰他说这也没办法。

最初，魔人大摇大摆地在城镇里悠闲地转悠。

然后，利古鲁德到了。接着，那个魔人趾高气扬地对利古鲁德宣布道："我是魔王卡利昂大人的三兽士'黑豹牙'法比欧。我可是兽王战士团中最强的战士。这座城镇很不错，配得上兽王大人的统治，你觉得呢？"

利古鲁德闻言回道："请别开这种……"结果话还没说完，对

第二章
魔王来袭

方就不由分说地揍了他。

那个魔人也算手下留情，利古鲁德的伤不算重。据苍影判断，这个魔人强得离谱，如果他动真格的，利古鲁德可能就没命了。他现在躺在我面前一动不动，实在难以想象他到底有多强……

至于事情为什么会变成这样，其实很简单。

米莉姆发现那个什么"黑豹牙"法比欧来了，于是飞了过来。她看到利古鲁德被打便勃然大怒。

法比欧发现米莉姆后急忙放出豹牙爆炎掌，但还不清楚这是怎样的招数，因为米莉姆的霸气把他卷到了空中。

我看到的火柱应该是那个了。

火柱的余波稍稍烧到了米莉姆可爱的衣服，那可是她好不容易换好的衣服。这下米莉姆的愤怒爆发了，她的拳头轰向法比欧的腹部，所以法比欧就成了这副惨状。

苍影刚反应过来，正要联系我时，发现我已经到了。

现在该怎么做呢……

"哦，是利姆鲁啊。这家伙不把你们放在眼里，所以我给了他一点处罚！"米莉姆看到我后，自豪地对我说道。

她好像希望得到表扬，但这种事可以表扬吗？

虽然是对方先动的手，但突然惹上魔王可是很麻烦的。我是第一次听说那个名叫卡利昂的魔王，也不知道他的势力有多强……

既然我们这边也有人动手，那就撇不清关系了。

"我们不是约好没有我的许可不能搞破坏吗？"

"咦？这个，因为……对了，这次不一样。他不是这座城镇的人，所以不算。对，这次不能算！"

"这次也算！但你也是为了保护利古鲁德，所以我只罚你不许吃午饭——"

"过分，太过分了！哇啊——"

虽说有点过分，但我刚好在考虑怎么解决午饭。我本来没必要吃东西，估计米莉姆也一样。看来这个魔王对食物非常执着。

"可恶，都是那家伙害的。卡利昂那家伙也没有遵守约定，是个不老实的家伙。一发根本不解气，至少要再来一发——"

"停下停下停下！"

米莉姆正要去揍法比欧，我急忙把她拦住。法比欧的部下脸色苍白，被米莉姆的样子吓得不轻。

"总之我们先换个地方……"

听到米莉姆带着哭腔叫唤着，我赶紧把她劝住。

这里可能会成为另一种意义上的人间地狱，于是我决定先换个地方再详谈。

*

我们来到了熟悉的会议室。

米莉姆已经量好尺寸，她的新衣服已经开始制作了。所以，她可以直接换上替代品。

我很纠结应不应该纵容米莉姆，但最终还是给她准备了午饭。原因之一是她刚才提到一件事让我很在意，我想问问详细情况。

米莉姆吃着为她准备的三明治，脸颊鼓鼓的。好在她的心情似乎好转了。

会议室中的气氛十分紧张。

只有米莉姆一人一副无忧无虑的样子。

我稍不注意，她就惹出了问题，这魔王的名号果然不是假的。

第二章
魔王来袭

也许就算米莉姆不在,我们也避不开这个问题,但事情应该不会在一瞬间恶化到这一步。

木已成舟,现在再说什么也无济于事,重点是今后的事。

"你们是来干什么的?"法比欧醒后,我开门见山地问道。

"哼。你不过是个下等魔人,你以为我会回答吗?"

法比欧的回答激起了红丸和紫苑的杀气。我对他们使了个眼色让他们忍一忍,他们这才勉勉强强地老实待着。

我们这边的成员是我、利古鲁德、红丸和紫苑,此外还有米莉姆。

法比欧那边是法比欧和部下共三人。我们没有把他们绑住,所以他的态度显得有些自大。

"下不下等我不知道,但我肯定比你强。给你个忠告,你最好老老实实地回答。我没听说过什么魔王卡利昂,而且你的态度可能会导致我们和卡利昂敌对。还是说你们已经准备要与我们整座鸠拉大森林为敌了?"我居高临下地对他说道,虚张声势可是我的强项。

"哈!区区一只史莱姆竟敢口出狂言。这座城镇是由这种下等魔物统治的吗?全是杂鱼也很够呛啊。别以为得到米莉姆大人的青睐就可以得意忘形。"

魔人基本信奉适者生存的规则,以强者为尊。一一回应这些话很是累人。

而且这个法比欧确实很强。

他十分勇猛,是魔王卡利昂的三兽士,异名"黑豹牙"。他之所以口气这么大,是因为他对自己巨大的魔素量(能量)很有信心。

他虽然在米莉姆眼中只是个杂鱼,却比红丸和紫苑强。在吃掉猪头魔王之前,面对这样的对手,我也相当吃力。

这个魔人属于准魔王级,十分强大。

我的实力应该在他之上，但我并不想去验证这一点。和他动手只是徒增麻烦，而且就算赢了也得不到好处。

搞不好甚至会惹怒魔王卡利昂，引发一场你死我亡的战争。我想避免事情发展到那一步，所以有必要旁敲侧击地套他的话。

"下等魔物？喂，你这家伙，言下之意是你看不起我的朋友咯？"吃完三明治后，米莉姆开始发火了。

她何止是火药库，简直就是颗重磅炸弹。我觉得在我施展交涉技巧之前，米莉姆会把一切都搞砸了。

我也掌握了对付米莉姆的诀窍。只要有吃的当诱饵，就能轻轻松松让米莉姆老实下来。

"米莉姆，等等。如果你再惹事的话，今天就没有晚饭了哟！"

"知……知道了。我会老老实实的。"

米莉姆老实下来之后，审讯再次开始。

"我确实是只史莱姆。我统治着这座森林三成的地域也是事实，要是你们想挑事，那战争将不可避免。所以我建议你好好想想再回答。"

我稍稍发动"威压"开始盘问法比欧。

想不到他老老实实地回答了我的问题。

看来米莉姆的恐吓非常有效。可惜这不是我的"威压"的效果，但是能得到我想要的信息就好。

他不情愿地回答了我的问题……

他奉魔王卡利昂的命令前来，不管是猪头帝还是谜之魔人，总之要让活下来的一方加入魔王卡利昂麾下。

所谓的谜之魔人就是指我们。看来还有其他魔王和米莉姆一样看到了我们的战斗。这么说来，格鲁米德口中的魔王靠山也可能不

第二章
魔王来袭

是米莉姆。

没想到这事与多位魔王有关,不过仔细想想米莉姆确实不会制订那么麻烦的计划。这应该是其他魔王策划的。

那就回归正题。

不管胜者是猪头帝还是谜之魔人,都有可能成长为强大的魔物,所以魔王卡利昂派了准魔王级的"黑豹牙"法比欧前来。

魔王卡利昂的初衷很好,可惜法比欧的脑中只有力量。要拉拢我就应该派智慧型的魔人来用利益和我交涉。

在这之前……

"卡利昂那家伙竟然打破了互不妨碍的约定……"米莉姆鼓着脸颊生气地说。

法比欧害怕得移开了视线。

虽然他是难得一见的准魔王级强者,但在真正的魔王面前也是毫无尊严。

我用余光看着气鼓鼓的米莉姆,心想只要有这家伙在,无论什么人来都没用。而且……她提到了和卡利昂的约定,这话可不能当作没听见,之后必须好好盘问一番。

我想知道的法比欧都说了,于是我就把他请了回去。

只要有米莉姆在,法比欧的力量就派不上用场。他瞪着我和米莉姆丢下一句"你们一定会后悔的"之后就离开了。

我让他转告魔王卡利昂,如果想和我交涉就改天再联系,我不抱什么希望。转不转告是法比欧的事,我估计他只会说对自己有利的话。

任务失败之后如实报告情况对他本人更有利,不过做决定的终究是法比欧。

我似乎应该找米莉姆尽量了解魔王卡利昂的性格和其他情报，以应对他的一切行动。

那要如何开口呢……

"好，米莉姆，我想问问详细情况。"

"不行。我们已经约好不妨碍对方，所以这事连米莉姆也不能说。"

好，她已经坦白了他们之间有秘密。

接下来就是大人与小孩间的尔虞我诈。说实话，我有信心能赢。

"咦咦？意思是说你们约好不能把对方的秘密说出去咯？"

"不是，我们没有这种约定……不过，不能妨碍……"

"没事的。卡利昂也把米莉姆的事告诉部下了吧？既然我们是挚友那就应该互相帮助吧？我觉得我也应该了解一下其他魔王的事。而且，如果我不知道米莉姆和其他魔王之前的约定，那就有可能在无意间妨碍到你！"

我在询问米莉姆时特地强调了"挚友"二字。

"有道理，可是……挚友……"

还差一点。

"对了，下次我给你打造一把武器吧。看来你对我这个挚友还是放不下心啊。"

我尝试用玩具取悦她。

"哇哈哈哈哈！是啊，果然还是挚友最重要！"

米莉姆——沦陷。简单，这也太简单了。

我成熟而又从容地点点头，强忍着不露出坏笑。

第二章
魔王来袭

就这样，我成功地从米莉姆那里得到了情报。

了解到除米莉姆外的三位魔王和他们的企图。

了解到这次事件的原委，以及魔王们暗地里的竞争。

我得到的情报解开了这一连串的谜团。

然而——

那些魔王竟然企图创造一位傀儡魔王……

虽然米莉姆可能只是为了解闷，但这个计划不是闹着玩的吧？

话说回来，既然我们阻止了那个计划，那想不被盯上都难……

"这……竟然还牵扯到其他魔王……"

"竟然会有这种事……我们得找托蕾妮大人想想办法才行。"

"没关系。只要有利姆鲁大人在，其他魔王根本不足为惧！"

这可是个大问题，除了某人，所有人都忧心忡忡。

一场暴风随着魔王米莉姆一起袭来，这场暴风愈演愈烈，即将吞噬我们的国家（特恩佩斯特）。

第三章
造访者

Regarding Reincarnated to Slime

第三章 造访者

法尔姆斯王国。

这个大国被称为西方诸国的门户。

当下东方帝国与西方诸国间没有直接的贸易往来，只有大商人个人的特产在各地流通。

那些交易大多数通过矮人王国——武装国多瓦贡进行。多瓦贡虽然是武装国家，但一直保持中立的态度，因此通过多瓦贡的贸易得到了双方阵营的默许。

法尔姆斯王国与矮人王国接壤。西方诸国去矮人王国只有两条路线，一是穿越鸠拉大森林，二是借道法尔姆斯王国。

鸠拉大森林中栖息着危险的魔物，所以走法尔姆斯王国更安全，即便支付高额的关税也是这条线路更合算。可以说这条路线是商人的不二之选。

这意味着东方帝国的珍品和矮人王国的优质装备都是通过法尔姆斯王国流向西方诸国。

法尔姆斯王国的首都玛利斯成了各国人士云集的著名商业都市。这就是它被称作西方诸国门户的原因。

因此，商品的高额关税和面向出手大方的商人的服务业的税收为法尔姆斯王国的国库聚敛了巨大的财富。

西方数一数二的富足国度就是法尔姆斯王国。

尼德勒·麦加姆伯爵一直愤愤不平。

法尔姆斯王国确实是个富足的大国。可是，负责管辖边境领土的贵族与中央政府雄厚的财力无缘。中央聚敛的财富没有重新分配，尼德勒·麦加姆伯爵需要缴纳的税赋没有减轻。和别国一样，法尔姆斯王国的人必须按照农作物的收成缴税。

可是，他还要面对森林中的威胁，肩负着保卫国土的艰巨任务。

尼德勒伯爵的愤慨源于对中央的不满。

"怎么会有那种蠢事！！"他想起财务大臣刚才的话，破口大骂道。

光是想起来就火大。

"暴风龙的威胁已经消失。因此，中央政府今天起将停止发放特别对策援助金。"

财务大臣说完便终止了对话。他被传唤到中央，等了三个小时，结果却等来这么一句话。

在这之前，援助金确实给了尼德勒伯爵非常大的帮助。

伯爵的领地与鸠拉大森林接壤，是法尔姆斯王国边境的防御要地。这不仅仅是边境的问题，应该是法尔姆斯王国全境的问题。

"把这援助金当成给我的恩惠算怎么回事？"

尼德勒伯爵勃然大怒，忍不住说出了心中的怨言。尼德勒·麦加姆伯爵如今已经束手无策，他在考虑今后该如何维持领地的运作。

中央政府发放特别对策援助金给边境领地是为了防范暴风龙维鲁德拉。虽说已经被封印，但它毕竟是特S级的威胁，不能置之不

第三章
造访者

理。现在，暴风龙消失的消息已公之于众，中止发放特别对策援助金也不无道理。

可是，现在时机不对。

暴风龙对魔物而言也是一个威胁。这一威胁的消失意味着统治者的消失，在这种情况下，魔物会更加活跃。

这时候有必要增强边境的警备，可是中央反而在这关键时刻中止了援助。

这就是尼德勒伯爵愤慨的原因。

中央政府应该也有别的看法，但这与尼德勒伯爵无关。

今后该怎么保护领土……雇佣兵也需要钱。只有在危急时刻才能向自由组合的冒险者求助。

中央政府本来应该是尼德勒伯爵最后的依靠，可是中央政府十分无能，没有看清事态。

万一尼德勒·麦加姆伯爵的领土被大群魔物占领，那法尔姆斯将失去周边各国和大商人的信赖。到时候，最头疼的将是放任这一事态发生的中央政府……

尼德勒伯爵无视自己的身份对中央政府破口大骂。然后，他在马车中缓缓地叹了一口气，愤怒也许有所缓和。

王族是最后的希望……但尼德勒想起国王的表情便十分绝望。估计那个贪得无厌的国王不会关心边境领主的事。这话说出口就是不敬之罪，但这是尼德勒伯爵发自内心的感想。

现在没了暴风龙这一名目，搞不好中央还会提高税赋。

尼德勒·麦加姆伯爵要面对的只有中央和鸠拉大森林。他无须防备别国的侵略，所以没必要常备军队。事实上，伯爵领土军的规模很小，只有约百名骑士用以防备魔物和魔兽。

想到这里，尼德勒皱起了眉头。

事实上，此前的特别对策援助金都被尼德勒伯爵私吞了。

暴风龙维鲁德拉被封印之后，中央开始发放特别对策援助金以防对鸠拉大森林的戒备出现纰漏。但出于上述理由，有些地区只要做好防范魔物的对策就足够，组建大规模军队也没有意义。

特别是最近十多年间，自由组合势力越来越大，只需要极少的费用就能解决魔物问题。

尼德勒伯爵懈怠了本应施行的对策，这次的事态也算是他自作自受。

尼德勒伯爵自己心里也清楚，但仍无法摆脱心中的苦闷。

事情始于西方圣教会的通告。

西方圣教会通过魔法通信正式宣布暴风龙消失，尼德勒伯爵知道自己不得不行动起来。

西方圣教会是神圣法皇国露贝利欧斯的国教，指定唯一神露米纳斯为绝对神，西方诸国的主流宗教的核心便是西方圣教会。

西方圣教会广受信仰是有原因的。

因为西方圣教会是深受信赖的魔物组织，率领着最强的骑士——圣骑士（Holy Knight），传闻这些骑士单人便有超越 A 级的战斗力。

西方圣教会的教义是歼灭魔物，当小国面临难以应对的魔物时，会动员圣骑士团为其提供援助。

这是一个由"善意"构成的组织，它公布的内容不会有错。

既然西方圣教会发出警告要防备魔物变得更加活跃，那就应该

第三章
造访者

认真对待。

尽管十分勉强，但尼德勒伯爵也在张罗增强骑士团实力的事。

如果只有戒备鸠拉大森林的任务，那一百名骑士也就可以了。但问题是，一旦魔物发狂，这些骑士将无力应对。

骑士团无力应对该局面。这就是尼德勒伯爵得出的结论。

尼德勒伯爵宣布现在是非常时期，召回了退役的骑士，终于成功凑出了近平时三倍的人数。

但这点人数依然让人放不下心。估计至少要花十年，那些魔物才会出现新的秩序。光靠退役者，很难维持十年。

发出紧急召集令是最后的手段，现在只能期待各人的自由行动。

征用自由组合的冒险者会导致财政吃紧的问题。

如果将讨伐森林周边魔物的任务委托给冒险者，则需要根据危险评估等级支付高额的委托费。正常来说根本不可能让冒险者常驻。

即便如此，在最坏的情况下仍需要考虑委托自由组合。就算援助金超支，也不至于将领地的运作逼入绝境。因为花的不过是尼德勒伯爵的玩乐资金罢了。

现在只能趁退役人员复职的期间尽力培养新人——尼德勒伯爵想道。

尼德勒伯爵也尽己所能制订了对策。

现在可不是心疼钱的时候，除了援助金，他还投入了私人财产。这时，他看到了希望——他收到了中央的召回令。

结果他却听到了终止发放特别对策援助金的消息。尼德勒伯爵会气得发狂也是人之常情。

他自己此前一直疏于防范，而且还私吞了资金，所以根本不值得同情……

坐上马车返回自己领地的途中,尼德勒伯爵依然在为今后的对策烦恼。

尼德勒伯爵满脑子都是终止发放援助金的事,他根本想象不到还有更大的难题正等着他……

*

回到自己的领地后,尼德勒伯爵得知领地内的自由组合支部长(公会会长)弗朗茨早已提出申请,正等着和自己见面。

尼德勒伯爵也想和他商讨今后领地防卫的问题,于是同意了申请并决定于第二天会面商谈。

尼德勒伯爵知道弗朗茨向来是个稳重的人,现在却如恶鬼般气势汹汹,这副火烧眉毛的窘态令他很在意。尼德勒伯爵有种不好的预感,于是准许弗朗茨无视繁文缛节直接会面。

两人开始会谈。

"有个未经确认的消息,猪头帝现世了——"

弗朗茨匆忙打了个招呼开门见山地说道,尼德勒伯爵差点晕了过去。

这是大问题。

"……你说什么?猪头帝?未经确认是怎么回事?"尼德勒伯爵情绪激动地质问弗朗茨。

弗朗茨不慌不忙,淡淡地说明了状况。

他说布鲁姆特王国的冒险者说猪头帝已经现世。

"我方请求伯爵协助我方弄清这一事态。具体就是希望伯爵派遣调查团。"

第三章
造访者

　　弗朗茨以自由组合支部长（公会会长）的名义向激动的尼德勒伯爵提出了要求。这绝不是什么无理的要求。自由组合不是慈善团体，更不是隶属于国家的组织。因为自由组合不受国家体系的限制，与国家间是互惠互利的关系。

　　"如果你想委托冒险者进行调查，我会给你特别优惠……"

　　"闭嘴！你这贪得无厌的家伙！！"

　　弗朗茨面无表情、默不作声，在心中说道：我可不想被你这么说。不管怎么说，调查是必要的。

　　弗朗茨也有义务保护组合成员，不能接受没有报酬的危险任务。

　　正常情况下在发布讨伐魔物的委托之前要办理一些手续。

　　来自村庄或城镇的正式委托是自由组合的情报来源。自由组合根据目击情报等信息推测魔物的危险程度，根据情况派合适的冒险者去调查。

　　自由组合有规定，不得让冒险者接受讨伐明确无法战胜的魔物的委托，这是自由组合的方针。进行事前调查确认适宜等级是最重要的环节，接受危险任务时更要如此。

　　因为要狩猎魔物，就必须派出数名同等实力的冒险者（组合的规定是三名以上）。只有在升级时才需要单独战胜魔物，而且要先计算安全率。

　　不满足危险等级的低级冒险者即便多人组队去执行任务，也基本会被全灭。即便他们赢了，也肯定会有数人死亡，生还者也几乎身受重伤。

　　就算能够确认魔物出现，也不能立即派人前去讨伐。

　　要是平时还有可能从容应对，但最近这里魔物出现得太频繁了。

　　自由组合忙不过来。

关于我变成史莱姆这档事 3
Regarding Reincarnated to Slime

接受委托,前往讨伐,然后回来——在村庄和城镇间来来回回的过程很花时间,滞后性的问题已经凸显,组合的冒险者开始不够用了。

在这状况下需要有个组织在各村庄间巡逻并承担讨伐魔物的工作,无须等待委托。

因此,弗朗茨要求派遣调查团,也是理所当然的。

听到这详细的状况说明,尼德勒伯爵一筹莫展,陷入了沉默。

骑士团要保护城镇,所以不便出动,但是也不能放弃周边那些村庄。既然他们交了税,尼德勒伯爵就有保护他们的义务。派冒险者组成调查团前往,也能保护那些村庄。但这么做应该会进一步勒紧尼德勒伯爵的脖子。

弗朗茨的说明条理清晰,没有尼德勒伯爵插嘴的余地。事实上,正因为人手不足,弗朗茨才会前来申请会面。

而且据说猪头帝是个吞噬一切的怪物,它一旦现世就是一个不容忽视的问题。必须尽快呈报中央政府,申请派遣援军。

就算是为了援军也要将获取情报放在第一位,因为要有确切的情报,才能让中央有所行动。

有必要进行调查,而且是十万火急——

"对了,还有一件事未经确认,所以不好开口……"

尼德勒伯爵正在考虑该怎么解决派遣调查团的问题,弗朗茨这时严肃地开口了。

弗朗茨的表情极度不快,尼德勒伯爵因此产生了一种不祥的预感。

"别卖关子了,直接说吧。"

第三章
造访者

"那就失礼了。猪头帝的军队有……"

"等等,军队?难道猪头帝已经成长到这个地步了吗?"

"是的,很遗憾,似乎是这样……据说其军队规模约——二十万。"

"哈?怎么会有那么离谱的事——"尼德勒伯爵惨叫道。

但弗朗茨的表情没有丝毫的变化。

弗朗茨不会拿这种事来开玩笑,尼德勒伯爵明白这些都是实话,但这个事实实在难以接受。这也太离谱了。

"这消息可靠吗?"尼德勒伯爵边问边在心中感叹自己竟然没有昏过去。

"从间接证据来看,我认为这很可能是事实。"

"对策呢?"

"只能预估军队的入侵方向并迅速引导居民避难……"

"你是说要放弃城镇?"

"如果有胜算的话,我们也不会放弃。可是即便你以委托的形式提出协作请求,也必须告诉组合你的具体作战方案,否则我们不会接受委托。"

"算了吧。不可能有胜算的。"尼德勒伯爵沮丧地垂下头,无力地嘟囔道。

"那调查团的事就交给你了。"弗朗茨最后叮嘱了一句便匆匆退出了房间。

尼德勒伯爵开始陷入沉思。

是否要放弃城镇暂且不谈,总之必须为最坏的情况做好准备。

那就不出动骑士团,但派遣调查团是必须的。

关于我变成史莱姆这档事 3
Regarding Reincarnated to Slime

该怎么做呢？

尼德勒伯爵此前没有采取任何对策，现在仿佛到了算总账的时候，账单如怒涛般汹涌而来，但现在抱怨也无济于事。

尼德勒伯爵烦恼了很久，终于想到了一个好办法。

只要能得到情报就好。那就派出会转移魔法的魔法师，让他在调查结束之后立刻回来就行了。

魔法师的护卫不需要知道情况，只要能保护魔法师到目的地就行。召集一些炮灰成立调查团就可以少付一点报酬。

如果那些人能活着回来，那就再做打算。重点是弄清猪头帝的动向。

●

于是，尼德勒·麦加姆伯爵组建了一个组织。组织名叫边境调查团，人数为三十名。

在村子里无法谋生，来到城镇中作恶或在城镇里闹事的小混混会被抓捕并关进矫正机构。

这些小混混在骑士团的管理下进行强制劳动，有时也会充当骑士团演习的对手。尼德勒伯爵决定派这些以矫正的名义被迫进行强制劳动的人前去调查，团长也由其中一人担任。

就算这些炮灰死了，对尼德勒伯爵来说也无关痛痒。他们死不足惜，是理想的人选。

这是尼德勒伯爵的初衷，然而……

这个组织和尼德勒伯爵的预期不同。

"哼，这个贪得无厌的狐狸！既然能给我们自由，那就积极地

第三章
造访者

接受。"一个男人满不在乎地说道,他是那三十个暴徒的头头。

他叫尤姆,被任命为边境调查团的团长。

他是个机灵精悍的年轻人,那犀利的眼神昭示着不可小觑的实力。

他的皮肤被太阳晒成褐色,灵活的身体上满是紧绷的肌肉。他个子虽然不高,站在他正面却有种令人畏惧的压迫感,这是他的霸气所致。

五官还算端正,但淡淡的笑容有种难以接近的气场。

这种男人就算从小混混爬到黑道老大的位置也不足为奇。出于某种原因,尤姆正率领边境调查团前往鸠拉大森林深处。

一周之前,边境调查团在紧邻鸠拉大森林的最后一座村庄补给了食物等必需品。

尼德勒伯爵一手培养的魔法师——隆美尔战战兢兢地站在尤姆面前。他膝盖发软,仿佛眼前的是一只食人虎。

"那么,我们到底是去调查什么?"

"这是机密,我也不知道。"

"啊?你是在开玩笑吗?我好声好气地问你,你可别不识相,这可是为了你好。"

"我真的不知道!也没人告诉过我详细情况,请你相信我。"

"噢,我懂了,我懂了。我们受到契约魔法的束缚,必须听你的话。可是我们已经约好了,只要完成这个任务,我们就能恢复自由,对吧?"

"是的。这是你们和我的雇主尼德勒伯爵间的契约,内容不会有错。"

"我是说这内容很奇怪,你个呆子!!连任务内容都不明确,那我们要怎么判断有没有达成?连任务内容都不清楚就要去这座魔物森林的最深处,你的脑袋没问题吧?"

尤姆直接对隆美尔发火,隆美尔差点吓得昏过去。

事实上,隆美尔也知道自己的解释很奇怪,但他又不能说实话。如果他说出实情,那就算当场被杀也没得抱怨。

"总……总之,我们收到了自由组合的报告,说森林中发生了异变。而我们的任务就是用这个魔道具拍下森林里发生的事,并带回去——"

"哦——原来你想死啊。我明白了。你该不会以为你这个法术师能在近距离战斗中胜过专业的战士(Fighter)吧?你可别得意忘形,你以为有了契约,我就不能违抗你吗?"

尤姆抓住了隆美尔的胸口,隆美尔知道这男人不是在开玩笑。

在契约魔法的影响下,尤姆本应服从隆美尔的命令,但隆美尔感觉契约魔法似乎对这男人无效。

"呀!呀!"

隆美尔吓得往后退去,他的脖子上有一个冰凉的触感。

"头儿,直接杀了这家伙不是更省事吗?"一个浑身漆黑的男性从黑暗中冒出来平静地问尤姆。他的手上握着一把漆黑的小刀,那把小刀正抵着隆美尔的脖子。

"等一下。如果那家伙主动开口的话,我也不想杀他,不过……"

"住手,快住手!我说,我全部都说,千万别杀我……"

"哦,这样啊。你终于肯告诉我,我们去调查是因为猪头帝现世了!"

"什……你是怎么知道的?"

第三章
造访者

"哈！你是装傻还是真傻？我们足足有三十人，让部下混进组合打探消息不算难事。我留你小命是为了解除契约魔法。那么……接下来就看你自己了，做决定吧。"

隆美尔毫不犹豫地选择了解除契约魔法。他很清楚这样下去，自己会没命，因为尤姆身上散发出一种不容违抗的气息。

隆美尔的心被恐惧束缚，按尤姆说的解除了魔法。

"大哥，幸好这家伙机灵。我再也不想被人关着等死了，我终于得到了真正的自由。"

"那这家伙怎么处理？"

魔法解除后，尤姆的手下便开始肆无忌惮地闹腾。

"请救救我。至少放我一条活路！！"

尤姆的手下朝隆美尔走去，他流着眼泪表情扭曲地乞求饶命。

"别急啊。那家伙不过是那只贪得无厌的狐狸雇来的人，没必要杀他。而且，那家伙应该被施了生命探知（Life Search）的魔法。毕竟魔法师是难得的人才，还没报告调查结果就丧命也太不像话了。"

"那我们怎么办？如果要一直盯着他，那不如杀掉更省事。"

隆美尔听着尤姆和手下的对话，以为自己活不成了。

"别急。这家伙怎么说也是个法术师吧，说不定他会帮上不少忙。"

"我会的！有事尽管吩咐！"

"你看，这家伙自己也说了。而且他也算是帮我们解除契约的恩人。我不想杀他，你们呢？"

"可是……"

"我不会背叛你们！我绝对不会背叛你们，请相信我！"

隆美尔刚从魔法学院毕业就被贵族雇用，算是一个不谙世事的人。

尤姆本来就没想杀隆美尔，只是想让他帮自己干活。但隆美尔不可能看得出他的打算，只是一心乞求尤姆救自己。

"我说头儿，你看这样如何？贾吉是个妖术师，可以用契约魔法建立从属关系。"

"不，我的技量（等级）很低，会被隆美尔抵抗的。"

"我不会的！我不会进行抵抗，请你开始吧！"

"好，这样大家都没意见了吧？如果没问题的话，我想让这家伙做参谋。"

"我们听头儿的！"

"只要大哥没问题，我就没意见。"

手下们按照尤姆事先说好的叫嚣着。

隆美尔一下就信了，为了取得尤姆的信任主动接受了契约魔法。之后众人哄堂大笑，事情也随之暴露，但木已成舟。

可隆美尔心中并无不满。

他被尤姆这个小混混身上那种难以言表的邪恶魅力吸引住了。就像不知人间险恶的毛头小伙子，特别容易走上歪路一样……

就这样，隆美尔成了尤姆忠心的手下，边境调查团摆脱了尼德勒伯爵的控制，开始自由活动。

●

这是在红丸等人还是大鬼族且未与利姆鲁邂逅时的事——菲茨在三名冒险者面前叹了口气。

菲茨让这三人去鸠拉大森林调查那里出了什么状况，但他们一

第三章 造访者

回来就开始讲离奇的故事。

这三名冒险者是卡巴鲁、爱莲、基德。

他们的能力确实不错，深得菲茨的信赖。虽说只是 B 级冒险者，但他们的实力能得到菲茨的认可。

这三人一开始讲述了井泽静江在临终前发生的事，她也是菲茨的恩人。

"就这样，她召唤出炎之巨人（伊芙利特），并被失控的伊芙利特吞噬了。"

"我猜她自己也有这个预感，所以才离开了城镇……我觉得那个人知道自己剩下的时间已经不多。"

"是啊。也不知道她还能不能恢复意识……说不定就那样在沉睡中离世更加幸福——"

那三人就这样你一言我一语地说明情况。

菲茨的父亲海兹私下托他让井泽静江（静）与调查小队同行。

在菲茨眼里，静既是一位英雄，也是曾经共同与魔物战斗的同伴。既然是帮助恩人，那菲茨自然不会推脱。不仅不会推脱，菲茨也很高兴能在她生命的最后时期帮上忙。

据说现场调查结束后，静会去魔王统治的领土。静的意志很坚定，她似乎留有遗憾。既然这样，那无论菲茨说什么都没用。菲茨希望至少在暗中帮她点儿忙，于是让她和计划前往森林调查的三人接触，可是……

那三人没有留在森林确认静最后的生死，直接回来报告了。

但菲茨没资格指责他们。因为要优先执行任务，而且是菲茨自己没把静的事告诉那三人。

（所以你们把她交给魔物，自己跑回来了吗？）

173

菲茨知道自己没资格说三道四，却无法释怀。

不仅是这件事，这三人的说明中还有很多让人难以接受的内容。

菲茨决定先把静的事放到一边，先听取他们的报告，然而……

事情的大背景是魔物正在建设小镇。

他们说一只史莱姆率领着人鬼族（大型哥布林）正在建设小镇。而且房子盖得有模有样，和人类的城镇一样。

不过，如果只是盖房子或者建造村庄的话，也不会那么让人吃惊。

但是根据这三人的说明，他们正在开拓森林，整备空地，砍伐树木，建造房子。让人意外的是，他们还进行了区域规划，甚至有详细的建造计划。

一听就知道那些魔物真的是在建设小镇，但很难立刻相信魔物会有这种行为。

而且，那只史莱姆很让人在意。

史莱姆的名字叫利姆鲁，但它似乎不单单是持名魔物那么简单。那座小镇的魔物全部都有名字，这件事颠覆了至今为止的常识。据说这状况全是因为那只名叫利姆鲁的史莱姆……无论怎么想，这件事都不能置之不理。

"就这样，我们被魔物救了，然后被带到了那座小镇。"

"那可是个体实力C级，规模达到数百的魔物集团。老实说，我们根本无能为力。我本以为我们死定了，结果他们竟然请我们吃了烤肉！"

"那烤肉太美味了。毕竟我们整整三天没吃过东西。"

虽然这是个不容忽视的重大事件，但听到这三人轻松的发言，

第三章
造访者

菲茨的危机感似乎变淡了。

在那之后，静失控变为魔人，那只名叫利姆鲁的史莱姆打败了她。

这事实在难以置信。

伊芙利特是特Ａ级的高阶魔精。万一这种级别的魔精怀着恶意大肆破坏，估计会被判定为"灾厄级"的危险。

布鲁姆特这种规模的小国，会有覆灭的危险。

（最低级的魔物史莱姆竟然打败了伊芙利特？）

菲茨差点怒骂他们开玩笑也要有个限度，但这三人报告的态度非常严肃。

而且那座小镇里还有矮人工匠，这三人虽受了重伤，但得到了回复药，治愈了伤势。这话让人不禁想问他们是不是做了白日梦。

菲茨曾怀疑他们中了幻觉魔法，但既然有爱莲在，那应该不会有这种事发生。魔法师的魔法抵抗很高，如果有魔物的幻觉魔法能骗过爱莲，那么那个魔物也会有特Ａ级的危险程度。而且，眼前这三人身上的装备本身就是物证。

那些装备一看就是高品质、高性能的一级品，他们一个劲地夸耀都要烦死人了。而且那还是大名鼎鼎的矮人工匠伽卢姆大师的作品，就连菲茨也看得出那是真的。

既然有那些证据，那就不会是幻觉魔法。虽然那些事很离奇，却不得不信。

这三人报告的内容让菲茨十分头疼，他非常纠结，不知该做何判断。

*

菲茨决定派其他人再去调查一趟。

这是他经过一周的苦恼之后得出的结论。

根据卡巴鲁那三人的报告，魔物小镇似乎没有危险。

毕竟魔物给了他们装备和回复药让他们回来，他们会得出这样的结论也很正常。另外，菲茨调查了那三人带回来的装备和回复药，装备上没有施加诅咒之类的东西，回复药也是从未见过的高级货。

在三人烦人的抗议下，菲茨归还了装备。他们找菲茨哭诉，说自己以前的装备全坏了，如果没有这些装备，他们连委托都无法接受。

作为代价，菲茨征收了他们剩下的回复药。他要用这些回复药证明那三人的话。

为了确认那三人烧伤的事是否属实，他给一个严重烧伤的人用了回复药。结果那个伤员一瞬间就被完全治愈，没有留下任何伤痕。

医院里的那些魔法医师都惊呆了。这药简直可以匹敌拥有神圣魔法的神之奇迹。那三人的话得到了证实。

据说那座小镇住的虽然是魔物，但他们都服从那只名叫利姆鲁的史莱姆的命令，是个有秩序的集团。而且，那家伙还说过以后会来城镇里玩，也不知道他在想什么。

卡巴鲁他们也说欢迎他来玩，所以他们拜托菲茨，要是利姆鲁来的话就帮忙安排一下。

在菲茨看来，把那种来路不明的魔物引到布鲁姆特王国简直荒唐透顶，但和那种能独力打败伊芙利特的魔物为敌也不是什么好主意。

第三章
造访者

（可是，要是把那种魔物放进城镇，就算被判颠覆国家罪也不足为奇啊……）

菲茨的烦恼无穷无尽。

菲茨决定就算自掏腰包也必须拿出调查费用来进行进一步的调查。

菲茨正在考虑新的调查人选时，卡巴鲁他们又带着新的问题赶来了。

卡巴鲁呼唤菲茨的声音响彻整个公会。本来在没有预约的情况下，菲茨是不会见他们的，但看到他们慌慌张张的样子，菲茨预感有大事发生，所以让卡巴鲁他们去了秘密接待室。

"这次又怎么了？是出事了吧？这事和那人有关吗？"菲茨指着埋在食物里的人物问道。

"菲茨先生，出大事了！这人说猪头帝现世了！"

"猪头帝！"菲茨差点把嘴里的茶喷了出来。

最初是维鲁德拉消失，接着又出现谜之史莱姆，现在又是猪头帝。

布鲁姆特王国受到的影响倒是相对较低，但听说邻国魔物出没的频率变高了。这难道是一连串互相关联的问题？想到这里，菲茨头都大了。

总之，现在的问题是猪头帝。

"冒昧地问一下，那位是……"菲茨冷静下来再次问道。

埋在食物中的人露出脸对他点点头，似乎一直在等这句话。接着，他开始对菲茨述说情况。

"失礼了。我是哥布塔的部下，名叫哥布特。我这次是来通知卡巴鲁先生猪头帝现世的事。这是我们的主人利姆鲁大人的命令。"

这个坐在椅子上自称哥布特的人物说完后，再次深深地陷进食物中。

菲茨看清了那人的脸。它是魔物——大型哥布林，不会有错。虽然他和人类很像，但那标志性的绿色皮肤不可能看错。

（持名魔物——卡巴鲁他们说的果然全是事实——）

菲茨理解了情况并决定相信这一切。这么看来，这次猪头帝现世的消息应该也不会有假。

"我名叫菲茨。是这座城镇——布鲁姆特王国的自由组合支部长（公会会长）。哥布特先生，我可以问个问题吗？"

"什么问题？"

"你的主人利姆鲁阁下为什么要把这消息告诉我们？"

"我不过是个小喽啰，不清楚具体情况。不过，利姆鲁大人说过'在最坏的情况下，可能需要让人类帮我们打倒猪头帝'。"

"原来如此……"

"说完这句话，利姆鲁大人就去讨伐猪头帝了。所以，我觉得猪头帝应该已经被打败了。我也想跟哥布塔大哥一起去，但有利姆鲁大人的命令在身，也只能来这里了。"

哥布特自顾自地说了一些多余的话。他的表情有些不快，似乎心里相当不满，正在闹别扭。

这话让菲茨慌了神，他在心里暗叫着，无暇理会哥布特。

（什……什么？史莱姆去讨伐猪头帝？开什么玩笑？不……等等，我们是保险措施？他竟然考虑得这么周全？这是魔物想出来的作战计划？不可能！！）

菲茨细细回味哥布特的话，心中极为混乱。

第三章
造访者

而卡巴鲁等人则一副轻松的样子,似乎打算把一切都交给菲茨。他们这副模样也非常让人火大,但菲茨知道现在不是发火的时候,于是忍住了这股冲动。

"区区猪头帝应该敌不过利姆鲁老爷吧。"

"就是啊!毕竟连伊芙利特都被他打败了。虽然猪头帝成长起来之后也很麻烦,但刚现世的时候也不算多危险!"

"看来这事和我们扯不上关系。"

光是听到这话,菲茨头上的血管都快气爆了,但他还是拼命让自己冷静下来梳理状况。

看样子,不管是那三人还是哥布特都坚信那只名叫利姆鲁的史莱姆会赢。这样倒好。但还有一个问题——那只名叫利姆鲁的魔物的思维方式很神奇。

那个什么利姆鲁的行动很引人注意,一点也不像魔物。他率领魔物建设小镇,而且似乎还想和人类建立互惠互利的关系。

这次的事就是一个很好的例子。

如果他们战败或者觉得自己赢不了,可能会立即撤退。如果人类到那时才发现猪头帝的事就太晚了,猪头帝的军队可能会成长为势不可挡的大军。这就是那个利姆鲁的预想。

(如果他是为了防止出现那种事态才提前把事情告诉我们的话……)

那个利姆鲁会不会是只特殊的魔物?菲茨心里冒出了这个疑问。

"我明白了。感谢你们通知我们这个消息。如果有意外,我们也会去解决这件事,到时候可能会请求你们的协助。能否请你代为转告?"

"了解。那我走了。"

说完,哥布特站起身退出了房间。这大大方方的举动一点也不像魔物。

"那我们也走了啊。"

说完,卡巴鲁等人也离开了房间。

"哎呀呀,这下事情可大了——"

菲茨嘟囔着看着卡巴鲁等人离开。

(这事我可能处理不了。先去找那家伙聊聊吧——)

菲茨想起了自己的挚友贝鲁亚特男爵,决心把政府也牵扯进来。

之后,菲茨的调查计划有了大幅变动,他们将要花费三个月的时间实施调查。

*

三个月过去了,菲茨收到了报告。

此时,魔王米莉姆刚找上利姆鲁他们。

菲茨和贝鲁亚特男爵在老地方进行密谈。

"这就是这次的调查结果……吗?从行军痕迹推测,总数肯定超过十万。那么,猪头帝的现世可以确认了吧?"

"贝鲁亚特男爵,你说得对。请求国王准许情报局出动实在太艰难了……不过成果也是实实在在的。"菲茨一脸不快地抱怨道。

向国王提出申请时的交换条件令菲茨很不快。

"哈哈哈,我听说了。听说经过这次的事,情报局也为你准备好席位了。令尊也希望能早日将统领情报局的地位让给自己的儿子吧?"

第三章
造访者

"别提了。我只要能当这座城镇的公会会长就够了。"

"亏你说得出口。现在先不提这事。这份情报非常有价值——魔物小镇和镇里那只打败猪头帝的史莱姆。而且那是成长为能够统领十万至二十万大军的猪头帝。可怕的是残余的军队分散至各地,没有变为暴徒。这是真的吗?不,我知道这是事实,但实在难以置信。"

菲茨非常理解挚友贝鲁亚特男爵的心情。因为菲茨的感想和他一样。

菲茨假设卡巴鲁等人的情报和名为哥布特的大型哥布林的传话都是事实,并请求国王出动情报局。最终菲茨得到了一份超乎自己想象的报告,得知布鲁姆特王国正面临前所未有的危机。

猪头帝坐拥十万至二十万大军。任何冒险者都不可能有实力打败这样的魔物。

虽然可以针对猪头帝展开斩首行动,可是就算这个行动能成功——残余的军队也会变为暴徒袭击周围的城镇和村庄。布鲁姆特王国无力应对这种局面。出动国家军队也是杯水车薪。双方数量差距过大,小国的骑士团寡不敌众,估计只有被淹没的份。

"这确实难以置信。魔物会考虑得那么周全吗?不,先不管这个,他是怎么阻止那些士兵没有变成暴徒的?难道要填饱那么多猪头族(半兽人)的肚子?"

"估计他解决了猪头族(半兽人)的食物问题。这实在难以置信,但事实摆在眼前。我们被那只名叫利姆鲁的史莱姆救了。"

"是……啊。"

菲茨赞同了贝鲁亚特男爵的话,两人一时无言。

接着,菲茨似乎理清了自己的思绪,缓缓地说道。

"魔物建成了一座城镇,那里到我们布鲁姆特王国约两周。这事也已经得到了确认。虽然只能在远处观察,但可以看到那座城镇洋溢着令人惊叹的功能美。它们建在整平广阔的土地上,而且布下了足以覆盖全域的警戒网。就连情报局人员也在报告中提到那里难以侵入,可见那座城镇中的魔物等级之高。问题是——我们要如何处理和他们之间的关系。是将之前说的那只史莱姆视为友善的魔物与之接触,还是将他视作威胁尝试排除——"

"等等。排除二字说起来简单,但这有可能做到吗?"

"想听实话吗?"

"没关系。不过,我不听也知道答案。"

"哼。答案是不可能。和你想的一样。"

听了菲茨的回答,贝鲁亚特男爵也不为之动容。贝鲁亚特的反应在菲茨的预料之中。

结论是如果不请求西方圣教会派圣骑士来帮忙,单凭布鲁姆特王国毫无胜算。

报告称那个魔物国家最弱的居民也有 C 级的实力。毕竟全部居民都是持名魔物,他们的实力当然不会弱。

其中还有疑似 B 级和超 A 级的魔物,所以他们的总战力难以估量。

"我是不是该去见见那只史莱姆……"

"你想去吗,菲茨?"

"我想亲眼看看那个利姆鲁是怎样的家伙。"

贝鲁亚特男爵"嗯"了一声,对菲茨点点头。

虽然不愿与之敌对,但也不能无视这个对手。菲茨认为有必要亲眼确认并做出判断。

第三章
造访者

贝鲁亚特男爵也非常信赖菲茨,所以估计他也认为这是最好的办法。

而且——
菲茨想起了前几天的事,再次确信自己做的是最好的选择。
前几天,菲茨向卡巴鲁他们提出了带他去魔物城镇的要求。当时,有个从未见过的人突然出现在卡巴鲁他们面前。
那人直接对卡巴鲁他们说道:"你是卡巴鲁吧?利姆鲁大人让我带话给你,'猪头帝的事情已经解决。抱歉抱歉,我忘记告诉你们了!'话我已经传到了。"
突如其来的情况把所有人都下了一跳,但最意外的是菲茨。
因为当时他们在自由组合内部的接待室里,这房间中有万全的防谍设备。如果他是被人带进来倒是另当别论,可令人难以置信的是他竟然有能力从房间外部侵入。
"等等!你是什么人?"
那个苍发的入侵者将冰冷的视线投向菲茨。
"我叫苍影。是利姆鲁大人任命的'密探'。"苍影平静地答道。
菲茨曾是A^-级冒险者,但这个名为苍影的人物却不为他的"威压"所动。
菲茨感受到了无法逾越的实力差距,但饱经世故的他仍想充分发挥情报局的作用。
"利姆鲁……是魔物城镇的主人吧?魔物为什么会关心我们?"
菲茨想尽量从苍影身上多套出一些情报。
"哼,你的同伴还没告诉你吗?利姆鲁大人正在摸索如何与人类共存。我不清楚你在防备什么，但我给你个忠告，不要拒绝，和睦相处才是最明智的选择。"

菲茨听到这话，掩饰不住自己的震惊。因为这话意味着情报局人员的谍报活动已经暴露了。

（真是头疼。这么说来，我必须去会会这个魔物的主人利姆鲁才行……）

菲茨已经看出苍影是魔物。

他散发着妖气，甚至都不用看他头上的角，也许他没想隐瞒自己的身份。不过，他的魔素量（能量）却非常低，一点也不像强大的魔物。可是，菲茨的直觉不停地敲着警钟。

菲茨决定相信自己的直觉。

"原来如此，你们已经知道我们正在调查了啊。不过在那之前我想问你一件事……像你这么强的魔人是怎么潜入这座城镇的？这座城镇覆有结界，能阻碍A级以上的魔物入侵。你这样的高阶魔人应该是进不来的。"

菲茨是公会会长，他无论如何都不能忽视这个问题。

虽然接触的时间很短，但菲茨已经确信眼前的魔物苍影是高阶魔人。那就有必要搞清楚他是如何避开王国的防卫措施的。

"哦，原来是这事。我只注意到这里有结界，但你说了之后，我才知道结界的运作方式。利姆鲁大人或朱菜公主应该能把结界完全看透，但我连结界的运作方式也看不出来。我要感谢你给我上了一课，所以就用我的回答来当谢礼吧。我的身体是'分身'，只有真身十分之一的魔素量（能量）。所以，按照你们的等级评估方式我大概只有B级。现在你明白了吧？这个王国的防卫体系确实很优秀，却小看了低级的魔物，也许可以说你们太嫩了。"

第三章
造访者

菲茨愣在冰冷的视线中听着苍影解释。

苍影指出的是事实,这话应该不假。

他指出这个结界过分关注防范 A 级以上的灾害级魔物,结果却忽略了基本问题。而且指出这个问题的还是结界防范的目标。也难怪菲茨会愣住。

"那我就……"

"等一下!"

发现苍影要走,菲茨慌忙叫住他。

菲茨提出想见魔物城镇的主人利姆鲁。

"那我就帮你转告利姆鲁大人。"

苍影这句话为那天的事画上了句号。

这件事也让菲茨决定要亲自前往魔物城镇。

他本想把政府牵扯进来,结果现在看来,反而是自己在为政府分忧。菲茨在心中自嘲。

(喊。我可不想为政府工作啊……)

尽管如此感叹,但菲茨仍对布鲁姆特王国有所留恋,他无法抛下国家逃走。

最终,菲茨决定雇卡巴鲁那三人带路启程前往魔物城镇——鸠拉·特恩佩斯特联邦国首都利姆鲁。

●

尤姆一行正在森林中行进。

他诱骗隆美尔加入是几天前的事。

尤姆现在没必要再听尼德勒伯爵的命令，但他没有折回城镇，仍继续朝森林深处前进。

他正朝别的目的地前进，不打算回尼德勒伯爵的领地。

"头儿，我们为什么不回城镇呢？"

"我偶尔也想玩玩，放松放松……"

"闭嘴，你们这些蠢货。虽然我很不爽尼德勒那只狐狸，但他好歹还是贵族。直接去找他的麻烦是不会有好结果的。如果只想宰掉那只狐狸倒是简单，可是一旦么么做，我们就会被法尔姆斯王国通缉。只要王宫骑士出动，我们一个都逃不掉，统统都要给他陪葬。"

"那倒也是……"

"那我们要去哪里呢？"

"现在才问啊？你们也稍微动动脑子。听好了，我们要……"

尤姆边数落边为脑子不好使的手下详细说明他的打算。

就算尤姆他们回到尼德勒伯爵的领地也干不了正经工作。

他们的下场将是被当成罪犯关起来，再次被迫进行强制劳动，所以尤姆认为逃往别国更合适。

"我们先去一趟森林中央附近，调查猪头帝的动向。然后寻找一个安全的方向，去那边的国家。"

"不过头儿，我们没必要特地跑去那么危险的地方吧……"

"怎么？你怕了吗？据说猪头帝已经成长到可以率领军队了。你想，万一我们跑到那怪物将要去的城镇，那肯定要上西天。虽然森林中央很危险，但为了确保安全，我们有必要掌握情报。"

"原来如此，不愧是老大。"

"我明白了，头儿！"

尤姆的手下理解了之后纷纷表示赞同。

第三章
造访者

接着，隆美尔开口补充道："而且尤姆先生也不想进行战斗。他的目的是让我调查猪头帝的军队，并把情况告诉尼德勒伯爵。"

"喂，隆美尔，你这话是什么意思？"尤姆的副官卡吉尔追问道。

现在，隆美尔作为参谋的地位渐渐稳固，这伙人也认同了他的智慧。

"也就是说，我先完成原本的工作，让尼德勒伯爵以为我们都葬身猪头帝腹中。"

"那又怎么样……"

"尼德勒那只狐狸会以为我们死了。这样一来，我们也不必担心会被人追捕，而且万一猪头帝的目标是尼德勒的领地，他也可以有个准备。要是抛弃故乡的话，我会做噩梦的，我至少给他们一个警告。"

看到卡吉尔还没理解，尤姆再补充道："因此，我们要到猪头帝军队附近用魔法进行探查。一确认军队的动向，我就独自使用转移魔法回去向尼德勒伯爵报告。请放心，我会在报告时说你们都被杀了。机会难得，当然也不能忘了委托金。之后，我再找个理由回来，到时就请多关照了。"

听了尤姆的话，再加上隆美尔的解释，其他人终于理解了，他们的眼中燃起了新的希望。

"原来是这样，那我们就能逃到安全的国家，开始新的生活。"

"嗯。就是这样。"

尤姆打算让所有人都加入自由组合，取得合法的身份。

自由组合的身份证明是用魔法登记的，在所有国家都能用。进行登记时不会考虑在别国的犯罪记录，所以对尤姆他们而言，这是个理想的方案。但成为自由组合成员之后，所有犯罪行为都会记录在案，因此这一点必须非常注意。

"算了，之后的事等到了新环境之后再考虑也行。以我们的规模，一般的讨伐任务都能搞定，总能混口饭吃。在此之前必须确保能活下去。你们懂了吗？万一先被那些半兽人发现，那我们就会有生命危险。你们可得拿出干劲严加防范。"

尤姆做了最后总结。

重点是先找到猪头帝的军队，然后再平安逃走。闲聊倒是无所谓，但决不能放松警惕。

几小时后——

尤姆一行小心翼翼地前进。

这时，他们的前方传来了战斗的声音。

"头儿——"

"嘘！"

尤姆让所有人安静并集合。接着，他默默地发出指示让手下摆好阵型。

尤姆在做好准备的同时轻轻朝前方挥手，一行人静悄悄地开始前进。所有人都拿着武器，准备好随时战斗。

他们开始能听到在前方战斗的人的声音了。

"等……太危险了！他就是想逼我们去那边！"

"可是……可是，继续打下去，我们也赢不了啊！"

"喂，你们，我坚持不了太久……唔！危险！"

锵！铛——硬物撞击的声音和互相抱怨的嘈杂人声混杂在一起。

"你们为什么每次……每次……都净做这么危险的事？你们每

第三章
造访者

次都要这样胡闹，为什么还能活到现在？看来我太高估你们了——喊，爱莲！小心点，它朝你过去了！"

那些人的声音越来越大，连他们的对话都听得一清二楚。

看样子是人类遭遇了魔物。战斗声不绝于耳，尤姆估计有多名冒险者。

"大哥，现在怎么办？"

尤姆犹豫了，锐利的目光瞪着前方，没有回答卡吉尔的低声询问。

尤姆的手下一共三十人。可是按照冒险者的实力评估标准，他们充其量只有 C 级，副官卡吉尔也许能有 B 级。

尤姆本人虽然对自己的实力有信心，但和魔物战斗的次数却屈指可数。这种情况下，悄悄溜走应该是最理智、最正确的做法。

（喊，真麻烦……虽然对不住那边那些冒险者，但现在应该撤退——那女人？）

尤姆正要宣布撤退时，他发现有个女性从前方朝这边跑来。刚才听到的对话中有一个女性的声音，所以她肯定是正在战斗的冒险者之一。

"喊！你们做好战斗准备。那个臭女人害我们被魔物发现了！"

尤姆拥有"远视"能力，一直注视着战斗的详细情况。

一个人高马大的男性用盾牌挡下了蜘蛛的攻击，但他承受不住冲击，飞了出去。蜘蛛没有追击战士，而是盯上了在后方的女性。

估计那只魔物拥有一定的智慧，知道要把难啃的骨头留到最后。

那个女性迅速做出判断，行动没有一丝迟疑。在被蜘蛛盯上的瞬间，她就已经开始逃了。

这足以证明她是熟练的冒险者。

尤姆边感叹边把"远视"的焦点转向迫近女性后方的蜘蛛怪物。那时，他发现蜘蛛的一只眼睛径直盯着自己这边，他们被锁定了。

追击那个女性的蜘蛛简直就是怪物。

它有比钢铁还坚硬的外骨骼严密保护着身体，似乎只有攻击关节部分才能对其造成伤害。它的众多关节行动十分灵活，行动速度比人快得多。

它的每一只脚都如刚磨好的利刃一般，无论是树木还是人类都会被其轻松贯穿。那些脚与剑不同，更像是伸缩自如的枪。

那蜘蛛似乎是统治这一带的领域之主（区域首领）。其威慑力与强大和尤姆他们之前所打败的魔物有着根本性的区别。

（那些冒险者实力相当强。估计他们能坚持一段时间，但应该会被慢慢逼入绝境……全靠那个剑士大叔，他们现在还能勉强和那怪物抗衡……）

老实说，尤姆也赢不了这样的对手。

"那……那可是枪脚铠蜘蛛（Knight Spider）！是A⁻级的怪物！这可不妙。尤姆先生，我们赢不了那种怪物。我们逃吧——那家伙太难对付了！！"

隆美尔用元素魔法"远视野（Clairvoyance）"观察状况，他脸色铁青地向尤姆提议。但尤姆驳回了他的意见。

"不行。你看那个怪物的动作。它能够利用树木横冲直撞。在那边战斗的家伙一旦被打败，我们就会成为它下一个目标。它一下就能追上我们，我们很可能被全歼。就算现在全力逃跑也来不及吧？"尤姆经过冷静的分析，得出了这个结论。

尤姆不了解枪脚铠蜘蛛，但一眼就能通过直觉看透魔物的本质。

第三章
造访者

　　他的直觉告诉他逃亡不可能成功,所以毫不犹豫地选择了迎击。

　　这里是树木茂密的森林。枪脚铠蜘蛛以树木为落脚点逼近猎物,速度比在地面奔跑更快。一旦被它盯上,能成功逃亡的希望便十分渺茫。

　　这片森林是枪脚铠蜘蛛的猎场,尤姆他们不过是可悲的猎物而已。要想活下去,他们只能打败敌人。

　　这是唯一一个有希望活下去的做法。

　　尤姆下定决心叫道:"混账东西,竟然故意拖我们下水,之后再慢慢和你算账!隆美尔,给我施加强化魔法!卡吉尔负责指挥!你们组成圆阵,一旦受伤立即换人。这是命令,所有人都要活下去!"

　　众人遵照尤姆的命令组成圆阵。他们把负责回复、侦察的人员以及隆美尔围在中间。前卫举着盾牌保护中间的人。尤姆命令他们全力防御,绝对不能发动攻击。他的作战计划是让中央安全位置的人用弓箭和魔法进行攻击,给予枪脚铠蜘蛛伤害。

　　侦察人员搭上箭防备枪脚铠蜘蛛靠近。

　　隆美尔开始咏唱魔法。他用自己不常用的"刻印魔法"给尤姆施加了重重强化——加持魔法"力量增强(Strength)"和"速度加快(Agility)"以及"保护障壁(Protection)"。然后又用"装备强化(Reinforce)"强化各防具和武器,保证万无一失。因此,尤姆的肉体能力得到了大幅强化,但面对枪脚铠蜘蛛,尤姆心里还是没底。

　　即便如此,尤姆仍能平静地盯着枪脚铠蜘蛛。

　　战斗开始了。

　　那个厚颜无耻的女人往尤姆他们这边冲来。

　　"打扰了!"

她叫了一声，没等他们同意就钻进了圆阵正中。确认自己安全之后，她舒了一口气，开始调整呼吸。

尤姆在心中感叹：这女人真有胆量。

"喂，小姐！你一个人逃走也太狡猾了吧？"

不知何时连一起逃过来的那个形似盗贼的男性也叫嚷着跑到圆阵之中。

尤姆吃惊地想丝毫不能疏忽大意指的就是这些家伙吧，但现在可不是感慨的时候。

"你这家伙……好像没资格说我吧……"

"话说是这么说。但面对那种敌人，我根本没有出场的机会。短剑根本无法给它致命伤。"

那两人毫无紧张感地说着，尤姆决定先不管他们。

"喊。等事情搞定之后我们再慢慢算账。"

尤姆对他们说了这么一句之后，便朝逼近的枪脚铠蜘蛛挥起了双刃大剑（Great Sword）。

不拿盾，用双刃大剑和敌人对砍是尤姆的战斗方式。刃长超过两米的双刃大剑可以把重量化为力量斩击敌人，是一把可怕的武器。但发动这种威力是有代价的，这武器非常难使用。不过尤姆的臂力与技量非同一般，就算没有魔法的辅助也能轻松挥舞双刃大剑。尤姆正在魔法的辅助下挥舞着堪称铁块的大剑。

锵——！！响起了硬物碰撞的异音。

刺耳的声音令尤姆十分不快。这是尤姆舞动的大剑撞上枪脚铠蜘蛛的脚发出的声音。它的脚竟然没被斩飞，那坚硬的外骨骼承受住了双刃大剑的巨大威力。

（喊，怎么会这么硬？刚才的声响就是这个吗？）

第三章
造访者

　　尤姆咂了一下嘴，从圆阵移至距枪脚铠蜘蛛较远的位置。

　　枪脚铠蜘蛛追着尤姆过去，似乎认为尤姆更好对付。它的多只脚接连行动逼近尤姆，打算将猎物刺死。

　　尤姆不慌不忙地挡开攻击。刚才那个人高马大的战士的盾牌挡住的就是这种攻击。尤姆没有盾，他选择用技巧挡开攻击。

　　尤姆不断挡开枪脚铠蜘蛛的连续突刺，时间仿佛凝固了一般。

　　尤姆眼中的永恒不过是现实中的一瞬间。尽管枪脚铠蜘蛛的几只脚掠过他的脸颊，划破他的侧腹，刺穿他的腿，但这些伤都不至于影响到战斗，他的抵抗还算成功。

　　在尤姆吸引枪脚铠蜘蛛注意的时间，持盾男子和轻装剑士回到了战场。他们被重新施加了各种辅助魔法，重新投入战斗。

　　"抱歉，把你们拖下水了。我名叫卡巴鲁，之后再听你抱怨吧。"

　　"现在可没工夫自我介绍。你就叫我菲茨吧。"

　　"我是尤姆。我的同伴只会碍事。就靠我们解决它吧。"

　　"好。"

　　"了解。"

　　经过简短的沟通，这三人再次对枪脚铠蜘蛛发起攻击。

　　他们从三面围住枪脚铠蜘蛛，限制住它的行动。他们的作战计划是轮流吸引它的注意，剩下的人趁机发动攻击。

　　在坚硬的外骨骼面前，半吊子的攻击起不了作用。尤姆的手下也明白这一点，他们没有随意出手。因为万一失手射中尤姆三人，那后果将不堪设想。

　　他们很清楚自己的职责就是不拖后腿，所以他们相信尤姆会取得胜利，自己只需在一旁严加防备。

魔法师爱莲和隆美尔准备施放各自擅长的魔法。

爱莲是法术师，擅长"元素魔法"。虽然她是擅长多种攻击系魔法的攻击特化型（Damage Dealer），但这次的施法环境太糟糕了。在树木茂密的森林中不能使用火力最高的火焰系魔法。魔法是想象，施术者可以在一定程度上随意做出改变……但难以控制高火力的火焰。

而现在——

"尝尝我最强的魔法之一吧！土石大魔弹（Stone Shot）！"

她用魔法创造出势如子弹的土石弹（Bullet）从天而降。爱莲进一步注入魔力，无数的石头同时化作子弹射向枪脚铠蜘蛛。

经过魔法强化的石头子弹每一个都如人的拳头一般大。根据其速度和质量可以算出单单一个石弹就拥有数吨的冲击力，这些石弹组成了凶恶无比的魔法霰弹。

尤姆用大剑挡开攻击，菲茨巧妙地用剑化解攻击，卡巴鲁用盾牌抵挡攻击。魔法子弹在这三人轮流担任坦克（Tank）吸引枪脚铠蜘蛛注意力的时候从全方位发起攻击。然而，这些子弹全被轻松弹开了，枪脚铠蜘蛛的外骨骼上没有一丁点伤痕。虽然成功让它在一瞬间失去了平衡，但效果仅此而已。

"不是吧……这可是我秘藏的绝招……"

爱莲消耗了剩下的大半魔力精心准备的秘藏绝招没有伤到枪脚铠蜘蛛，她愕然了。她已经试过水冰大魔枪和风切大魔斩（Wind Cutter），但效果非常差。

事实上，她剩下的撒手锏只有最强的魔法火焰大魔球了。

第三章
造访者

"没什么好意外的吧。枪脚铠蜘蛛是 A⁻ 级的领域之主（区域首领），就算有很高的魔法耐性也不足为奇。既然它是统治这一带的森林捕食者，那有这种实力也很正常。我们这种等级的魔法很难对它造成决定性的伤害……"

"那我们该怎么办？"

听到爱莲的问题，隆美尔耸了耸肩答道："除了用支援魔法提供支援还能怎么办？"

爱莲想反驳这简洁的回答。可是，她自己的魔法全部无效，在现实面前，她只好把话统统咽回肚里。虽然火焰大魔球她还没试过，但估计也没有效果。

"好吧。那类魔法不够华丽，所以我不擅长……我只会用魔法屏障。"

听到爱莲的回答，隆美尔点了点头。

虽然隆美尔也是法术师，但他也能用几个"刻印魔法"。他之前给尤姆施加的就是这种魔法，现在另外两人也已经强化完毕。

"敌人的攻击威力过高，很快就能打散魔法效果。一旦武器损坏，他们就输了，我光是保持他们的'装备强化'就忙不过来了。只要你能留心保持你的魔法屏障就好。"

"我明白了！"

听到隆美尔的忠告，爱莲也不再分心。她专心进行辅助，不再去想用魔法进行攻击的事。只要用心，爱莲也是一名一流的法术师。她根据自己剩余的魔力和回复速度，精打细算地使用魔法。

隆美尔也一样。

虽然没有华丽的效果，但他将注意力集中在尤姆、菲茨、卡巴鲁三人身上，切实可靠地保持着这三人的辅助魔法。虽然隆美尔嘴

关于我变成史莱姆这档事 3
Regarding Reincarnated to Slime

上说只能保持"装备强化",但其他魔法也会在结束之前重新补上。

他的技术非常好,具有一流法术师的水平。在跟随尤姆的这几天里,隆美尔变得没那么软弱,他原有的才能开始崭露头角。

(他挺有一手的。我也不能输!)

隆美尔的身姿让爱莲再次燃起了斗志。

这两人就这样默默地进行着不起眼却又重要的工作。

另一方面,那三人游走在死亡边缘,抓住刹那的机会与枪脚铠蜘蛛缠斗,这边的气氛十分紧张,容不得半点大意。但这三人在这极端状况下仍挂着无畏的笑容。

第三章
造访者

"哟,你是叫卡巴鲁吧?你的铠甲和我身上的便宜货不同,非常结实嘛。"

"嘿嘿,你也看出来啦?这铠甲可是大名鼎鼎的伽卢姆大师的作品哟。这可不是普通的甲壳鳞铠哟!"

"哦,伽卢姆大师就是那个矮人防具工匠吧?我说你怎么被直接打中都没事。"

"原来被你发现了啊,真是不好意思。不过,别看我这样……"

"你们给我专心战斗!别在我承受攻击的时候闲聊啊!"

那两人熟络地聊着,如在酒馆中自吹一般。菲茨愤怒的声音飞了过去。那两人同时露出苦笑,表情就像被教师怒斥的学生一样。

"大叔,换人了。"

尤姆重重地斩向枪脚铠蜘蛛,把菲茨换了下来。前一刻还很暗淡的魔法之光重新闪耀着光辉,他的准备完成了。

三人的协作与魔法支援的更替绝妙配合,宛如合作多年的老相识一般。估计没人会相信他们只是临时拼凑的队伍。

"拜托了。"

菲茨留下这句话后从枪脚铠蜘蛛面前撤开,与此同时,尤姆也停止攻击转而开始吸引枪脚铠蜘蛛的注意。菲茨化解了枪脚铠蜘蛛所有的连续攻击,他现在十分疲惫,似乎所有的精力都被耗尽了,但他不会示弱。因为这三人中,最年长、经验最丰富的就是菲茨。

不管怎么说,菲茨也曾是 A^- 级的冒险者。在布鲁姆特王国就任自由组合支部长(公会会长),虽然之后他就不再上一线了,但并没有疏于锻炼。所以他现在还有办法跟上枪脚铠蜘蛛的行动。

"我也不中用了啊。现在不比从前了,如今我也没办法单独(Solo)解决这家伙——别说解决了,想不到我现在只能稍微争取一点时间……"

尽管菲茨在心中这样感叹,但毫无疑问,他是这三人中实力最强的。因此,只有菲茨才能预测到之后的战况。

这可不妙啊……

这样下去,他们会被慢慢逼入绝境。

一般而言,即使面对实力超出自身的敌人,只要有魔法也能与之一战。但这次的敌人不同。

枪脚铠蜘蛛拥有很高的魔法耐性,只有武器的物理伤害有用。菲茨也很清楚,从肉体能力来看,只有包括自己在内的三人有能力和枪脚铠蜘蛛战斗。尤姆的手下没有战斗力,所以只能靠他们三人

第三章
造访者

继续坚持。

可是——

经过这十几分钟的战斗，枪脚铠蜘蛛受到的伤害很低。而他们三人虽然没受重伤，但也已经面露疲色。多了尤姆一人以及魔法的持续支援，他们也只能勉强和枪脚铠蜘蛛抗衡。

"情况不妙啊……"

"喊，别发牢骚啊！还不是你们把我们拖下水的。如果不打败这家伙，我们就全都没命了，有空抱怨或者发牢骚还不如动手帮忙！"

听到卡巴鲁的低语，尤姆给他打气。

三人心里都非常清楚现在魔法这种强大的力量发挥不了作用，单凭人力打败这只怪物非常难。

但放弃只有死路一条。

这三人鼓起勇气，继续与枪脚铠蜘蛛进行绝望的战斗——

这时……

"咦？这不是卡巴鲁先生吗？好久不见！话说回来，我们每次见面你都在和魔物战斗，你就那么喜欢战斗吗？"

他们听到了一个与这状况格格不入的声音。

他们循声望去，看到了五个骑着狼的魔物——率领着一队狼鬼兵部队的哥布塔以及他的部下。

●

哥布塔等人完成日常巡逻，正要回城镇时，听到远方有战斗的声音。

"哥布塔，好像有战斗的声音。"戴着单眼眼罩的哥布奇向哥布塔报告道。

哥布塔巡逻归来想放松放松，于是假装没听到，但还是失策了。

"是啊。我们是不是该去看看？"

"我觉得应该去看看。不过不管结果如何，你事后都别怪我哟。"

"知道啦。那我们就赶紧过去，看一眼就走。"

哥布塔一行按照哥布奇说的，往战斗声音传来的方向去了。

而现在，哥布塔发现自己熟悉的人正在和蜘蛛怪物（枪脚铠蜘蛛）战斗。

"哦，这不是哥布塔君吗？别在那边看戏啦，快来帮忙啊！再不快点就来不及了！"

卡巴鲁拼命的喊叫和哥布塔轻松的语调形成鲜明的对比。卡巴鲁边躲避枪脚铠蜘蛛猛烈的连续攻击边说话，看上去似乎有点破罐破摔的感觉。多只脚发起的攻击中，有几下没有完全防住，好在被卡巴鲁的铠甲弹开了。如果不尽快行动的话，一旦铠甲损坏，卡巴鲁就会有生命危险。

"咦，那位不是菲茨先生吗？我是哥布特啊。"

"哦，哥布特先生也来了吗？快，快顶上！！"

哥布特发现菲茨，和他打了个招呼。这时，卡巴鲁的注意力被分散，他的头盔（Helm）被打飞了。看来情况真的十分危急。

"没办法了，就由我来代替卡巴鲁先生。哥布奇率领其他人牵制蜘蛛！"

在哥布塔的命令下，众人同时开始行动。

第三章
造访者

　　哥布塔迅速从星狼族身上下来，补上卡巴鲁的位置。与此同时，哥布奇率领狼鬼兵部队共同行动，开始牵制枪脚铠蜘蛛。

　　星狼族用尖锐的爪牙袭击枪脚铠蜘蛛，但全被外骨骼弹开了。不过，狼鬼兵部队的动作比枪脚铠蜘蛛更灵活，可以采取一击脱离的方式和枪脚铠蜘蛛保持安全距离。

　　星狼族是 B 级魔物，他们的攻击对枪脚铠蜘蛛无效。但单论速度，倒是可以和枪脚铠蜘蛛一较高下。他们立即停止使用爪牙攻击，将攻击方式转换为由乘骑的人鬼族进行攻击。哥布奇及哥布塔的其他部下发动起攻击，枪脚铠蜘蛛身上的伤痕渐渐增多。

　　"太厉害了，这枪何其锋利。这枪看上去似乎还可以伸缩。"

　　"这枪是会伸缩。而且明显比我的双手大剑锋利。如果能有那样的武器，也许我也能打得像样一点。"

　　卡巴鲁撤下来之后，边尽力恢复边低声感叹。回答他的是尤姆，不知何时他也撤了下来，正在卡巴鲁身边休息。

　　"我到现在都不敢相信。那些狼是什么魔物？他们和黑狼或灰狼不一样，是变异种？就算是这样……大型哥布林为什么会有那么精良的装备？而且他们异常强大的实力又是怎么回事？"

　　菲茨吃惊地低声说道，他也喘着气和那两人会合。没人答得上菲茨的问题，这三人只能一起和和睦睦地在一旁观战。想起之前的苦战，他们一时无法相信眼前的战斗景象。

　　狼鬼兵部队的进攻十分勇猛，却和敌人保持着安全的距离，行动十分谨慎。没有任何人受到半点伤。

　　至于单独与枪脚铠蜘蛛对峙的哥布塔，游刃有余地吸引住敌人的注意力。看得出他这不是轻敌，而是彻底掌握了枪脚铠蜘蛛的动作。

"喂……那个大型哥布林……是叫哥布塔吧？他到底是什么来头？不，在这之前……"

尤姆把话咽了回去。他的问题有一大堆，但现在不是时候，所以他忍住了。他目不转睛地看着这场战斗，生怕错过任何一瞬间。

哥布塔轻快地躲过枪脚铠蜘蛛的一次又一次攻击。

"嗯，动作很迟钝啊。比起白老师范的严苛训练，这种攻击算个屁。"

哥布塔经过仔细观察，发现敌人在发起连续攻击前会习惯性地顿一下。那种多脚攻击看似随机，但脚的动作很有规律，因此可以轻松地猜出蜘蛛的脚会刺向何处。

"那就赶紧搞定吧！"

哥布塔在一瞬间猛地抽出腰间的短刀，接着分毫不差地斩向狼鬼兵部队在枪脚铠蜘蛛身上留下的小小伤痕。

一个东西在空中飞舞，那是一只像枪一样的脚。

哥布塔斩断了一只脚。

"不是吧？"

"小哥布塔真厉害！"

"那把短刀果然不一般。竟然会那么锋利，真让人羡慕。"

听到卡巴鲁等人亲切地夸自己，哥布塔心情大好。

这把短刀是利姆鲁按照约定请黑兵卫打造的绝品。和普通城镇武器店的便宜货不同，是把特别追求锋利度的名刀。

而且这把短刀被利姆鲁用专属技能"异变者"施加了某种魔法效果，是利姆鲁制作魔法装备的试验品之一。

哥布塔可以通过意念让刀身附上寒冰，变为一把冰枪。而且还

第三章 造访者

能化作水冰大魔枪，射出冰枪。

哥布塔没有发动魔法。因为使用魔法会消耗他大量的魔力，所以不能随便乱用。而且白老也常常叮嘱哥布塔要看好时机再用撒手锏。哥布塔老老实实地遵守嘱咐，不做无谓的事。

现在，这把武器比水冰大魔枪更有效。

"这玩意才厉害哟！"

哥布塔的左手紧握着刀鞘举了起来，似乎想炫耀一番。

"刀鞘……"

哥布塔没有回答基德的疑问，直接开始了下一步行动。

他把刀鞘的口对准枪脚铠蜘蛛。下一个瞬间，刀鞘发出了微弱的黑红色光芒。

刀鞘的内面全部覆盖着魔钢，绝缘电线紧紧地呈螺线管形卷在刀鞘内部。专属技能"异变者"将"黑炎"封在其中，迸发时会产生强大的磁场。刀鞘可以利用这种结构射出填装在底部的子弹。这就是线圈炮的原理。

它的名字是"鞘形电磁炮（Case Cannon）"。

这是利姆鲁做着玩的，但哥布塔非常喜欢。

刀鞘射出的是直径两厘米的铁块。

悄无声息，但效果显著。

枪脚铠蜘蛛痛苦地蠕动着，嘴巴微微颤动，发出了哭喊般的声音，令人毛骨悚然。

这也难怪。

蜘蛛的几只眼睛往里凹陷，血肉模糊，喷着青色的液体，十分

203

凄惨。

"哇呜!哥布塔,这太厉害了!"哥布塔的部下喝彩道。

卡巴鲁等人则哑口无言,就连菲茨也无法理解眼前的事。

"喂,刚才那是什么?"菲茨疑惑地叫道。

哥布塔没有回答——

"今天有大餐啦!这蜘蛛好像好吃得不得了!"

他的注意力全在枪脚铠蜘蛛身上。

在他眼里,这不是威胁,是美味的猎物。

"喂喂,那可是A⁻级的领域之主(区域首领)啊!他竟然说这个好吃……"

菲茨被无视了,但他现在无力抱怨。他的脑子转不过来了,呆呆地看着眼前的一切,似乎有些恍惚。

尤姆一行人也注视着这一切不知如何是好。这个危险的魔物差点要了他们性命,现在却被轻松打败,毫无还手之力。

尤姆感到很不快,但他自己也不清楚这是为什么。他的表情越来越失望……

哥布塔等五名魔物不顾这群人类,开始摆弄枪脚铠蜘蛛。

十几分钟后……

枪脚铠蜘蛛被肢解后横放在前面。

哥布塔正站在一旁用"思维传递"和某人对话,他的脸上是掩饰不住的喜悦。

"回收队过一会儿就会来。哥布奇,你留下三人进行警戒。我先带卡巴鲁先生他们回去。"

"了解。你们路上小心。"

第三章
造访者

对话结束后，哥布塔和副官哥布奇简单说了几句。

"那我们走吧？"

一个轻松的声音催促卡巴鲁他们出发。

菲茨精神恍惚。

卡巴鲁等人很开心。

尤姆依然很失望。

尤姆的手下看到老大没有反应十分困惑，但也同意和其他人一起走。

就这样，这些人一头雾水地朝魔物国家——魔国联邦（特恩佩斯特）去了。

●

哥布塔在我面前得意扬扬地说明了情况。

地点依然是会议室。

米莉姆坐在我身边，一副理所当然的样子。

利古鲁德和红丸也坐着，紫苑和苍影站在我背后。

哥布塔身边是卡巴鲁那三人和一个陌生的大叔。另外还有一个皮肤黝黑的美男子和一个似乎有点神经质的魔法师模样的男子。

我让朱菜去沏茶，随后坐了下来，与此同时，哥布塔开始说明情况。

哥布塔说完后，那些人向我做了自我介绍。

那个大叔名叫菲茨，是布鲁姆特王国公会的老大。苍影曾向我报告说有人想见我，应该就是他了。

皮肤黝黑的小哥长得相当帅。他的相貌不输于红丸和苍影，是个拥有柔韧肌肉的野性美男。他说他叫尤姆，是布鲁姆特王国派来的边境调查团的团长。不出所料，显得有点神经质的纤弱男性是个魔法师。他叫隆美尔，是尤姆的智囊。

他们自我介绍完后，我也开始介绍自己。

"啊，我还没自我介绍。我是这座也不知道该算城镇还是国家，总之是鸠拉·特恩佩斯特联邦国的代表利姆鲁·特恩佩斯特。如你们所见，是只史莱姆！"

我现在不是人形，所以就直接告诉他们。

"真的是史莱姆……"

大叔——不对，应该是菲茨非常意外。他好像对这事有所耳闻，但仍然非常吃惊，这也算正常。因为如果这事不是发生在我身上，那我也无法相信会有史莱姆当上魔物国家的国王。

"话说，利姆鲁老爷，你这里好像多了一些新面孔？"卡巴鲁问道。

他指的应该是红丸他们。我简单介绍了一下其他人。

最后是米莉姆。

"我叫米莉姆。请多关照！"

不等我介绍，她就报上了姓名。

虽然她的语气很轻松，但她的本性是个凶恶的魔王，可不能被那可爱的外表给骗了。

其他人没什么反应，只有菲茨在听到米莉姆这名字的时候显得有些惊讶，说不定他听过魔王米莉姆的名字。

卡巴鲁和基德的视线在朱菜和紫苑间往返。虽然米莉姆也很可爱，但他们可能觉得她太小了吧。真是忠实于自己内心的家伙啊。

第三章
造访者

菲茨和尤姆的表情一直很严肃,也许他们对女人兴趣不大,也有可能是因为身处魔物之中,所以很紧张。如果卡巴鲁他们稍微学学这两人就好了。

不过,我也能理解卡巴鲁他们的心情。

但是,听完哥布塔的说明,我完全搞不懂状况。

为什么菲茨和尤姆会一起行动……

"接下来就让我来说明吧。"

我刚冒出这个疑惑,菲茨就开口了。估计他看出我没听懂哥布塔的说明,所以打算代为说明。他是个机灵的人。

看到我这个史莱姆,他多少有些动摇,但仍非常恭敬,看来听他说明比较好。

……

听完菲茨的话,我对事情有了大致的了解。

原来菲茨听说了猪头帝的事之后十分混乱,于是决定让卡巴鲁等人带路,亲自过来确认情况。

菲茨说完后,隆美尔接着说他那边的事。

他那边的情况也差不多,我们把消息传到布鲁姆特王国之后,尼德勒伯爵领地的公会展开了行动。隆美尔甚至把他所了解到的尼德勒伯爵的想法也说了出来,所以我现在对状况的把握应该比较准确。

"你为什么会这么坦诚地把事情都告诉我?"

面对我的质问,隆美尔回答:"这个……说实话我很混乱,不知道该怎么做……感觉老老实实地说出来比较好……"

这样对我也好,于是我重重地点了点头。

"那种事根本无关紧要！我觉得一只史莱姆高高在上地坐在这里才是最不可思议的。我说，你们就不觉得奇怪吗？话说回来，为什么史莱姆会说话？这到底是怎么回事？为什么你们都能坦然接受这些事？"

尤姆突然吵吵嚷嚷地叫道，他之前一直显得很失望，现在就像突然打开了某种开关一样。

"你对利姆鲁大人太无礼了！"紫苑非常激动。

但尤姆没有停下。

"吵死了，女人给我闭嘴！"他对怒气冲天的紫苑怒吼道。

啊，蠢货！我在心里暗叫道，但已经来不及了。

哐的一声闷响，尤姆被紫苑用大太刀的刀鞘打倒在地。

"啊！一不小心就……"

"你给我注意点啊！"

紫苑总是这样，她那急性子什么时候才能改改。虽然尤姆那样说话也有错，但也不能直接动手啊。

被我训斥之后，紫苑慌忙去照看尤姆。好在她还知道控制力道，没有弄出人命。撒上回复药之后，尤姆立刻睁开了眼睛。他一看到紫苑就露出痛苦的表情，但还是默默地回到了位置上。

看到这一幕，我暗自感叹他是个有骨气的男人。

"我为紫苑的行为道歉。她稍微有点沉不住气，希望你别介意。"

听到我的道歉，尤姆不情愿地点点头。

"你这话太过分了。其实大家都说我很有忍耐力的。"

紫苑在一旁胡扯，我还是无视这话吧。这话我从没听说过。

"哇哈哈哈哈！紫苑，沉不住气说明你还要继续努力。如果你的心胸像我一样宽广就不会那么性急了。"

第三章
造访者

我似乎听到米莉姆正开心地说着,这肯定是我的错觉。毕竟紫苑应该也不愿意被米莉姆这么说。

总之,这事先放到一边。

我决定总结一下刚才的事。

菲茨听说出现了一只谜之史莱姆(就是我)之后想来摸清我的底细。他的目的是要亲自确认,对人类而言,我是敌是友。

"魔物竟然会建造城镇——啊,抱歉。如果是亚人村庄倒是还能理解,但多种族共存的城镇实在是闻所未闻……如果没有亲眼看到,我是很难相信的。而且,如果这事是真的,我也想弄清城镇的规模有多大、我们之间的关系又会如何发展。虽然我接到报告说你们不会威胁到我们……但我觉得自己亲眼所见才是最可靠的判断依据。所以我才会来到这里。我想稍做调查,请务必允许我逗留一段时间。"

菲茨的说明结束了。

我完全明白了,我也不愿被人视作潜在的威胁,所以答应了他。

我也要说说自己的想法。

菲茨是公会会长,也算有一定的地位,搞不好他在布鲁姆特王国还是个有头有脸的人物。如果是这样,那就应该实话实说,争取他的帮助。

"说来你可能不信,其实我也想和人类和睦相处。我也和卡巴鲁他们说过这话。虽然无法立即实现,但我希望能在不久的将来通过贸易等方式进行交流。你想亲自确认也无妨,其实我们已经和矮人王国建交了。我觉得如果把这里作为贸易路线中的一站,对商人而言会更加便利,你觉得呢?"

"等等，不，请等一下。矮人王国——是指武装国多瓦贡吗？我记得那是一个中立国家，和亚人间也有交流……可是，你是说他们承认了魔物的国家？不管怎么说，这也太难以置信了……"

我说出实话想博取菲茨的信任，但他还是不愿相信我，所以我让贝斯塔来给我做证。

"这位是……贝斯塔大臣！不，应该是前大臣。想不到您竟然会在这里……那……这事是真的？"

"这不是菲茨阁下吗？好久不见啊。确实是这样，出于某些机缘，我也在这里承蒙他们的照顾。利姆鲁大人说的都是事实。盖泽尔国王和利姆鲁大人签订了盟约。"

之后，他们又聊了一会儿，菲茨相信了我的话。

虽然他信了，但似乎还在怀疑自己在做梦。这也难怪，无论是谁听说魔物建立了国家，都无法立即相信。

尤姆的目的则有些复杂。

为了获取自由，他们要放出假消息让人以为他们都死了，然后再去一个安全的国家，加入自由组合。

尤姆称尼德勒伯爵是贪得无厌的老狐狸，但仍想给伯爵一点情报。估计这不是为了伯爵，而是因为他们多少有些担心城镇里的人。看来他是个有男子气概的人物，虽然从他的表情及态度看不出来。

隆美尔似乎十分钦佩尤姆，所以背叛了尼德勒伯爵成了尤姆的心腹。

我听了这些后冒出了一个想法。

"我说，你是菲茨先生吧。猪头帝被打倒的消息已经传开了吗？"

"没有——知道这消息的只有国王和极其有限的一部分人。"

第三章
造访者

菲茨答道。

那么——

"话说，尤姆君，你们和我做笔交易怎么样？"

"哈？你到底在说——不，您这话是什么意思？"

不仅是紫苑，连朱菜也瞪着他，那两人似乎对他和我说话的语气很不满。他慌忙改成恭敬的措辞。有时候装傻也是一种温柔，所以我就继续向他解释。

"我简单说明一下……"

我开始说我的提议。

我想让尤姆和他手下的三十人成为打倒猪头帝的英雄。

虽然菲茨知道是我解决了猪头帝这个威胁，但他刚才仍十分不安，这是因为我是魔物史莱姆。

既然这样——那就放出传言告诉世人是尤姆打败了猪头帝，我们只是给尤姆提供帮助。

虽然尤姆他们的出发时间等方面的问题经不起细细推敲，但普通人不会关心那些细枝末节。高层即便掌握了这事的详情情报，只要保持沉默，普通人就会自行想象出合情合理的情节。至于猪头帝残余军队的问题，他们起了内讧，所以被轻轻松松地解决了——应该能用这种情节（剧本）蒙混过去。只要不说出半兽人大军的具体数字是二十万，这话还是很可信的。

而我们没有直接参与战斗，只是提供了武器、防具和食物等物资支援，把我们摆在这种位置是最理想的。这样一来，我们就成了帮助英雄打败猪头帝的魔物，也许这种身份可以取得大众的信任。

我认为比起具有威胁的谜之魔物，这种身份似乎更容易被接受。

"大概是这样，你觉得怎么样？"

客人们全体哑口无言。他们没有任何反应。

卡巴鲁那三人正在品茶，似乎觉得已经没他们什么事了。

而红丸和朱菜等人则点了点头，似乎很赞同我这个方案。

米莉姆和紫苑自豪地挺着胸，不过我怀疑她们没有听懂。说起来，米莉姆本来就和这事无关，希望她能老老实实地待着。也许我应该在她失去耐心开始捣乱之前给她一些蜂蜜。

"你到底把我当成什么人了？不过，算了。这个我就收下了。"

米莉姆开心地接过装有蜂蜜的瓶子。紫苑露出十分羡慕的目光——不过很遗憾，没有你的份。

"不不不不，你到底在说什么！这可不是一句'你觉得怎么样'的事！"

"等等。喂喂，我是英雄？你要我装成勇者吗？"

菲茨和尤姆的石化状态解除了，他们同时叫了出来。

这事确实没那么好接受！他们这种反应也很正常。

"勇者可不行哟。这是个特殊的称号，不能随便以勇者自居，否则会遭报应的。所以最多只能叫英雄。"听到尤姆的叫唤，米莉姆答道。

原来是这样，看来勇者和魔王一样都不能随便乱叫。叫英雄也没问题，我想让尤姆成为英雄……

"根本不是这个问题啊，小鬼！而且我——"

哐！！

气氛十分尴尬。

"喂！"

"米莉姆大人……"

我哑口无言，紫苑也欲言又止。

第三章
造访者

"不……不是啊。我……我没错!"米莉姆慌忙进行掩饰。

我还没说她,她就已经要哭了。

"米莉姆,你不用辩解了。不能有下次哟!"

"我知道了。相信我吧,利姆鲁。"

米莉姆连连点头,发誓不会再有第二次。

虽然米莉姆的样子有点可怜,但这毕竟是她的错。纵容她似乎不大好,所以我好好训了她一顿。紫苑显得有点幸灾乐祸,她似乎还对刚才的话耿耿于怀。

你不是也一样。我把这句吐槽留在了心里。希望她能以人为镜。

"米莉姆……总觉得我好像听过这个名字……"

啊,菲茨听到米莉姆的名字皱起了眉头。看来他还没注意到米莉姆是魔王,但我得防着点。没想到魔王米莉姆这么有名。

先糊弄过去吧。

"话说回来,尤姆没事吧?"

刚才从他身上传来哐的一声闷响,我真的很担心他。

"嗯,利姆鲁大人。我已经给他用了药,他没事。"

朱菜微笑着向我报告,与此同时,尤姆睁开了双眼。

"唔……刚才……到底……"

他还有些混乱,但身体似乎没有异常。竟然能承受住紫苑和米莉姆的一击,他真是个结实的男人。虽然回复药的效果也非常好,但他自己能留住一口气也很值得夸奖。

"利姆鲁……叫你先生吧。我明白了,我听你的。你竟然能把这么危险的家伙收为部下,你应该是只不得了的史莱姆。从今天起,我就叫你利姆鲁老爷吧。有事你尽管吩咐。"完全恢复意识之后,尤姆这样对我说道。

用暴力让他屈从，我的心里十分忐忑，但既然他本人能接受，那应该不会反悔吧。

"嗯……嗯。那就有劳了。"

我对尤姆点点头，我们的互助关系达成了。

多亏了这段对话，菲茨的注意力从米莉姆身上移开了。

"既然这样，那我们也愿意提供帮助。但我必须确认清楚你是否真的站在人类这边，没问题吧？"

"嗯。这是当然，没问题。"

就这样，我也得到了菲茨的帮助。

*

菲茨为我们去和一个名叫贝鲁亚特男爵的人物交涉，说服他向布鲁姆特王国提交报告。与此同时，他也着手准备向周边各国放出我们的传闻。

他参照我刚才阐述的概要，调整了一些细节，并联络各地自由组合把这件事告知他们。

我给菲茨的回报是给部分商人的优待措施。

我允许隶属于自由组合的商人在鸠拉·特恩佩斯特联邦国首都利姆鲁逗留。

现在，我们不收关税。等我们决定收取关税之后，如果他们认为我们信得过，那就正式建交，然后再谈关税的事。

说实话，我自己也不清楚该收多少关税。我又不是政治家，根本不知道该怎么算关税。所以我只能故作从容，其实心里直冒汗……

所以在我们开始收取关税之前，隶属于自由组合布鲁姆特王国支部的商人应该能赚不少。

第三章
造访者

我们到底要多久才能得到布鲁姆特王国国家层面的信任？这也是我拉拢菲茨的原因之一。

也许会很快，也许耗费几十年都无法取得他们的信任。我已经做好打持久战的心理准备，所以我想先为建交铺好路。

这一切的先决条件是取得对方的信任，与此同时还有必要调查最合适的税率是多少。

我们的税率肯定要比法尔姆斯王国低，同时还要提高便利性，宣传（Appeal）安全性也很重要。贸易线路的整备也没有完成，应该等这些工程结束之后再收取关税。

总之，该做的事堆积如山。

菲茨的问题就这样解决了。

布鲁姆特王国是个小国，所以新的贸易线路和可以建交的国家对他们意义重大。如果我们还能保障这一带的安全，布鲁姆特应该能从中取得不小的利益。

不管怎么说，这一切的前提都是对方会信任我们并和我们建交。

剩下的就是菲茨帮我们把这话带回国，并提交更加详细的报告。我不清楚会有什么结果，只能祈祷事情会往好的方向发展。

接下来是尤姆他们。

他们会暂住在这座城镇，需要做一定的准备才能让他配得上英雄的称呼。

估计他现在也在白老的监督下进行修行。

虽然尤姆也有不俗的实力，但还称不上英雄。也许只要换上精良的装备就够骗过别人的眼睛，可这还不够。

白老认为他不能只靠肉体能力和战斗常识，必须要切实掌握技术。

装备方面没有问题。

他们正好拿回了枪脚铠蜘蛛的外骨骼，我打算用这些素材给他准备最好的武器和防具。

所以，我决定让尤姆等人在这里锤炼身心，直到装备完成。

时间一天天过去，装备终于完成了。战斗的重要因素是速度、防御力、攻击力这三项。即便考虑到魔法也一样。只是多了一项精神抵抗能力，也就是魔法防御。

自由组合评估的等级标准由这三项要素的综合能力决定。所以只要有更好的武器和防具，也可以提升等级。

从这个角度来看，这些是最棒的素材。

事实上，枪脚铠蜘蛛这种魔物的速度不算快。它用多只脚同时发动攻击，所以乍一看速度特别快，但只要冷静应对，就会发现它每一击的速度都不算快。

从 B 级的卡巴鲁和哥布塔能应付它的攻击就可以看得出来。不过，我怀疑哥布塔的实力可能已经达到 A⁻ 级了……

越扯越远了。

行动迟缓的枪脚铠蜘蛛之所以能达到 A⁻ 级是因为它的外骨骼。它的实力全凭外骨骼的高防御力和只要轻轻掠过就能造成巨大伤害的多只脚。

也就是说——

"喂喂，利姆鲁老爷……我真的可以收下这么好的装备吗？"

尤姆盯着用外骨骼制作的铠甲，显得十分感动。

那是一件有三色斑纹的全身铠（Full Armor）。基调为暗褐色，上面有红绿色的独特花纹，宛如一件美丽的艺术品。

第三章
造访者

铠甲的名字是骸甲全身铠（EXOarmor）。

"而且怎么会这么轻——"尤姆拿起铠甲的护腕部分，吃惊地叫道。

那是自然。

钢铠（Mail）是在锁甲的基础上用金属板增强各要害，一体化的全身铠则比钢铠重得多。全身铠的防御力很高，但是牺牲了机动力，所以一般很少用。但是这件骸甲全身铠没有使用金属板，它利用枪脚铠蜘蛛外骨骼密度比钢铁小的特性，实现了轻量化。

铠甲内侧布满了网状的"粘钢丝"，具有耐热耐寒的特性。外骨骼本身就有值得夸耀的魔法耐性和防御力。经过实测，有了"粘钢丝"的加固后，普普通通的魔法攻击无法对其造成伤害。

值得一提的是，骸甲全身铠的强度在全身钢铠之上，但重量还不到它的三分之一。力量远远凌驾于人类之上的魔物暂且不谈，对尤姆这个人类而言，这应该是最好的铠甲。

"嗯。这是伽卢姆的自信之作。他可是放出豪言，说这铠甲要是拿到市场上，价格比特异级（独特）还高。"

"特……特异级（独特）？那不是A级冒险者干十年都买不起的最高品质的装备吗？"

听到我的话，尤姆惊愕地叫出声来。

就像冒险者有等级一样，武器防具也有等级之分。

在市面上销售的普通装备为一般级（普通），性能较高或附有魔法效果的为特殊级（特殊）。特殊级装备虽然价格不低，但只要肯出钱也比较容易买到。

在这个与死亡为邻的世界中，尽可能地提升装备是理所当然的

217

事，普通冒险者的防身装备多为特殊级（特殊）。

但上述装备根本没资格和著名工匠打造的拥有最高性能和昂贵价格的装备相比。因为这类武器防具拥有卓越的性能，能让使用者轻松提高等级。

这种一流的装备被叫作稀少级（稀有）。

对冒险者而言，凑齐一套稀少级（稀有）装备是身份的象征。达成这一目标的人会被当成有实力的冒险者，受到众人的敬仰。伽卢姆制作的防具就属于稀少级（稀有），所以卡巴鲁那三人得到防具时才会那么感激。

在那类一流的装备之上，还有一种性能无与伦比的装备。

这种装备是有名的工匠严格挑选材料，不计成本问题的作品。

这类装备被叫作特异级（独特）。

这类装备一般是大城镇的武器店用于宣传的镇店之宝，或者王公贵族家小心保管的传家宝。总之这是最强的装备，在市面上极为罕见。

这就是特异级装备（Unique Item）。

顺带一提，盖泽尔国王的同伴和天翔骑士团的成员用的都是这个等级的装备。估计矮人王国利用制造大国的优势，最大限度地发挥金钱与材料的作用，用最高级的装备来维持最强的战力。

后来我听说这件事时，不禁感慨怪不得他们会那么强。用武器和防具提高战斗力是人类对抗魔物的手段之一，所以没人会对此说三道四，但在与之对立的一方看来这简直不能忍。

所以，我们自然也要模仿人类准备最强的装备。

在这种背景下，尤姆会这么意外也是理所当然的。

第三章
造访者

　　尤姆用的双手大剑已经卷刃，而且出现了不少缺口，已经不能用了，所以黑兵卫给他打造了一把替代品……这也是把不可多得的上好武器。

　　斩龙钢刀（Dragon Slayer）——它甚至可以用来对付大型魔兽种，是双手大剑的一种。

　　这把剑没有大太刀那种曲线，外形和西洋风格的双刃剑一样。但实际上一面是用于斩击的锐利刀锋，另一面是用于敲击的厚重刀刃。

　　尤姆战斗时不用盾，所以我觉得这把剑会比原来那把更顺手。他一拿起剑就被迷住了，不禁感叹道："这太棒了……"

　　尤姆满意比什么都好。

　　这把斩龙钢刀也是黑兵卫打造的极品武器，相当于特异级（独特）。它的威力巨大，只要使用得当，就连枪脚铠蜘蛛的外骨骼也能斩断。综上所述，只要装备上这些武器和防具，尤姆的实力便会一举增加到 A⁻ 级之上。

　　我本来想看看能否靠武器和防具提升实力，不过提升实力的前提是要有足够的技量发挥装备的作用，所以装备的事只能先放一放。

　　尤姆的实力渐渐增强，已经可以配得上这些装备了。

　　他非常努力，就算我只为他准备了饭菜和床铺，他也没有抱怨（不过倒是能听到他痛苦的惨叫，还有抱怨白老是个恶鬼）。既然他和我订立契约协助我们，那给他这些装备作为奖赏也没问题。

　　其实我心里觉得很可惜。特异级装备现在还很少，我很纠结是不是该把这些装备给外人。可是，只有给他配得上英雄之名的装备，才能不让见到他的人起疑心。

尤姆在我们城镇修行的效果显著，实力不断增强，他现在完全配得上那些装备了。

只要继续修行，应该就不会有人怀疑尤姆战胜猪头帝的事。

*

在那之后，尤姆等人日复一日地继续修行。

虽然尤姆的武器和防具已经完成，但我还想给他的那些手下也准备一些装备。考虑到他们是在帮助我，那我也有必要多少做点前期投资。

他们和尤姆一样都在接受白老的严格训练，所以他们的实力也多少有所提升。他们是英雄的部下，所以给他们凑套好装备也能提高英雄的声誉。

他们的目的不只是装备，喜欢在这座城镇生活也是原因之一。只要他们能够老老实实地努力帮我的忙，我就满足了。

我给他们的是之前送给卡巴鲁的试制品的最终成品——新绿色的甲壳鳞铠。我给盗贼模样的人准备了红色的硬革铠。这些装备全被染成了和尤姆的骸甲全身铠一样的花纹。

我也给了隆美尔这个魔法师一件粘钢丝衣，这和我之前给爱莲纯白的那件一样，但颜色是漆黑的。此外还有一件朱菜缝制的魔绢法服（Magic Suit）。

"连我也有这么好的装备——"

这件装备对物理伤害的防御效果较差，但对魔法有较强的耐性。我只是想把他包装成一名追随英雄的魔法师，所以要给他准备配得上这一身份的衣服，好在隆美尔也很喜欢。

而且我能做的也就这些了。魔法师无法通过白老那里的修行提

第三章
造访者

升自身实力,所以剩下的就要看他本人的努力了。

之后,我也给了他一个通信水晶的复制品。没有联络手段会十分不便,所幸他们中有**魔法师**。这样一来,我们的联系就很方便了。

缝制好的装备交到我手上的时候,隆美尔刚好从法尔姆斯王国报告归来。他夸大其词地大肆宣扬尤姆等人是打败猪头帝的英雄。

隆美尔自身只是受雇于尼德勒伯爵,所以报告完后,他们的契约也结束了。虽说是雇来的魔法师,但他只是用于执行危险任务的炮灰,所以他没有任何留恋。

隆美尔说既然如数拿到了报酬,今后就和尤姆共同行动。

看来这个尼德勒·麦加姆伯爵不是什么好人。

比起领地居民的事,这个男人更看重自身的利益,是个贪得无厌而且用人粗暴的家伙。

他向领地居民收取高额的税赋,却没有把钱用于保护居民的安全工作上。出现损失之后,那些居民束手无策,只能靠自由组合帮忙。

"那家伙是低劣的混蛋。虽然我们也是恶徒,但比那家伙差远了。"

这是尤姆吐出的评价。

在故事中经常出现贪得无厌的领主,但如果这样的领主在现实生活中影响到自己的生活,那就十分让人郁闷了。

不过——现在这事倒是对我有利。

我让尤姆以英雄的身份回去,并保护领土居民的安全。他在各村庄间巡逻,可以省去村民委托自由组合的一系列手续。

当然,这不是无偿的。村庄会向自由组合提交一份讨伐证明报告,之后领主会支付报酬。这绝不是免费帮尼德勒伯爵保护领地。

在这件事上，我和尤姆的利益是一致的。

最大的好处是可以帮英雄尤姆提高声誉。受到帮助的人会感激尤姆，并为传播他的英雄事迹。这样一来，帮助尤姆的魔物——我们在民众心中的形象也会提升。

没有补给的话，在各村庄间巡回十分困难，但如果以我们的城镇为据点则另当别论。

只要拥有咒术师的实力就能启动通信水晶，各村庄中都有一两个这样的人，所以我复制了大量通信水晶，让尤姆他们发给各村庄。尽管这是昂贵的魔法道具，但我能弄到大量水晶和魔石，所以复制相当于零花费。好在我有"大贤者"，要不然也做不到这一点。

从魔物身上采集魔晶石并进行提纯结晶，这事被人知道会很麻烦，所以必须要保密。

我也考虑过通信水晶可能会被盗，但这事我们无法负责。这是各村庄自己的问题，我们也没必要帮到这个地步。如果他们丢了通信水晶，就要回到从前的生活，所以他们要保管好通信水晶，一切问题自行负责。

我也和利古鲁德及鬼人们进行过讨论，完善了把尤姆打造为英雄的计划的细节。

尽管订立了契约，但尤姆毕竟不是我的部下，所以我们在表面上终究是合作关系。因此，我也不需要支付薪酬，这一点也很好。

老实说，我们现在还没办法赚外汇，所以我甚至希望能收点场地费。

说这话未免也太小气了，所以我决定免费给他们提供饮食起居。

另一个理由是这座城镇需要宣传。

我听说在村庄里过不下去的人会去城市碰碰运气。既然如此，

第三章
造访者

我希望他们能移居到我们的城镇。我知道魔物和人类共存共荣不是一朝一夕能实现的事,这是一个长期的计划。

  几周后,尤姆等人的装备全部备齐了。
  通信水晶和马也准备完毕。为捕获这三十一匹野马——独角魔兽,我们费了很大的劲。它们是 B^+ 级的魔兽,实力非常强。
  无论是尤姆还是他的手下,经过白老的训练之后,和几周前判若两人,已经没人会畏惧区区魔兽了。
  他们现在非常可靠。所有人都穿上新的装备,如身经百战的勇士一般。现在他们完全配得上英雄同伴的称号。
  "那利姆鲁老爷,我们出发了。"
  说完这句,尤姆便启程了。
  今后,他们将以我们的城镇为据点开始大显身手。

第四章

悄然而至的恶意

Regarding Reincarnated to Slime

第四章
悄然而至的恶意

魔人缪兰压抑着自己的感情在森林中走着。

缪兰以前是住在森林中的魔女。

她受到人类的迫害逃到森林,在这里躲了三百年。她与人类及魔人划清界限,静静地在这里研究魔法。

然而,这段时光迎来了终结。虽然她能用魔法延长寿命,但这也有限度。

临死之际,缪兰有些遗憾。她没能窥探到魔法的深渊,掌握的知识也后继无人。缪兰自问:"自己的人生到底算什么?"

那时,魔王克雷曼来到了她的面前。

克雷曼在约三百年前当上了魔王。

他当时正积极寻找有名的魔人和魔物,或与之交涉或将其彻底打败,他的部下正以惊人的速度增加。

他来找缪兰,也是为了收她为部下。

"我可以给你永不衰老的肉体。代价是你要发誓永远对我效忠。"

魔王克雷曼想要缪兰的魔法与知识,向她提出了一笔交易。缪兰答应了这笔交易。

现在她认为那是一个错误的决定。

她恢复了青春,得到了无限的时间,但代价是失去自由。

这不是等价交换,是个不平等的交易。缪兰魔法知识丰富,却不知世间险恶。对魔王克雷曼而言,欺骗她简直轻而易举。

在宣誓效忠的同时，缪兰的心脏被刻上了咒印。

魔王克雷曼对缪兰施加了秘术"支配的心脏（Marionette Heart）"。这种秘术能让昂贵的魔术媒介与目标的魔力融合，令目标转变为魔人。

这项秘术成功了，缪兰从人转变成了魔人。同时，她也成了无法违抗克雷曼的提线木偶（Marionette）。

缪兰拥有强大的魔力，成了十分强大的魔人。但这没什么值得高兴的，她失去了自由。

从那以后，她成了对克雷曼言听计从的人偶。

她无法想象格鲁米德那样不受他人控制是什么感觉。

缪兰一直在找机会。她在找机会解除自己的咒印，并杀死魔王克雷曼。但是她的知识告诉她，这几乎不可能。也许在"支配的心脏"解除的一瞬间，她就会变回人类。这样一来，她停滞的时间将再次流逝，她的寿命也将迅速耗尽。

此外，还有一个原因。

缪兰和魔王克雷曼之间的实力差距极大，她甚至已经厌倦了寻找机会。

缪兰追随着魔王克雷曼，不可能有违逆的想法。她做梦都想从这可恨的咒缚中解脱……

现在，缪兰正奉魔王克雷曼的命令搜集情报。

"我觉得我不适合参与战斗……"

"嗯，虽说你是高阶魔人，但并不擅长战斗。所以你的任务是监视并记录其他魔王的部下的战斗。你不需要直接和敌人接触，所以这项任务你能够胜任吧？"魔王克雷曼带着平静的微笑命令道。

第四章
悄然而至的恶意

缪兰本以为魔王克雷曼肯定会命令她去搜罗部下以增加战力，但她错了。

魔王克雷曼，他的异名是"人偶傀儡师"。他会使用傀儡术和人心掌控术像操纵人偶一样控制部下。

在他看来，同伴一词指的只是少部分人。而部下不过是道具而已，就算用坏了也无所谓。部下要想活下去，唯一的办法就是完成克雷曼交代的任务。

这次的事也一样，估计克雷曼已经决定好了，再多嘴也只会令克雷曼不快。

"遵命。"

缪兰压抑自己的感情，听从克雷曼的命令。

因为这是她唯一的选择。

"真怀念啊。"缪兰低声感叹。

她无限感伤，似乎想起了过去自由自在的时光。

缪兰重整心情后在周围布下幻觉魔法：魔法感知（Magic Sensor），开始执行自己的任务。这项魔法可以探知魔力的流动，和高阶技能"魔力感知"同时使用可以扩大获取信息的范围。

缪兰能活数百年靠的不是运气，而是切实可靠的实力。虽然她确实不擅长直接参与战斗，但绝不能因此说她没有实力。

缪兰是魔导师（Wizards），掌握了三系以上的魔法。虽然在战斗中派不上用场，但她也是高阶魔人，便利性远远凌驾于格鲁米德之上。克雷曼也非常清楚她的特点，所以给她指派了一项合适的任务。

"反应……"

魔法一发动,大量信息便流入她的脑海。她每隔一小段时间调查一次,这次她发现了一个魔素量(能量)很高的魔人。

看来已经接近了监视对象的统治领域(领地),缪兰打起了精神。接着,她将意识集中到极限,把目光投向目标——

*

缪兰看到了一幅不可思议的景象。

许多魔物砍倒树木并进行加工。大型木料会被搬走,小型木料则瞬间消失,估计他们用了空间系能力(技能)。

他们好像是在开辟道路,有一条整洁的道路延伸至远方。

还有人挖出地下的大石并将其粉碎。粉碎后的小石子被运到路上,均匀地铺满路面。再用巨大沉重的铁制圆柱形物体把小石子压平压实。

铁制圆柱形物体——那是以利姆鲁的要求为原型制作的一种压路机。它需要人力(这里是有力气的魔物)拉动,两侧都设计有扶手,前后各配三名人员。这压路机相当重,但三名魔物喊着口号一起拉就能轻松拖动。压路机碾过之后,碎石紧实,整洁的道路便完成了。

缪兰看到在高阶个体的指挥下,其他魔物正齐心协力拓宽道路。缪兰从未见过这等情景。

进行施工的是猪人族(高等半兽人)。其中有一个高阶个体身穿全身钢铠,身上散发出异样的妖气。

缪兰刚才发现的魔素量(能量)特别高的魔人就是他。

(看来是猪头帝胜出,并发生了进化——)

缪兰刚做出判断就抛开了这个想法,她只负责监视,擅自下结

第四章
悄然而至的恶意

论是僭越行为。因为监视者的工作只有搜集情报而已。

缪兰花了几天时间监视他们施工。

缪兰边做记录边监视施工，她突然在想，已完成的道路到底通往何方？

（是啊，继续监视目标魔物应该没错，但也应该多搜集一些别的情报。）

克雷曼是个小心谨慎的人，他肯定会质问缪兰的。缪兰和他相处了很久，她对克雷曼的性格了如指掌，甚至能想象出他质问时的神情。

不能否认，缪兰在比自己强大的魔人身边悄悄进行监视，压力很大，她想避开这个强大的魔人。

总之，缪兰终止监视，往别处去了。

她在森林中不断迂回，离开已完工的笔直道路以避开他人的耳目，然后径直朝道路的另一头，与施工现场相反的方向前进。

缪兰用魔法阻碍他人的视觉，隐藏自己的身形。

她走了好几个小时。

缪兰的高阶技能"魔力感知"带来了新的情报。

（这是……好像来了一个相当强的魔人。那是……"黑豹牙"法比欧？魔王卡利昂出动了三兽士，看来他是志在必得——）

这个高阶魔人拥有可怕的实力，与其相比，缪兰根本不值一提，就连猪头帝也不是法比欧的对手。

但法比欧的动向很奇怪。他不顾猪头帝朝其他地方去了。

他的目的地好像和缪兰一样，是这条道路的起点方向。

那里到底有什么？缪兰的好奇心被勾了起来。

她的任务是搜集情报,所以不能太接近目标。缪兰有"魔法之眼",可以看清远处的景象。

在好奇心的驱使下,缪兰开始追赶法比欧。

不久之后——

前方出现了一大块开阔的场所。

距离很远,如果没有魔法的辅助是无法看清的,法比欧在那里降落了。

(看来那里就是他的目的地。那是猪头帝的大本营吗?法比欧是想先毁掉他的根据地?)

缪兰抱着这个疑问把"视线"投向法比欧的降落地点。

她立刻后悔了。

(魔……魔王米莉姆!)

一种无与伦比的暴力冲击。

释放这种冲击的是一名拥有美丽粉金色头发的少女。

那名少女轻轻笑了笑。她是高高在上的魔王之一。

异名"破坏暴君"的魔王米莉姆就在那里。

尽管缪兰使用魔法在远处监视,但似乎被魔王米莉姆发现了。她微笑时,锐利的视线直指这边。

缪兰惊恐之下慌忙解除了魔法。但为时已晚,她很可能已经被锁定了。现在才逃跑已经来不及了。

所幸米莉姆没有采取行动。她发现了缪兰的"视线",但放过了缪兰。

"是因为他们之前约好不会妨碍对方吧……我捡回了一条命……"缪兰慢吞吞地站起来,不由得低声说道。

尽管米莉姆的目光对缪兰造成了巨大的冲击,但缪兰认为既然

第四章
悄然而至的恶意

不会妨碍到米莉姆，那只是查看状况应该也没问题。

水晶球影像中的那些魔人也在米莉姆身边，也就是说除了猪头帝之外，那些谜之魔人也活了下来。

到底该怎么向魔王克雷曼报告呢……

缪兰带着这个问题离开了。

*

向魔王克雷曼报告完后，缪兰忧郁地叹了口气。

克雷曼的第一句话是"竟然会被监视对象发现，你也太大意了。"

她一想起克雷曼的话就不寒而栗。

"如果不能办好你的任务，那你就没有价值了。你轻易送命会给我惹麻烦，今后要多加小心。你继续进行监视，等待下一个命令。"

克雷曼之后又说出了这些话。

估计在克雷曼眼里，缪兰和格鲁米德一样没有价值。

魔王克雷曼就是这种男人。

正如"人偶傀儡师"的异名一样，他把工作安排得非常巧妙。但他不关心部下，他和部下之间只是统治者和奴隶的关系。

（太失败了。实在太失败了……我竟然会向那种男人宣誓效忠……）

她压抑住自己的内心，转而思考其他事。

可以确定的是，如果她想活命，下一次就不能失败。虽说她的任务只是搜集情报，但以魔王米莉姆为目标还是太难了。继续进行监视无异于自杀。

缪兰知道米莉姆这个魔王一点也不傻。虽然她那风风火火的行事方式很容易让人以为她做事欠考虑，但事实并非如此。甚至可以说她的直觉异常敏锐，什么事都瞒不住她。

她在意的另一件事是克雷曼口中的"下一个命令"。缪兰的直觉告诉她，不能再这样对克雷曼言听计从。

（我可不想重蹈格鲁米德的覆辙。）

情况不大妙。她有预感，如果再不行动起来，自己就会和格鲁米德一个下场。

（这是最糟糕的情况。可是……）

缪兰下定了决心。

虽然现状令人绝望，但她认为这可能也是个机会。

她追随克雷曼多年，多少能够猜出他的想法，所以缪兰才会注意到克雷曼正在谋划一件大事。她估计自己可能会成为这个计划的牺牲品。

如果不能摆脱克雷曼的控制，等待缪兰的将是死路一条。

那如果能够先发制人，让克雷曼误以为缪兰已经死亡……或许有可能解除"支配的心脏"重获自由。缪兰要把希望赌在这上面。

最理想的情况是弄到假消息博取克雷曼的欢心，如果这个假消息能换得自由自然最好。

就算没有那么理想，也可以按照最初的计划让克雷曼以为缪兰已经死亡。

魔王米莉姆的存在正好可以把这一切装得合情合理。

只要魔王米莉姆搞出点事，就会相当引人注目。这足以吸引克雷曼的注意，相较之下，缪兰的事便不值一提。

缪兰得出了这个结论。

第四章
悄然而至的恶意

　　缪兰摸不透魔王米莉姆的行动。但这位魔王的异名是"破坏暴君"，只要她有所行动，应该会引起轩然大波。
　　事情闹得越大，缪兰就越不容易引起克雷曼的注意。
　　绝不能草率行事。
　　不能对魔王克雷曼掉以轻心，因为稍有不慎，缪兰的计划就会被他看穿。
　　现在缪兰能做的只有一心一意忠实地执行自己的任务。
　　缪兰静静地等待时机来临——

●

　　结束和缪兰的通信之后，魔王克雷曼轻蔑地轻轻一笑。
　　克雷曼知道刚才的话会逼急缪兰，这一切都在他的计划之中。魔王会谈的时候，克雷曼从米莉姆的反应中看出她会亲自去鸠拉大森林。那么，如果让其他魔王看出克雷曼对那些谜之魔人没兴趣就不大妙了。因为制订并牵头推进这个计划的就是克雷曼。
　　克雷曼想要的是一个能成为自己忠实傀儡的魔王，现在已经出现了不确定因素，他认为拥立生还者为魔王有危险。而且他根本没想过把生还者收为部下。如果能抓住对方的弱点倒是另当别论，否则克雷曼不会像卡利昂那样靠力量收服部下。
　　这事没必要说出来。因为让米莉姆以为克雷曼对生还者也有兴趣，才不会让她起疑心。
　　克雷曼的真实目的是笼络芙蕾，所以让那些谜之魔人吸引米莉姆的注意力，他也更方便行动。
　　这样一来，米莉姆应该会因自己先克雷曼一步而扬扬得意。米莉姆的直觉很准，不会轻易上当。所以必须让缪兰认真对待这次任务，缪兰被米莉姆解决掉也没关系。

被米莉姆发现后，缪兰中止了任务。就算不久之后，缪兰被米莉姆解决掉，对克雷曼而言也无关痛痒。

"现在缪兰这枚棋子也已经可以丢掉了。我已经得到了她的知识，而她在战斗中又没多大用。正好，也该进行处理了。"克雷曼冷酷地低声说道。

这时——

"你总爱说这些残忍的事啊，克雷曼。我可是很悲伤哟。不爱惜道具可不行，拉普拉斯也说过这话吧？"

一个声音在房间里响起，回应着克雷曼自言自语的话。一个少女的身影从房间一角的阴影中走了出来。

这名少女戴着一张小丑面具，面具上有一个悲伤的眼泪标志。这名少女和克雷曼说话的声音听起来有些沮丧。

但克雷曼很镇定。

"哟，你回来啦。很快嘛，蒂亚。"他坦然地转向少女，轻松地对她说道。

尽管这名少女擅自闯入他的私人房间，他的声音中却带着一种亲切感。克雷曼极少有这样的表现，但他现在这种表现也是理所当然的。因为这名少女是克雷曼真正的同伴。

和中庸小丑连的副会长"享乐的小丑（Wonder Pierrot）"拉普拉斯一样，"哭泣的小丑（Tear Drop）"蒂亚也是克雷曼的老朋友之一。

"嗯。这次的事稍微有点难办。芙蕾不愧是魔王，我无法在她的统治领域（领地）自由地四处活动。"

第四章
悄然而至的恶意

"确实没那么容易。你没被发现吧?"

"这个你不用担心。调查也已经完成了!再怎么说,我也是中庸小丑连的一员,还是信得过的!"

"哈哈哈哈哈。蒂亚,我相信你。我担心你会胡来。"

克雷曼愉快地笑着劝慰蒂亚。他的话里带着对蒂亚的关心,和刚才对缪兰的态度截然不同。

一听就知道克雷曼对蒂亚的关心发自肺腑。

"真是的!你别总是把我当成孩子!"

"哈哈哈哈哈!我知道了,蒂亚。说起来,你听说了吗?魔王米莉姆好像相当喜欢那些魔人。想不到事情会这么有趣。卡利昂竟然出动了三兽士,他也是志在必得。估计他没想到魔王米莉姆会亲自出马吧。实在令人愉快。"

蒂亚低声说了一句那就好,接着她疑惑地歪过头。

"其实我不清楚实际情况。我还没看过水晶球里的影像,那些魔人强到能勾起魔王米莉姆的兴趣?"

蒂亚问克雷曼,这纯粹是出于好奇心。克雷曼毫无保留地说出了一切,包括他的真实目的。

"是这样啊……说实话,我觉得有件事不能无视。单论实力,他们不是我的对手。可是……"

克雷曼稍做思索。

"拉普拉斯说过不妙之类的话……他说他觉得这事有些蹊跷。我本以为是他想多了,不过现在不仅是猪头帝,连那些谜之魔人也活着,这事让我有些在意。"

他斟酌措辞,总结道。

"哦——这样啊——"

看表情，蒂亚似乎隐隐理解了克雷曼的话。

她说："拉普拉斯是个狡猾的家伙，既然他说不妙，那这事肯定有问题吧。猪头帝和那些家伙和解了，还是说其中一方取得胜利并收服了对方？如果连这一点都没搞清楚的话，你也判断不出其中的价值。我觉得至少应该搞清楚魔王米莉姆为什么会对他们那么感兴趣。"

"确实……不得不说，你这话很有道理。"

"是吧？你平时总是小心谨慎，现在却有点反常。"

听到蒂亚这么说，克雷曼也不得不重新审视这件事。如果是他下属的魔物提出这个建议，估计他也不会正视这个问题。他甚至可能会气得杀掉部下。

"也许我应该再调查一下。可能我有些心急了。现在必须多方调查，搜集一切情报，然后再做打算。"

"嗯。这就对了！"

克雷曼听取了蒂亚的意见，决定同时对那些魔人展开调查。

他不打算增派部下，也不打算改变计划。

但有一点，什么东西勾起了魔王米莉姆的兴趣？

听了蒂亚的话，克雷曼对此非常感兴趣。他认为只有弄到那些魔人的情报，他才能知道这个答案。

对魔王克雷曼而言，高阶魔人根本无关紧要。

克雷曼调整心情，决定听听蒂亚的调查结果。

"那就请你报告吧。"

"嗯。芙蕾好像不想插手鸠拉森林的事。"

"芙蕾果然没有行动啊……你知道她那边出了什么事吗？"

第四章
悄然而至的恶意

"嗯，我一清二楚！"

说完，蒂亚露出了得意的笑容。

这次拉普拉斯还有别的行动，所以蒂亚替他接受了克雷曼的委托。

委托内容是调查魔王芙蕾，目的是搜集情报，掌握芙蕾的弱点。接到这个委托之后，蒂亚侵入了魔王芙蕾的领地。

蒂亚虽然外表是个少女，却有超一流的实力。

"其实——芙蕾确实在防备某种东西。有翼族（鹰身人）在她的领地全域来来往往，好像在进行战争的准备。"

"果然是这样啊。你知道原因吗？"

听到克雷曼这话，蒂亚笑嘻嘻地说道："我知道啊。你可别被吓到！那个暴风大妖涡（卡律布狄斯）复活了，她们现在十分慌乱！"

蒂亚开心地告诉他。

听到这话，克雷曼恍然大悟。

"原来如此，原来如此……蒂亚，我想再委托你一份工作，你有其他预定吗？"

"嘻嘻。我就知道会这样。我还叫上了福特曼那家伙，你要搞多大的事都没问题！"

"呼呼呼，蒂亚，真有你的。不过我希望你尽量别用暴力。先要找出封印的地点，再看看能不能驯服卡律布狄斯。那就请你帮我找找吧。"

"明白了！交给我吧，克雷曼！"

"地点恐怕是……"

"我都说交给我了！那我走啦。"

留下这句话，蒂亚再次沉入了阴影之中。

关于我变成史莱姆这档事3 Regarding Reincarnated to Slime

克雷曼目送她离开,眼中浮现出担心的神色,他这举动实在少见。

但他很快又恢复了高傲的神情。

"卡律布狄斯啊,据说它有匹敌魔王的实力,真想看看它到底有多强——"

克雷曼低语着露出愉快的笑容,潜入了思考的汪洋。

●

卡利昂是兽人族的王,他为了力量,自称魔王是四百年前的事。

那是一个剧烈动荡的时代,新旧魔王交替的战火熊熊燃烧。据说每五百年会发生一次世界大战。当时,那场世界大战即将结束。

和卡利昂在同一时期成为魔王并在那场大战中活下来的魔王是芙蕾。约一百年后,克雷曼也当上了魔王。

距今两百年前,莱昂・克罗姆威尔自称魔王并打败了咒术王。

这四位年轻的魔王是"新世代"。

而旧世代是指那些至少经历了两次大战的强者,据说他们的实力与新世代有着天壤之别。

因此,新世代的魔王多在策划如何扩大自己的势力。

卡利昂也是这样的魔王,所以他招揽强者是顺理成章的事。

魔王卡利昂的三兽士之一"黑豹牙"法比欧是最理解主人心情的男人。

所以即便尝到魔王米莉姆压倒性的恐怖实力,他也继续潜伏在森林深处。因为他绝不能就这么一事无成地回去。

第四章
悄然而至的恶意

如果把事情告诉魔王卡利昂，他应该会笑着原谅自己。但法比欧的自尊心不允许他这么做。

卡利昂对法比欧有大恩，法比欧绝不容许自己辜负他的期待。

"绝对不能失败！"法比欧低吼着。

"法比欧大人，请冷静！"

"那次失败是不可抗力。魔王米莉姆太强了，就连卡利昂大人也……"

"混蛋！卡利昂大人和我不一样，他不会输得这么惨。我只恨我自己不够强大。可是就这样两手空空地回去有损我的颜面。"

看到法比欧如此愤怒，他的四名部下也无言以对。

他们已经潜伏了一周。他们轮流监视城镇，但魔王米莉姆一直待着不走。而且还有很多魔物进进出出，他们有的拓宽道路，有的建造建筑物，目的各不相同。

也有人在进行食物调配和周边调查，可见这个集团的指挥体系十分惊人，连法比欧也藏不住心中的惊愕。

"这么说来，那些家伙正在建设自己的城镇……我之前瞧不起那些下等魔物，但他们却拥有我们无法企及的技术……"

"就是啊。别说是收他们为部下了，我甚至觉得他们是个国家，想和他们建交。"

猿猴兽人恩利昂展现出智者的一面，赞同了法比欧的话。他们分成多个小组，服从指挥有条不紊地施工。很明显，他们的技术十分先进，恩利昂他们的国家——兽王国犹拉瑟尼亚那种石砌的房子和只将泥土整平的道路无法与之相提并论。

"嗯……就算没有魔王米莉姆，我的做法也行不通。不由分说地要求他们臣服，无法取得那些家伙的信赖。现在已经晚了。而且魔王米莉姆害我颜面尽失，伤能治好，但这份屈辱却无法洗刷。我想在不给卡利昂大人添麻烦的情况下进行复仇！我也很清楚我做不到，但我实在咽不下这口气。"

法比欧平时那种爽朗的表情消失了，取而代之的是亡魂般的阴暗。

法比欧一直是绝对的强者，这是他第一次尝到挫折的滋味。法比欧从未败给卡利昂之外的人。虽然他很清楚输给米莉姆是无可奈何的事，但屈辱的火焰在他心里熊熊燃烧，无法熄灭。

"可是，就算您这么说……"

恩利昂也十分理解法比欧的心情，但向米莉姆复仇并不现实。他想让法比欧打消这个念头，可是……

"不不，我也能理解。我也非……常理解那种不甘的心情。"

一个声音打断了他。

"什么人？"

法比欧的部下慌忙进行戒备，那人离围在篝火旁的法比欧等人只有一步之遥。连法比欧那些高阶魔人都没发现那人，可见那人的实力之强。

"哈——哈哈哈。各位安否？我叫福特曼，是中庸小丑连的一员，'愤怒的小丑（Angry Pierrot）'福特曼就是我。请多关照！"

一个谜团重重的人物彬彬有礼地向他们问好。

他身体发福，戴着愤怒表情的小丑面具。

那个小丑用开朗的口吻营造出一种异样的氛围。

"是啊是啊。请你们别那么防备。我是蒂亚。蒂亚也是中庸小丑连的一员。我们中庸小丑连是万事屋，只要给钱什么都干，我们不是你们的敌人！"

第四章
悄然而至的恶意

那个小丑——福特曼的身后出现了一个戴着流泪小丑面具的少女。

戴着愤怒小丑面具的男性和戴着流泪小丑面具的少女。这可疑的两人来找法比欧说话了。

法比欧他们在这种情况下不可能不戒备。可是，那两人能做到突然出现，也证明了他们的实力。于是，法比欧相信了他们的话，决定先问问两人的目的。

"哦？万事屋'中庸小丑连'，我好像没听说过。不过，没关系。重点在于你们的目的是什么？"

福特曼开心地回答法比欧的问题："哈——哈哈哈。我是被愤怒和憎恨之情吸引过来的。我能感觉到这里有股优质的愤怒波动。你就是那份愤怒的主人吧？请务必告诉我你为什么会如此愤怒。我一定会助你一臂之力的。"

福特曼巧妙地改变了面具上愤怒的表情，现在是一张诡异的笑容。

"你觉得我们会相信那种鬼话吗？法比欧大人，我们没必要听这种人的话。我可以把他们赶走吗？"

"是啊。这些人不请自来实在可疑。你们好像也是高阶魔人，可惜你们遇到的是我们。我们是魔王卡利昂的兽王战士团的人。区区无主的魔人可不是我们的对手哟。"

法比欧的部下认为没必要和福特曼废话。福特曼他们的行为非常可疑，而且区区无主魔人竟敢夸下海口说来帮他们，这实在令人火大。他们是魔王卡利昂手下的精英，还不至于沦落到需要这些可疑的人来帮忙。

但福特曼仿佛没听到他们的话，继续说道："你想要力量吧？

我知道一种非凡的力量。当然，也伴随着巨大的危险。当你克服那份危险时，你将获得极强的力量。"

"哦？"

"是啊。你想战胜魔王米莉姆吧？那你也得成为魔王才行！"

这里不知不觉陷入了一片寂静。

咕噜，有人咽了口口水。

"魔王？你们竟然用那种蠢话来骗我——"

"你知道暴风大妖涡（卡律布狄斯）吗？"

福特曼的一句低语效果显著。法比欧一听到卡律布狄斯的名字就僵住了。

接着——

"那只大怪鱼的邪恶之力足以匹敌魔王。既然他不要，我们就去找别人吧！"

蒂亚的话进一步刺激了他。蒂亚说完后，故意催福特曼离开。

法比欧急了，他失去了判断力，无法冷静地思考。

那话是恶魔的低语。

"……等一下。"

法比欧败给了自己的欲望。

"法比欧大人，不可以！"

"你不能听这些家伙的话！"

法比欧无视部下的劝阻，叫住了蒂亚。

"说说详细情况吧。"

法比欧看着福特曼，他的眼中带着野心与狂热。

这说不定可以让那个强大的魔王米莉姆大吃一惊。不仅如此，也许成为魔王统治一方不再是个梦。

想到这些，法比欧将冷静统统抛到脑后。

（是啊。我一开始就很不爽。区区猪头帝不过是个杂鱼，为什么要把他提为魔王？开什么玩笑。是啊……既然需要新的魔王，那我也当之无愧。只要我变强，卡利昂大人应该也会笑着原谅我！）

法比欧的头脑本来就比较简单，蒂亚和福特曼稍微捧几句，他就找不着北了。

"哦！不愧是法比欧大人啊。是啊。除了你，没人有资格当魔王。"

"哦，你有兴趣了？就是啊，我也认为只有强者才能当魔王！法比欧大人能胜任吧！"

即便如此，法比欧也不傻。

他威慑般地瞪着情绪高涨的两人，不忘进行盘问。

"吵死了！我让你们告诉我详细情况。就算我答应这件事，对你们又有什么好处？你们肯定有所图！你们的目的到底是什么？"

蒂亚和福特曼早已准备好答案。

"我们也有利益啊。只要法比欧大人当上魔王之后多多照顾我们就好。我们当然想多捞点好处！"

"哈哈哈。而且单凭我们无法收服卡律布狄斯。我们好不容易发现了它被封印的地方，如果不加以利用就太可惜了。这时候，我们正好碰到了法比欧大人！"

他们找了个法比欧容易接受的理由。

"原来是这样。可是，我也不知道能不能收服卡律布狄斯——"

"哈——哈哈哈，这事您放心。法比欧大人一定会成功的！而且万一失败了，我们也不会索要任何报酬。因为我们只向客户收取成功报酬。唯独这一点，请您务必相信我们中庸小丑连！"

第四章
悄然而至的恶意

法比欧理解了。他推测那两人想在自己当上魔王之后争取最大的利益。

如果是这样,只要法比欧慎重一点,不再当魔王卡利昂的部下,那么就算失败也不会有损失。

法比欧渴望力量,而且他有自信能收服卡律布狄斯。因此,他确定自己会成功,根本不担心失败,他决定答应这件事。

而且在那两人的大力赞扬下,他渐渐觉得自己已经当上了魔王。换句话说,法比欧这时已经中了那两人的圈套。

"好。我答应你们!"

法比欧就这样答应了。

他在本能的驱使下,在蒂亚拿出的契约书上签了字。

*

法比欧向部下下达最后的命令。

"你们回到卡利昂大人身边。把事情的来龙去脉全部告诉他。"

"法比欧大人!"

"可是……"

法比欧制止了动摇的部下,继续说道:"你们听好了。我不能牵连卡利昂大人,所以我要交还三兽士的头衔,正式引退。之后,我就是无主的魔人,随便做什么,别人都怪不到卡利昂大人头上。而且——从现在起我会化身修罗,我要让魔王米莉姆认可我的实力。"

法比欧心意已决。不仅如此,他对找魔王米莉姆复仇的决心异常执着。屈辱与愤怒似乎完全占据了他的大脑,成了他一切行动的原动力……

恩利昂看着自己的上司，默默思索着。其他同伴纷纷劝谏法比欧，而他一直用眼角观察着这一切。

他是法比欧的心腹，跟了法比欧很长时间，他最清楚法比欧一旦做出决定就很难改变心意。他知道法比欧现在心意已决，说什么都没用了。

正因为这样——

"我明白了。我先去向卡利昂大人报告。但是，卡律布狄斯的实力是个未知数。它是个恐怖的怪物，实力足以匹敌魔王。我想它一定不会轻易臣服，请你多加小心。"

他决定优先向魔王卡利昂报告，于是留下了这段忠告。

恩利昂催促其他同伴离开。魔王间签订了互不侵犯条约，如果法比欧现在去找米莉姆的麻烦将会成为大问题，必须在此之前向魔王卡利昂报告并制订对策。

其实恩利昂也不想这么做，但他没有蠢到被感情蒙蔽双眼不分轻重。这也是法比欧的命令，看得出他还有最后一丝理性。

（法比欧大人并不愚蠢。那两个可疑的人只能骗得了他一时。假设那卡律布狄斯真的出现，法比欧大人应该也能收服它——）

于是，他决定相信法比欧。

那里只剩下蒂亚、福特曼和法比欧。

"那我们走吧。"

"嗯。只要我出手就能轻松打败它。接下来只要我和卡律布狄斯合力，就能让那个魔王米莉姆哭鼻子。"

"嗯嗯。你说得对！我也会给你加油的，你可别大意哟！那我们走吧。"

第四章
悄然而至的恶意

在福特曼和蒂亚的催促下，法比欧跟着他们走了。他们来到了鸠拉大森林中最僻静的地区，那里有个小小的洞窟。

"卡律布狄斯就在这里吗？"

"是啊。"

"它现在还没复活，但仍散发出破坏的渴望。我们最喜欢这类感情，所以才能发现它。"

说着，福特曼露出了邪恶的笑容。

法比欧被洞窟中异样的妖气所吸引，没有注意到福特曼的表情。这一切似乎都在福特曼的预料之中，他继续说道。

"那我来说明一下。卡律布狄斯是一种精神生命体，它的本质和恶魔族（Demon）一样。必须给它肉体，它才能在这世界上使用自己力量。所以……"

福特曼一下把视线转向法比欧。

法比欧看出了那视线的含义，咕噜一声咽了口口水。

"难道……你……"

"没错，我就是这个打算。收服卡律布狄斯的意思就是让它附在你身上，和你'同化'！"福特曼情绪高涨地高声解释道。

蒂亚接下他的话继续说道："嗯嗯。你现在后悔还来得及。这个封印坚持不了多久了。封印一旦解开，卡律布狄斯就会在某个战场或者魔物战斗的地方自动复活。我估计到时候它会用自己仅剩的一点力量，为自己准备一个勉强能用的魔物尸体让自己复活……那样一来，我们就白忙活了。"

蒂亚的神色显得有些焦急，她说的应该是实话。

"如果等卡律布狄斯自动复活之后，估计将无法控制。它是纯粹的破坏意识，所以谁的命令都不会听……估计就算打败它，它也不会听令于你。"蒂亚顿了一下,慎重地挑选措辞继续说道。

"所以,我们必须在它复活之前解开封印,夺取它的力量。"蒂亚总结道。

接着,她径直地看着法比欧。

福特曼和蒂亚两人的视线几乎要射穿法比欧。两人的视线对法比欧发出质问,比雄辩更加有力。

"行啊。我已经下定决心了,事到如今怎么能退缩。就让我把卡律布狄斯的力量弄到手吧!"

法比欧不再犹豫。

"嗯!就该拿出这个气势!"

"哈——哈哈哈。不愧是法比欧大人。谢天谢地,能遇到如此靠得住的人,真是我们的幸运。"

事情定下来了。

就这样,法比欧只身进入洞窟。

他的眼中带着高阶魔人的骄傲。那是他不惧失败、坚信自己会取得胜利的坚定意志。但遗憾的是,他的心底埋藏着对魔王米莉姆的愤恨以及对自身不成熟的诅咒与愤怒之情。

这种感情是精神生命体(卡律布狄斯)最喜欢的东西。

在被蒂亚和福特曼的奉承打动之时,法比欧的命运就已经决定了。

法比欧并不知道这一点,渐渐消逝在洞窟的黑暗之中——

不久之后……

"他进去了——"

"他动身了——"

第四章
悄然而至的恶意

"哈哈哈——哈——哈哈哈！"

"啊哈哈——啊——哈哈哈！！"

确认法比欧进入洞窟之后，蒂亚和福特曼大笑起来。

"不愧是卡利昂的部下，和他的主子一样都是肌肉脑袋。我们准备了那么多说辞，结果他都没怎么问。"

"就是，就是！猴子比他好像还聪明一点。"

两人一起嘲笑法比欧。

事实上，这两人也知道自己很可疑，因此他们为了博得法比欧的信任做了很多准备。但法比欧被怒火与欲望蒙蔽了双眼，连他们自己都没想到这么轻松就能骗过法比欧。

在蒂亚和福特曼看来，事情进展得太顺利了，他们甚至觉得有点扫兴。

"蒂亚，这样一来工作就完成了吧？"

"嗯嗯。克雷曼只说要复活卡律布狄斯，并让它去对付米莉姆。"

"没有新的委托吗？"

"嗯。委托已经完成了！对了对了，为了以防万一准备的低阶龙族（Lesser Dragon）的尸体已经没用了，那就丢在这里了哟。"

"是啊。我们还特地准备一具临时肉体，不过既然那个蠢货会给卡律布狄斯提供肉体，那就不需要这个了。"

这两人边说边把低阶龙族的尸体丢掉。尸体足有十多具，很明显，这一群低阶龙族是同时被解决的。

低阶龙族和维鲁德拉那样的"龙种"不同，属于另一类魔物，它们一般拥有肉体。这种魔物不会使用魔法，也没有智慧，但这一种族有坚固的鳞片保护着强韧的肉体，对近身攻击的防御能力无与伦比。

按照人类的标准，它们的实力在 B^+ 到 A^- 级之间，是强大的魔物。即便如此，那些低阶龙族也敌不过这两个高阶魔人。它们被残忍地夺去生命，又被像垃圾一样丢弃。

如果把这些尸体带到人类城镇，光是材料就能换一大笔钱，但这对蒂亚和克雷曼而言不过是累赘而已。

这些尸体原本用空间魔法保存着，他们丢弃尸体之后，品味着完成工作的满足感，离开了这里。

●

米莉姆来这里的几周时间一眨眼就过去了。

每天都有战争。

她有时候也会去农田参观，帮忙耕地。

我估计她的速度比现代农耕机械还快，她在树木被砍光的土地上耕作。她耕田的速度简直可怕，光是看着就有种爽快感。

其他时候，她在工坊参观。

她痴迷地看着黑兵卫锻刀，但很快就看腻了，然后就胡搅蛮缠地要亲自试试看。我没办法，只好让她试一试，结果她粗暴的一击差点把铁砧连同工作间一起破坏了。

那一天，我们都明白了米莉姆不适合干精细活。

这样波澜壮阔的和平生活一天天过去。

尤姆等人出发后，我们的生活也没有变化。唯一的不同就是有客人在这里暂住……

不仅是卡巴鲁那三人，连菲茨也暂住在我们的城镇。

"喂，你出来这么久不好吧？你打算在这里住到什么时候啊？"

第四章
悄然而至的恶意

我问道。

卡巴鲁三人带上米莉姆去打猎了，于是我决定趁机问问菲茨的想法。那三人好像也很擅长对付小孩，幸好有他们接替我配合米莉姆。

我必须有效利用这个机会。

"这个……我还有不少事呢。能不能再让我住一段时间？"

面对我开门见山的提问，菲茨告诉我他想再住一段时间。

接着，他又在城镇里四处转悠。他和米莉姆不同，就算没人盯着也不会惹事，但我总觉得有点放不下心。

"喂喂，你还不相信我们是无害的吗？"

菲茨暂住在这里是因为怀疑我们——准确地说是我，他现在迟迟不回去，我自然很不安。

"啊，不是。我对利姆鲁阁下的顾虑早就消除了……"菲茨支支吾吾地说道。

"那你为什么还不回去？"

在我的追问下，他终于放弃抵抗，开口了："这个……我在这里住得实在很舒服。仔细想想，我最近一直没有好好休息过……我在想是不是应该趁这个机会好好放松放松，所以就……"

菲茨断断续续地说着。

喂！我提心吊胆处处小心，结果菲茨这混蛋竟然是在观光旅游！

"你之前义正词严地说要摸清我们的底细，所以我才同意你暂住一段时间……"

这意外的回答让我一时语塞。

我对他的招待一天比一天周到，我简直跟白痴一样。

"而且,你答应过我们要帮尤姆他们成为英雄,这事现在怎么样了?"

这么重要的事可不能忘记问……

"啊,这事没问题。我已经相信利姆鲁阁下值得信任,所以已经让部下做好准备了。"菲茨得意地答道。

看来给布鲁姆特王国的报告和法尔姆斯王国的事先疏通都已经完成了。

他在悠闲休养的同时也不忘做好自己的工作。真不知道该说他精明,还是不可小瞧……

"既然这样,你想住就住吧。话说,你喜欢这里吗?"

"嗯,这里非常棒啊!布鲁姆特王国附近能有这么棒的疗养地,真是求之不得,我很开心。不过……往返路途的危险是个不得不考虑的问题。"

他很喜欢这里,把这里当成了疗养地。

我辛辛苦苦修建了温泉,并提高食物品质是有价值的。这不只是我的功劳,朱菜和矮人三兄弟也出了很大的力。

特别在食物方面,这几周的变化非常大。

虽然开发出的菜品还不多,但每一样料理的味道都相当棒。

遗憾的是我们没有日式甜料酒味淋和酱油等调味料,所以料理的味道都很清淡。

我们有盐,也有胡椒的替代品。香草和香辛料也能弄到。

我们踏踏实实地搜集食材,再加上朱菜的手艺,最终做出了相当美味的料理。

"啊,没想到每天都能吃到这么好吃的东西。我真是太幸福了!"米莉姆也非常开心。

第四章
悄然而至的恶意

　　不知不觉间，她和朱菜变得非常要好，她以试菜为名偷吃料理已经成了一道日常风景线。

　　朱菜也很疼爱米莉姆，甚至让人怀疑她已经忘了米莉姆是个魔王。

　　总之，关系好是件好事。

　　朱菜现在是大厨，正在指导徒弟。她的徒弟不仅有女性，也有男性混在其中进行修行。

　　朱菜的徒弟没有她的专属技能"解析者"的"解析鉴定"，所以做菜时只能靠自己的五感。他们学得有模有样，严格遵守朱菜的教导，努力满足城镇居民的食欲。

　　有许多种族来到我们的城镇，因此这里的居民人数大幅增加。所以，为居民提供料理的人数自然也为数不少。

　　打扫居所、料理、洗涤，再加上维持城镇治安。人人都有自己擅长的事，于是我决定将工作分为料理、扫除、备料、裁缝、打杂、其他等，让居民各自承担适合自己的工作。

　　负责分配工作的是利古鲁德。他很有才干，管理这座城镇的魔物的工作做得非常好。

　　尤姆等人也对料理的味道赞不绝口。而且他们对自己住宿的设施也很满意，他们似乎很喜欢这里的生活。

　　要不然，他们早就被恶鬼般的白老的修行吓跑了。

　　看到菲茨、尤姆等人的喜欢，城镇的居民也因此从自己的工作中获得了满足感。这样看来，就算商人来到这里，我们也能接待好。

　　今后我们也要共同进步，把这里开发成观光地。关于这件事，我脑子里有很多方案，不过还没整理成具体计划。

　　总之，现在先要让外人知道我们没有危险，这是先决条件……

　　不过……往返路途危险……吗？

菲茨说得也有道理。尽管枪脚铠蜘蛛这么危险的魔物极少出现，但这里栖息着很多魔物也是事实。

而且，树木茂密的森林深处也不是适合人类居住的地方。人类在这里不仅有遭遇魔物的危险，还有可能因迷路饿死在森林里。

来访者受了伤也得不到治疗，还有可能在旅途中生病。来这里单程就需要近两周时间，要是稍微出点状况，再多花几天也非常正常。

我们可以使用"潜影移动"立刻抵达这里，但冒险者则不同。就连卡巴鲁那些老练的冒险者也说过他们最快也要十天左右。万一在战斗中迷失了方向，就会浪费好几天时间，这是这个世界的常识。

我想宣传我们的城镇，吸引商人来这里。我有这个计划，但要想实现还有很多问题需要解决。

"原来如此。果然还是修路最直接最有效啊。"

"哈？你这话什么——"

"我们现在正在修建通往矮人王国的道路，其他部队正在进行建设相关的工作。我考虑等建筑工作告一段落之后，是不是先让他们修建通往布鲁姆特王国的道路？只要有了道路，起码不会再有人迷路了吧。"

"不……哎？不不，这可是大型的国家工程啊。需要巨大的预算……"

"问题就在这里，菲茨君。"

"君……君？听到利姆鲁阁下这么叫，我有种不好的感觉……"

"你想多啦，菲茨君。铺设道路连通两国，两国间就可以乘马车来往，所需的时间也会变短。今后的交易也会很方便吧？当然，施工可以由我们来负责。不过……"

第四章
悄然而至的恶意

"不过?"

"我希望你遵守约定,好好帮我们宣传。只要让世人知道我们是没有危险的魔物就好。还有,我想请你帮我介绍一个精通关税问题的人。另外,我想对外推广我国的特产,所以还要再请你帮我介绍能够商讨各类事宜的人物。"

这就是我的提议。

现在的道路是兽道,马匹可以通行,但马车无法通行。我们已经开始修建通往矮人王国的道路,但修建通往布鲁姆特王国方向的路,连砍伐树木的工作都没开始。

最大的原因是我要防止我们太引人注意,但这是在森林骚乱之前的事。现在森林也恢复了平静,和其他城镇进行贸易也需要道路。如果对方认定我们是敌人,那我也不想考虑那么多;但如果两国要建交,那修建道路就成了当务之急。森林是我的管辖范围,我打算由我们来负责修建森林里的道路。

这次我想卖菲茨个人情,好让他多帮帮我。我这个计划好像很成功,菲茨看着我似乎感激至极。

"利姆鲁阁下,你愿意为我们做这么多吗?那我们也会极尽所能为你提供方便!"

嗯。轻松搞定。

这样一来,菲茨回国后应该也会尽力帮我们做宣传。只要人类不戴着有色眼镜看我们,就算是成功。

既然用多余的劳动力修路连通两国就能获得感谢,这买卖也很合算。

我就这样笼络了菲茨，这时卡巴鲁他们回来了。

"哇哈哈哈哈哈！今天也是大丰收！"米莉姆开心地跑过来向我报告道。

我看到卡巴鲁和基德两人背着许多魔物。

"米莉姆妹妹太厉害了！一下就发现了魔物，今天的狩猎也是轻轻松松！"

继米莉姆之后，爱莲也两手空空地回来了。

她们身上干干净净，看来她们把体力活全交给男性了。米莉姆穿的是朱菜亲手缝制的新衣服，估计她不想沾上鲜血吧。

说起来，她这身装扮一点也不适合去打猎……

"呼——终于回来了。"

"太累人了。那就先去泡个温泉，之后再来一杯——"

"哦！这里的果酒是最棒的！"

卡巴鲁和基德似乎完全没意识到自己正在给别人做牛做马。

这两个男的对她们的纵容也是原因之一，我现在多嘴破坏这个气氛就太不识趣了。

我在心中感慨，无论在哪个世界，男性都是被女性利用的生物。所以，我想对他们好一点，于是对他们说道："哦，你们辛苦啦。现在先去洗一洗吧。"

"是啊，你们那么脏，我都看不下去了——"

紫苑接着说道，她话说到一半……

"嗯？"

米莉姆迅速站到我身边，看向前方。

"什么人？"紫苑把我交给米莉姆，对前方盘问道。

我说，我可不是行李。搞不懂你为什么会理所当然地把我当成贵重物品来对待……

我在心里发牢骚的时候，红丸和苍影已经站到了米莉姆背后。

不知何时，白老也已经站在树荫之中。他刚才一直在修行，衣服却没有半点凌乱。他果然实力非凡。

岚牙从我的影子里冒了出来，这座城镇中的主要战斗力到齐了。克鲁特依然在外进行道路施工，所以没有过来。

几天前，他向我报告说他感觉到一股可疑的气息，但附近一个人也没有。这事可能只是他的错觉，所以我命令他们继续施工。

似乎有个家伙被我忘了，不过既然有这么多人，那应该没问题。

而且，这里好像有股熟悉的气息——

"好久不见，盟主大人——"

果然是树妖精，她是托蕾妮的妹妹托莱娅。

"嗯。多礼了，那股杀气和那副身形是怎么回事？"我向跪在我面前的托莱娅问道。

它散发出强烈的杀气，米莉姆和紫苑在这么远的距离就对它起了反应。而且它的身体是半透明的，有些地方时隐时现，仿佛快要消失了，似乎有人正在攻击它——一眼就能看出那边有情况。

"是。有紧急事态。灾厄级魔物暴风大妖涡（卡律布狄斯）复活了。那只大妖之凶暴足以匹敌魔王。我的姐姐们正在拖延它的脚步，但完全不是它的对手。而且……那个大妖的目的地好像是这里。卡律布狄斯是天空的统治者，地面上的攻击威胁不到它。我建议立即加强戒备，并组织飞行战力。"托莱娅对我说道，她显得十分疲惫。

她的话让这里的气氛一下子紧张起来。

第四章
悄然而至的恶意

令我意外的是，第一个做出反应的人是菲茨。

最初，他在看到托莱娅的瞬间惊叹了一句"树妖精！"之后便哑口无言。但卡律布狄斯的名字似乎重新激活了他的大脑。

他的脸色唰一下变青，叫唤道："卡律布狄斯！喂喂，如果它真的复活，那这威胁可比魔王还大。毕竟它和魔王不同，是个无法沟通的敌人。这魔物虽然是灾厄级，但其威胁在灾祸级之上……"

根据菲茨的说明，这种魔物会四处游荡肆意破坏，它本身的实力与魔王相当，不过没有军团。

它应该是没有智慧的魔物。但它的固有能力"魔物召唤（Summon Monster）"可以召唤出鲨形魔物翱空巨鲛进行破坏。

用"魔物召唤"召唤出来的翱空巨鲛是异界的魔物，经过一定时间之后用魔素创造的临时肉体就会崩解，但它 A⁻ 级的强大实力不容忽视。卡律布狄斯一次能召唤出十多只翱空巨鲛，光是这些从魔就十分棘手。

如果菲茨的话属实，卡律布狄斯的危险程度甚至在猪头帝之上。

"虽然不知道原因，但如果它的目标是这座城镇，我们反而省事了。赶紧选人准备迎击吧。"

红丸很有干劲。

如果不会飞的话……我把他忘了！

"对了，我把加维鲁那家伙给忘了。他好像还在洞窟里进行研究，去叫他过来。"

苍影去叫加维鲁了。我决定换个地方开会商议对策。

在熟悉的会议室里，托莱娅正在用"思维传递"和姐妹们沟通。

苍影带着加维鲁回来，所有人齐聚会议室。贝斯塔也跟着加维

259

鲁一起来了，如果有个万一，还能让他帮忙联系盖泽尔国王。

说到飞行战力，我最先想到的是天翔骑士团。骑士团所有成员都有相当于A级的实力，如果能请他们帮忙，那我们就能多一份相当可靠的战力。

加维鲁和他的战士团也能飞行，但他们的实力是B$^+$级。和这么强的敌人战斗非常危险。我想尽量想出一个能够避免伤亡的必胜的对策。

"这是最糟糕的情况。不知道为什么，被召唤出来的翱空巨鲛占据了低阶龙族的尸体。它们的体长约二十米，此前从未出现这个级别的翱空巨鲛。数量有十三头。据姐姐推测，每一头的实力都达到了A级——"

"……"

我们全部无言以对。

一个堪比魔王的怪物以及十三头A级魔物？我不禁想问，这到底开的什么玩笑？

"利姆鲁大人，我们怎么办？"红丸问道。

我也想知道啊，真是的……

不过，不管怎么说，我也是盟主，做决定是我的职责所在。

而且，再怎么烦恼也只有这个答案。

"还能怎么办？打败它是我们唯一的选择吧？"

我不情愿地说出了答案。

"哼，不用问也知道是这样。那我就开始准备了。"

"是啊，我们没有其他选择。"

"当然了！它不是米莉姆大人的对手。"

其他人一听到我的回答，便一齐开始行动了。这些家伙还是老

第四章
悄然而至的恶意

样子,在这种事情上面不会有一丝迷茫。人人都在寻找自己力所能及的事,没有任何人提出异议。

看到这场面,菲茨十分吃惊。

"等……你们这么轻易就……你们到底懂不懂?对方的实力和魔王——"

"可是菲茨君,就算我们拖延时间,也得不到布鲁姆特王国的支援吧?"

"对,我们确实帮不上……"

"我觉得我们不会输。如果有个万一,希望你们能考虑接收我们的居民。"

"不,你还说你觉得你们不会输……那可是连树妖精都拖不住的怪物啊!你太没有紧张感了!现在不是说这话的时候,这可是大问题,必须要由各国联手解决!!"

我们并非没有紧张感,其实我们心里也很着急。正因为这样,红丸他们才会急忙开始准备,加维鲁也跑去召集他的战士团。

白老去联系哥布塔,召集狼鬼兵部队(哥布林骑兵)。他放出豪言说虽然狼鬼兵部队(哥布林骑兵)的成员都是 B^+ 级,但百骑共同行动紧密配合也能咬死一两头翱空巨鲛。

这是个和比自己强的敌人进行实战的好机会,所以他甚至显得有些开心。这倒是让人有些扫兴……

利古鲁德召集城镇要员说明状况,并命令利古鲁引导居民避难。从空中观察,城镇中的人群非常醒目,所以他应该会让居民去森林中避难。

所有人都非常重视这件事,大家冷静地进行着自己的工作。可悲的是,这也从侧面说明了我们经常面临重大问题,所有人都已经习惯了。

菲茨不知道我们的整体行动,所以才会以为我们没有危机感。这也是在所难免的。

*

米莉姆被紫苑带去泡澡了。

尽管大敌当前,米莉姆却毫不在意。好在米莉姆的行动和平常一样,其他人才能冷静行动。

最后只剩下菲茨和卡巴鲁那三人留在会议室。

我决定借这个机会和他们谈一谈。

"虽然我也没法叫你放心,但我们会全力以赴。我已经请贝斯塔帮我联系盖泽尔国王了,所以我们也能够得到支援。总之,我会尽力而为。"

听了我的话,菲茨依然十分消沉。他似乎抱着诸多疑问与不安,无法表达自己心中复杂的想法。

我静静地等待菲茨平静下来。

"你们不逃走吗?"犹豫了一会儿之后,菲茨问道,他一副忧心忡忡的表情。

看到他如此认真的表情,我也必须认真地回答他。

"逃走又能怎么样?我是这个国家最强的人。如果我输了,我会叫其他人逃走。不过,就算输一次,我也不会放弃。如果毫无胜算,我会立即逃跑,然后再想别的办法。既然不是毫无胜算,那我就应该亲自去确认敌人的实力,不是吗?"

如果我不亲自迎敌就无法制订对策。我是最强的人,只要我没输,其他人也不会逃——这话我说不出口。因为这话让人有点不好

第四章
悄然而至的恶意

意思。

在部下面前吃败仗也是我这个主人的职责,但这话太丢人了,我说不出口。所以我必须坚持到最后一刻,只要有一线希望,我就要尽最大努力,我不能辜负其他人的信赖,必须扮演好一个强大的君主。

我经常对部下说"如果我输了,你们就要立即逃跑",所以我估计就算我输了,之后的事也不用我担心。

"原来如此,这就是魔物的主人吧。"

"这和一旦失去国王就沦陷的国家又不一样。"

听到我的补充,菲茨点了点头。看来,菲茨理解了我的话。

"但是,我有种感觉。利姆鲁阁下的思维方式和我们人类很像,实在无法想象你是魔物。而且,你刚才说史莱姆是最强的,这也让我觉得很不可思议。"菲茨苦笑着说道。

听他这么一说,好像是这么回事。我本来就是人类,所以我不觉得有什么不对劲,但在菲茨看来,估计光是魔物和人类的思维方式一样,就已经很不对劲了。

而且——我有件事没有告诉卡巴鲁他们。是的,我还没告诉他们静的结局。

这事很难说出口,所以我不想主动提起。

但现在是告诉他们的好机会。

"唔——也许吧。说来你们可能不信,其实我以前是人类。你认识静吧?我大概和她一样都是'异世界人'。我在另一个世界死亡之后,在这里变成了魔物(史莱姆)。我要顺便告诉你们另一件事——"

说完,我用高阶技能"万能变化"变成人类形态。

"什么！"

菲茨惊讶地睁大眼睛，一直默不作声的卡巴鲁等人也惊愕得说不出话来。

爱莲是第一个注意到那件事的人。

"咦，仔细看的话……你是小号的静？"她怯怯地问道。

"不不不，爱莲，你在说什么啊？"

"静可是个老婆婆。她可没有这么可爱。"

卡巴鲁和基德否定了爱莲的话，但爱莲越说越激动。

"肯定错不了！因为我当时看到了静在面具下的容貌……"

这样啊，原来她看到了啊。不仅是我，原来连爱莲他们也看到了啊，我本以为在那短短的一瞬间，她们看不到静的相貌……

这样也好。毕竟我现在正想说这事。

我从怀里取出面具放到桌子上。

"那是静的面具吧？"

卡巴鲁他们来回看着我和面具，他们好像也注意到了。

"嗯。我并不是有意隐瞒，但也不想招致误会，所以一直没有变成这副模样。爱莲说得没错，我这副身体是从静那里继承来的。"

"继承？"

"嗯。"

那四人露出一副十分意外的表情，但都不激动。他们都冷静地等待我的解释。

值得高兴的是他们都很信任我。

"静和我是同乡，她把之后的事托付给我就去世了。所以——我继承了静的意志，我得到了这副身体，这就是证据。所以，我不会用静的模样做出有辱静的事！"

第四章
悄然而至的恶意

我平淡地告诉他们。

这样有一半是真心的，还有一半是用于欺骗我自己。

然后，我把目光转向菲茨，如果他要怀疑我，我也没有办法。

"可以告诉我详情吗？"菲茨没有怀疑，静静地问道。

于是，我把静临终前的情况和之后的事全部说了出来。

"原来……事情是这样啊……"菲茨低声说道。

说不定菲茨住在我们城镇迟迟不肯走就是想问静的事。不过，我也一直没有机会说。

"利姆鲁老爷，我相信你。"

"我也相信你。"

"我也是！我才知道……原来静有这么一个夙愿……那利姆鲁先生想帮静完成她的夙愿吗？"

没想到爱莲问了一个这么尖锐的问题。不过，我没必要隐瞒。

"嗯。因为这是我们的约定。我要帮静了结她多年的夙愿。魔王莱昂是我的猎物，我首先得找到他。"

"这样啊……利姆鲁先生果然是个值得信赖的人！"

说着，爱莲露出了灿烂的笑容。

至于那三个男人——

"哈？魔王莱昂？"

"利姆鲁老爷，这简直是天方夜谭……比起魔王莱昂，还是卡律布狄斯更好对付……"

"不不不，魔王莱昂可是个大人物，把他当成猎物可是要吃苦头的！我可不管你哟！"

他们十分动摇，显得有些丢人。

这也没什么，就是希望他们能稍微学学爱莲。

我掏心窝的话也有回报,这四人都很信任我。

他们也想参加这次的战斗,但我拒绝了。因为我们一旦失败,他们就必须立即采取行动。听了我的解释,他们也放弃了这个念头。

这次是暴风大妖涡(卡律布狄斯)吗……

想到等待我的这场恶战,我稍稍有些忧郁。

第五章

暴风大妖涡

Regarding Reincarnated to Slime

第五章
暴风大妖涡

大战在即。

地点是通往矮人王国的道路上。这里是武装国多瓦贡与魔国联邦（特恩佩斯特）的中点，我们的道路刚修到这里。

我们在这里与正在拓宽道路的克鲁特等人会合，等待战斗来临。

暴风大妖涡（卡律布狄斯）差不多该出现了。

贝斯塔联系了盖泽尔国王，把这件事告诉了他。不用我们提盟约的事，盖泽尔国王就答应派出骑士团前来支援。

"哼。师弟有难，我自当出手相助。"

盖泽尔国王当时是这么说的。

他非常想过过当师兄的瘾吧？这对矮人王国是不是不大好？但他是在帮我，所以我也没什么好说的。

一百骑已经火速准备完毕，先行出发，他们预定从后方攻击卡律布狄斯。我们的计划是和他们一起夹击卡律布狄斯，但这次他们才是主力。

剩下的四百骑正在进行准备，以应对第一次讨伐作战失败。

这次作战能成功固然最好，但也必须考虑好失败之后的事。盖泽尔国王不是昏君，估计他是想通过这次作战搜集情报。

我的预想是这次直接打倒卡律布狄斯，所以这样也没问题。之后的事也不用我担心，因此我反而可以放心。

所以，现在只要等待作战开始就行。

我们已经和托蕾妮会合，于是利用等待的时间听她说卡律布狄斯的事。

我知道它是非常强的魔物，但听了托蕾妮的话之后才知道那家伙比我预想的更难对付。说它的实力与魔王相当，一点也不夸张。

它是灾厄级魔物，所以我推测它的危险程度也是灾厄级，实则不然。菲茨说得没错，它的危险程度相当于灾祸级。

那为什么不直接把它定为灾祸级？其实这是有原因的。

据说灾祸级是魔王专用的称呼，卡律布狄斯不是魔王，所以并不适用。

那么，卡律布狄斯为什么不是魔王呢？

原因很简单，因为卡律布狄斯这种魔物只会大肆破坏。它没有智慧，只是遵从于本能去消灭大批人类等生物。没有智慧这一点只是推测而已。它是极其难缠的魔物，唯一不如魔王的就是没有智慧，所以它才不是魔王。

还有，这个卡律布狄斯是精神生命体。就算肉体被消灭，也会在某个地方得到新的肉体并借此复活。这话我好像在哪里听过。

这么说来，它这个特性好像和维鲁德拉一模一样。

"这个卡律布狄斯诞生于遥远的过去，在生与死之间往复，是凶暴的天空统治者。它也算得上是森林的统治者兼守护者'暴风龙'维鲁德拉大人的子嗣——"

哈？托蕾妮刚才好像说了一句不容忽视的话！

维鲁德拉的子嗣？果然被我猜中了！

"等一下。维鲁德拉的子嗣是怎么回事？"

我慌忙追问，托蕾妮则若无其事地解释道："卡律布狄斯是由维鲁德拉散发出的魔素汇聚而成的魔物。"

也就是说它和我一样。用人类的话来说，我们算是兄弟吧。

第五章
暴风大妖涡

这么说来，我就能猜到卡律布狄斯直接朝这边过来的原因了。换句话说，因为我和维鲁德拉之间的关系，它盯上了我。

说不定它已经发现维鲁德拉"住"在我的身体里……

也许我想太多了，但还是小心为妙。

听完托蕾妮的说明，我们再次确认作战计划。

卡律布狄斯值得防备的能力是固有技能"魔力妨害"。这项能力能够扰乱以卡律布狄斯为中心半径三百米范围内的魔素流动。因为卡律布狄斯强大的魔力会干扰附近的魔素。

"连我操纵的风系高阶魔法也对卡律布狄斯无效。我推测在'魔力妨害'的影响下，魔法效果很差。另外最棘手的是，它会解除飞行魔法的效果。它的敌人一旦靠近，魔法效果就会消失，从而坠落。它能占据高度优势，是个非常难缠的对手。"

这就是托蕾妮的感想，她亲自与卡律布狄斯战斗过。

所以，我们需要不依赖魔法的飞行战力。

那么，翅膀会不会和魔法一样被消除效果呢？

"说明。翅膀和魔法的飞行原理不同。天马和龙人族等魔物的翅膀具有操纵重力的能力，可以使体重变轻，改变力的方向产生推力。这种飞行方式和魔素无关。"

"大贤者"迅速回答了我的疑问。

也就是说，我的翅膀也不会受到影响。仔细想想，光靠这种翅膀就能飞行确实很不可思议。因为我飞行的时候靠的不是力气。

我现在才发现我飞的时候没有扇动翅膀。

我产生了一个疑问。

"原来是这样，飞行魔法要利用魔素的反冲力，所以会受到干扰。那红丸他们的'飞空法'不是也不能用了吗？"

"飞空法"属于"气斗法"的一种，是使用妖气的技术。它和飞行魔法的原理及效果差不多，所以应该会受到"魔力妨害"的影响。

这是我根据刚才悄悄了解到的知识推测的结论，我向托蕾妮确认我的推测……

"是的，您真是明察秋毫。不愧是利姆鲁大人。"

虽然得到了夸奖，这个回答却让我高兴不起来。

"喊，不是吧？真是个难缠的家伙。这样一来也很难用范围系攻击把它烧成灰烬啊……"

"是啊，兄长。既然以魔素为媒介的攻击对它不起作用，那我们的攻击手段就非常有限。"

和我不同，红丸他们开始积极地讨论战斗方式。

就在这时……

"呼呼呼。你们是不是忘了一件重要的事？你们可别忘了我是谁！区区一只大鱼可不是我的对手。我可以轻松打败它！"

不知何时，米莉姆已经换上了战斗服装，她挺着小小的胸膛得意地断言道。

原来还有这一手！那就靠她了。

可是，紫苑擅自拒绝了她："您不能出手。这样会给利姆鲁大人添麻烦的。因为这是我们城镇的问题。"

这是为什么？米莉姆出手帮忙为什么会给我添麻烦啊？我正想着，朱菜也说："是啊。虽说你们是朋友，但也不能事事都靠米莉姆大人。等利姆鲁大人实在需要帮助的时候，还请您务必助我们一

第五章
暴风大妖涡

臂之力。"

可我现在就非常需要帮助……

这虽然是我的真心话,却不能说出口。其他人也点头赞同,估计所有人都认为自己的城镇应该由自己来保护。我不能带头叫米莉姆帮忙。

"哈……哈哈。是啊,米莉姆。相信我吧。"

我拒绝了她的帮助,但内心在哭泣。

这话倒是说得好听,其实连我都不相信我自己,不过这事可得保密。

"什……什么?!难得有我大显身手的机会……"

米莉姆失望地垂下头。

她很有干劲,特地换了衣服过来,结果我们却拒绝了她的帮助,想必她很受打击吧。

她看着我直眨眼,差点就哭出来了,但唯独这件事我也没办法。因为我也非常遗憾。

所以,最终还是得由我们来对付卡律布狄斯。

*

之后我们继续讨论,问题在于卡律布狄斯的眷属翱空巨鲛也有固有能力"魔力妨害"。

多数远距离攻击对它们无效,而且它们妨碍飞行让人难以接近,最棘手的是能够打败卡律布狄斯和翱空巨鲛的手段很少。

最终我们决定先实战一次看看情况。讨论了半天也没个结果,所以决定尝试所有可能有效的攻击。

这时,我的"魔力感知"探测到有十四只魔物正在接近。它们很快就进入了我的视野。

它们的样子极为异常，就算在那么远的距离也看得出来。

体长超过二十米的巨大鲨鱼悠然地在天空中游动。它们的体表有坚硬的龙鳞提供保护，拙劣的攻击会被弹开。它们的外形和鲨鱼很像，却是强大的怪物，和鲨鱼有着本质的区别。

其中一只怪物特别引人注目。

那是一只巨大的独眼之龙，它率领着十三头鲨鱼。

在它巨大的体型面前，那些翱空巨鲛也成了小不点。它全长超过五十米，翱空巨鲛只有它的三分之一。

它的头像鲨鱼一样尖，下部有一个巨大的眼球。头的上部长着一根坚硬的角，似乎连岩石也能贯穿、粉碎。

它也有手脚，但它的手脚就像贴在身上的装饰品一样。背上有大小两对酷似维鲁德拉的翅膀，这是它身上唯一像维鲁德拉的地方。

卡律布狄斯这魔物身上有种险恶的美感。

战斗开始了。

天翔骑士团正火速赶往这边。

据说托蕾妮的妹妹之一托丽丝已经去迎接他们，并为他们施加元素魔法"风之守护（Wind Protect）"和军团魔法"行军加速（Army Move）"，提升天马的飞行速度。

她用"思维传递"告诉我天翔骑士团会提前到达。

我们决定先和卡律布狄斯打一场。天翔骑士团抵达之后就会演变成一场混战，到时就不能使用大规模魔法了。所以，我决定一和卡律布狄斯接触就发起进攻。

"看招！'黑炎狱'！！"

第五章
暴风大妖涡

红丸先发制人放出了自己最大最强的大范围炼狱攻击。一见面就使用最强的招数，这也是一种浪漫……

半径百米的黑色半球形只包住了卡律布狄斯和一头翱空巨鲛，可能是因为我的分心。

不对，这应该——是因为目标敌人太大了。卡律布狄斯的巨大身躯超过五十米，虽然看上去好像就在眼前游动，但其实它离我们还相当远。直径两百米的范围也不算小，但与敌人的巨大身躯比起来就显得很小了。

至于攻击的效果……

"不是吧？这可是我用尽全力的一击……"

我听到了红丸皱着眉头嘟囔道。

卡律布狄斯正悠然地游动。

跟随它的翱空巨鲛的身体被烧掉大半，从空中陨落，最关键的卡律布狄斯却泰然处之。它覆盖全身的盾鳞脱落，并长出新的盾鳞，但也仅此而已。它那巨大身躯的防御力和固有能力"魔力妨害"带来的魔法耐性令它成功抵抗了"黑炎狱"。

不对，就连翱空巨鲛也没被烧为灰烬，所以应该是固有能力"魔力妨害"的效果显著。

这也在我的预料之内，没什么好吃惊的，但我重新认识到它是个难缠的敌人。我们所有人都没有惊慌。

"那就按照计划把它们分开并各个击破吧。"

我们也预料到这个状况，并以此为前提制订了计划，我们开始按照计划行动。

我们要拖延时间，等待天翔骑士团抵达并优先消灭那些碍事的翱空巨鲛。接到命令后，众人分散到各自的岗位上。

关于我变成史莱姆这档事 3 Regarding Reincarnated to Slime

我也"变化"成人形,以便在必要时刻直接采取行动。

还剩下十二头翱空巨鲛。

削减这些家伙的数量也不是一件易事。

据说它们每一个都有 A 级的实力,但在速度方面略显不足。在技量方面,我推测它们和卡律布狄斯一样没什么智慧,应该不算太难对付。

如果让哥布塔他们之前遇到的枪脚铠蜘蛛和翱空巨鲛战斗,枪脚铠蜘蛛会被一口咬烂,瞬间分出胜负。但如果换成哥布塔和翱空巨鲛战斗,他可以东躲西藏拖延很长时间。

也就是说,翱空巨鲛的攻击力和防御力虽高,但战斗速度不快,构成的威胁并不算大。速度是战斗中最重要的因素,从这方面来看,翱空巨鲛也不算太可怕。

不用说也知道,只要吃到这种敌人一击,就会受到致命伤。我的部下也非常清楚,不能对它们掉以轻心。

*

继红丸之后,克鲁特也开始战斗。

指挥所设在一座小山丘上,战斗情况尽收眼底。

克鲁特率领的全是猪人族中(高等半兽人)实力在 B 级之上的勇猛之士。这次战斗中,实力不足的人可能会成为累赘,所以我让这些人去负责居民的避难工作。

这些精锐虽不足百人,但他们是这次作战的主角。

我的计划是让克鲁特他们以树木为盾,引出翱空巨鲛之后再发起攻击。但这个战术失败了。

只要把翱空巨鲛引进树林,树木就会把它们困住,于是我制订

第五章
暴风大妖涡

了这个作战计划……但翱空巨鲛凭借强韧的肉体以摧枯拉朽之势长驱直入。

它们发起了高速冲锋。这种攻击名叫"利刃冲锋",一旦被撞上,利刃般尖锐的鳞片就能将敌人撕成碎片。

高等半兽人的精锐在克鲁特的指挥下迅速进行躲避。但翱空巨鲛的体型过大,正常情况下以他们的速度可以避开,但巨型鲨鱼的身体在游动时没有任何阻碍,而克鲁特他们反而被困在树木构成的牢狱中,难以躲避。

幸好其他人都和克鲁特一样擅长防御,所以才没有人牺牲。不过有几十人身负重伤,无法继续战斗。

伏倒在森林里的其他战士也脸色大变。面对翱空巨鲛可怕的攻击,这也是在所难免的。

但有个人勇猛地发出了咆哮。

"竟然把我的同伴伤成这样,我饶不了你!"

是克鲁特。

克鲁特大叫着站到翱空巨鲛正面,瞪着敌人抵挡它的冲锋。

克鲁特全身都在铠甲的保护之下。因此,利刃般的尖锐盾鳞伤不到他。他就这样凭着一身蛮力压住翱空巨鲛。

"趁现在,上!"

高等半兽人一得到命令便同时出动。他们迈出笨重的步伐,挥舞沉重的战斧(Battle Ax)。翱空巨鲛的体表渐渐出现了伤痕。

但遗憾的是,那些尚不足以置翱空巨鲛于死地。要打倒这样的庞然大物,高等半兽人的攻击不过是杯水车薪。

翱空巨鲛只是巨体一震,便有几十名战士飞了出去。

克鲁特咬牙切齿,加大力道猛按翱空巨鲛的头。翱空巨鲛也不屈服，更加粗暴地挣扎着。

克鲁特的蛮力和翱空巨鲛的暴威正面交锋。

双方僵持不下。但幸运女神对克鲁特露出了微笑。

"我来帮你！"有人喊道。

紧接着，一道闪光从天而降，贯穿了翱空巨鲛。翱空巨鲛还没明白过来就被那一击夺去了性命。

是加维鲁。

加维鲁他们是游击部队，他一发现克鲁特身处险境就火速赶来救援。

他看到克鲁特按住了翱空巨鲛，便倾注全力使出威力最大的一击。

加维鲁起码有 A 级的实力，再加上这是他的全力一击。就连体型长达二十米的翱空巨鲛也承受不住这么强的攻击力。

克鲁特的幸运还没结束。

隶属于加维鲁的龙人族迅速用他们生产的"完全回复药"治疗受伤的人。他们用药毫不吝惜，连重伤人员也恢复了活力。

所有人一个不少，全都渡过了这场危机。

"哇哈哈哈！多亏克鲁特阁下控制住这个怪物，我才能轻松解决它！"

"幸亏有加维鲁阁下相助。我提议我们就这样并肩作战，你看怎么样？"

"哦！好像很有趣。只要帮得上忙，我一定在所不辞！"

就这样，克鲁特和加维鲁联手了。他们的部下也不在意自己的小伤，齐心协力勇猛地对翱空巨鲛发起攻击。这次的战斗加深了双方的感情。

第五章
暴风大妖涡

之后，他们又成功打败了两头翱空巨鲛。

*

克鲁特他们开战之后，另一个地方也开始了缠斗。

在白老的命令下，哥布塔向翱空巨鲛发射了"鞘形电磁炮"。

尽管它的威力无与伦比，但直径两厘米的子弹无法对翱空巨鲛造成致命伤。翱空巨鲛的腹部被打出了一个直径五十厘米的大洞，但这反而点燃了翱空巨鲛的怒火。

"我就说这个没用吧！"

"呵呵呵。这当然没用。我是想把它引过来，让你们打败它。"

"啊！这大爷太强人所难了！"

哥布塔的悲鸣在森林中回荡，不过没有人退缩。

于是，森林中开始了一场追逐游戏。

狼鬼兵部队（哥布林骑兵）遵照白老的命令，奋力攻击翱空巨鲛。在这场以性命为赌注的追逐游戏中，哥布塔率领的狼鬼兵部队（哥布林骑兵）围住了翱空巨鲛。

长枪突刺、离开。翱空巨鲛一转移目标，其他人就开始攻击，周而复始。

所有人都拼上了性命。

速度是他们的强项，但实力上仍比不过翱空巨鲛，好在它体型庞大，哥布塔他们带着它绕圈，取得了些许优势。

这种战斗危险异常，稍有不慎就会丧命。但他们依然不要命地持续进行猛攻，如果受伤就用高阶回复药进行治疗。

"最坏的情况下，我们还有完全回复药，只要能留一口气就能救回来。"

白老说话的语气像个好心的老爷爷,他的行动却是个魔鬼教官。

"喂!这大爷没开玩笑吧?"

也就哥布塔有余力抱怨,其他人专注于攻击和躲避,不敢分心。

"听好了,当诱饵的人要牢牢地吸引住它的注意力!负责进攻的人最好不要分心。要尽全力攻击敌人!但是在攻击的同时不要忘了拉开距离。不过就算忘了应该也能毫无痛苦地死去。呵呵呵。"

他是货真价实的魔鬼。白老打算严格训练哥布塔他们,丝毫不留情面。

他们二十骑为一队,轮流担任诱饵和攻击手。一共有五队,轮流担任不同的角色。他们按照攻击、躲避、移动、回复、准备的顺序轮番上阵,将翱空巨鲛玩弄于股掌之中。但翱空巨鲛有时不会改变目标,所以必须十分小心。

他们没有防御能力,所以诱饵吸引住翱空巨鲛的注意力之后必须专心躲避。这是最危险的任务。

如果翱空巨鲛没有改变目标,他们就继续担任诱饵,在发起攻击之后到翱空巨鲛改变目标之前的这段时间是最危险的。

但狼鬼兵部队(哥布林骑兵)行动井然有序,有惊无险地履行自己的职责。

"干得漂亮。"

"嗯,不愧是白老师范。"

"嗯。他变年轻之后成了一个魔鬼教官。"

听到我的赞叹,朱菜和紫苑也表示赞同。

"好厉害!我也想一起玩!"

米莉姆似乎产生了某种误会……不过,认真我就输了。

第五章
暴风大妖涡

"喂喂，果然还是让我……"

"不行。"

米莉姆拉着我的衣角求情，但我把心一横拒绝了。

想哭的人是我才对，求你别用那种眼神看我了。

*

空中正在上演一场好戏。

主角是苍影。

苍影和红丸一样只会用"飞空法"，而且他并不擅长。也不知道他用什么手段贴到了翱空巨鲛的背上。

说出来其实很简单。

苍华那五人飞到翱空巨鲛的上方，让自己的影子落到它的背上。然后苍影再用"潜影移动"去那个影子里。

敌人之所以能干扰空中的魔素，是因为有固有能力"魔力妨害"，所以敌人应该影响不到"潜影移动"。

不愧是苍影，他找到了这个破绽，并立即加以利用。接下来才是他发挥本领的时候。

苍华那五人各自飞到不同的翱空巨鲛的上方，跟着自己的目标。这意味着苍影和他的"分身"同时贴到了五头翱空巨鲛的背上。

"操妖傀儡丝！！"

苍影的四个"分身"同时发动了技能。这是一项秘术，可以操纵没有智慧的魔物。

他用妖丝连接翱空巨鲛的神经网，伪装成大脑下达指令。

苍影通过这项技能控制了四头翱空巨鲛。翱空巨鲛利用了尸体，可以说是这种简单的构造造成了现在这个局面，苍影的各分身操纵翱空巨鲛让它们自相残杀。那四头翱空巨鲛分成两组开始互相攻击。

接着——

"找机会解决它们。"

对苍华她们说完后，苍影控制真身乘坐的翱空巨鲛朝卡律布狄斯去了。

翱空巨鲛游动的身姿十分优美，甚至会让人忘记它拥有 A 级的实力。

话说回来，苍影和红丸一样实力超群。苍影似乎动了真格，但他看上去游刃有余，甚至让人以为他在偷懒。

按说他的实力不会比克鲁特强多少，可是现在看来这两人的实力简直是天壤之别，这到底是怎么回事……

大敌当前，我却在想这种事。

至于留在翱空巨鲛那边的苍华那五人。

"明白了，苍影大人。剩下的就交给我们吧。"

听到苍影的话，苍华恭敬地行了一个礼。

接着，她表情冰冷地瞥了翱空巨鲛一眼。

"别大意。我们决不能让苍影大人失望！"苍华召集部下，冰冷地说道。

东华、西华、南枪、北枪也和她一样表情冰冷。

说实话，白老是个魔鬼教官。

苍影又如何？想不到在这短短的时间内，他直属的五人会变得如此冷酷。到底要怎么训练才会把人变成这样……

不一会儿，翱空巨鲛间的战斗愈演愈烈，这时除苍华外的四人一齐开始攻击。苍华在上空指挥另外四人进行战斗。接着，她们漂

第五章
暴风大妖涡

亮地解决了实力在自己之上的翱空巨鲛。

不仅是苍影,连他的五名部下也干得非常出色。

就这样,苍华她们击坠了四头翱空巨鲛。

*

要说厉害,还是紫苑和岚牙。

不知何时,他们已经联手了。

"这次无论如何都要好好表现一番!"

"嗯。我赞成。"

两人达成了一致。

岚牙变回原本的巨大身躯,等紫苑跳上他的后背,他就轻快地奔跑着。接着,他从指挥所所在的山丘上纵身一跃,朝天空跑去。

嗯?朝天空?

细看之下,我发现岚牙踩着空无一物的空间,奋力在空中跳跃前行。他使用高阶技能"操纵气流"在空中创造出落脚点。

他的运用方式非常巧妙。如果要给这招起个名字的话,应该叫"驰空法"吧。总之,岚牙在空中驰骋,速度比在地面奔跑还快。

这项技术也要使用魔素,因此会受到"魔力妨害"的影响。不过也许翱空巨鲛的干扰能力还不足以瓦解岚牙的落脚点……

我满心好奇地看着,接着岚牙做出了令我惊愕的举动。他跑到翱空巨鲛的上空,对准正下方的猎物加速扑了上去。

岚牙的身躯长达五米,虽然比翱空巨鲛小,但也有相当的重量。

岚牙自身的跳跃力再加上重力加速度,使他能以超越奔跑的速度逼近翱空巨鲛,但他的目的不是撞击。紫苑拿着大太刀站在岚牙背上。

紫苑站在岚牙背上，身体与地面平行，但她丝毫不受影响。在岚牙与翱空巨鲛交错的一刹那，紫苑挥下了发光的大太刀。

紫苑用妖气强化大太刀，刀刃延长了三倍以上。紫色的妖刃从上方急速落下，斩落了翱空巨鲛的头部。

"看招！断头鬼刃！！"

断头鬼刃——这个名字非常形象。和射出妖气的"鬼刀炮"不同，这一招只是将妖气固定成型。

但是……

紫苑在岚牙的协助之下用最快的速度挥下这一刀，被延长的大太刀尖端以快过音速之势斩下了翱空巨鲛的头部。

这就是紫苑的风格——简单豪迈的极致。

翱空巨鲛身首异处，"魔力妨害"的效果也消失了。接着，岚牙用雷电把翱空巨鲛轰成灰烬。

紫苑和岚牙继续用同样的方法解决了两头翱空巨鲛。

接着——

"这种对手反应迟钝实在无趣，我都腻了。我想去对付敌人的头头，岚牙你看怎么样？"

"紫苑，我也在想这件事。让我们来看看那家伙到底有多强吧。"

"正合我意。岚牙我们上！"

两人自作主张地朝卡律布狄斯过去。

*

最初有十三头翱空巨鲛。

这些魔物每一个都拥有 A 级实力，是巨大的威胁——事情应是这

样。

可是现在，剩下的两头中又有一头死了。白老的剑光飞驰，那头翱空巨鲛被剁成了碎片。

我方没有出现死亡或重伤退场的情况。

这状况比我预想得要好，我也放下心来。

"你真是不中用啊。速度和躲避危险的能力倒是有所提高，但攻击力完全不行。你竟然连一头都杀不死……等这场战斗结束之后，必须给你制订更加严格的修行计划才行。"

"喂，老头！再严就要出人命了。我会死的！"

"老头？"

"啊！"

我好像听到了哥布塔的惨叫，接着他又没了声音。

也不知道那边发生了什么，说不定是哥布塔被翱空巨鲛打成了重伤。看来这场战斗的第一个退场者出现了。但我相信他肯定没死。

我在瞎想的时候，战场上出现了新的情况。

苍影把最后一头翱空巨鲛当成自己的骑兽，控制它去咬卡律布狄斯。扭曲怪诞的翱空巨鲛本是卡律布狄斯召唤出来的魔物。

这是一幅超现实的景象。那只翱空巨鲛虽然活着，但已经不再是我们的威胁。

就这样，我们的敌人只剩一个卡律布狄斯。

苍影跳到卡律布狄斯身上，不再搭理翱空巨鲛。

"喂喂，苍影那家伙没问题吧？"

"利姆鲁大人，请您放心。苍影的实力仅次于我。让他去试探卡律布狄斯的实力正合适。"

第五章
暴风大妖涡

听到我担心的低语,红丸轻松地答道。从他的话里听不出一丝担心,可见他十分信任苍影。

"而且你看,那些家伙好像也要参战。"

红丸指着紫苑和岚牙。

他们为了避免受到卡律布狄斯的"魔力妨害"的影响,先跑到非常高的地方,然后再跳下去。他们顺利落到了卡律布狄斯的背上。

不过,这么一看,卡律布狄斯的体型真是大得可怕。

光是它那超过五十米的体长就是一个巨大的威胁。我无法想象这样一个庞然大物如果砸中城镇,会造成多大的损失。

"说明。根据体型推测,高度……"

"不用说了。"我让"大贤者"安静下来,这个数字听不听都一样。

这个说明听了也是徒增烦恼。如果要说的话,我希望"大贤者"能告诉我轻松打败它的办法。

"大贤者"沉默了。

"大贤者"总是在关键时刻沉默,这习惯可不好。不,说不定"大贤者"是在和我闹别扭。

这事先放到一边。

我看到苍影、紫苑、岚牙对卡律布狄斯发起了攻击。

之前的战斗非常顺利,说不定卡律布狄斯也没我想的那么……看来我太天真了。

光是那个巨大的身躯就足以说明它的危险程度，我眼前的一幕证明了这一点。

苍影、紫苑、岚牙发起了一连串攻击，但完全伤不到卡律布狄斯。

面对这超过五十米的巨大身躯，他们的攻击只能削掉薄薄的一层皮，无法伤到最关键的魔力神经网。

而且卡律布狄斯本来就不是生物。这种魔物的状态和生物不同，它没有内脏之类的器官。它只是用低阶龙族的尸体穿上了一件血肉铠甲罢了。

所以，这是必然的结果。估计普普通通的攻击不可能突破它的防御。

"果然是这样啊。超出三百米，我的魔法效果就会减弱……想不到在那么近的距离也伤不到它。这就真的束手无策了。而且不仅是魔法，想不到连物理攻击也无法造成实质性的伤害……"托蕾妮头疼地嘟囔道。

"都说交给我了。"

这时，只有米莉姆一人仍在一旁耍性子……

但现在我可没空搭理米莉姆。

据说连托蕾妮最强的元素魔法：大气压缩断裂也会受到干扰，只剩十分之一的威力，无法对卡律布狄斯造成决定性的伤害。

就算受到一些伤害，卡律布狄斯也能够立即修复。

在攻击持续了一小段时间之后，它突然奋力挣扎，痛觉需要一段时间才能传到大脑。

"卡律布狄斯突然加速，用身体撞了过来。它全身覆盖着盾鳞，每一片盾鳞都是一把朝我砍来的刀刃。它的眼睛射出的破坏光线，拥有瓦解魔素的效果，我们这种用魔素构筑肉体的魔物很难应付这

第五章
暴风大妖涡

种攻击——"托蕾妮回想起当时的状况,说道。

我曾在会议室中听过一次说明,但亲眼所见更容易理解这场面是何其壮烈。要想打败这种怪物,普普通通的攻击确实没有意义……

"不好!"托蕾妮突然叫道。

"刚才有一瞬间,那只独眼放出了红光。卡律布狄斯可能要开始攻击了。"红丸替托蕾妮解释道。

其实我也注意到了,我只是漫不经心地想:"那是什么呢?"

而且就在那一瞬间,紫苑将妖气提升到最大限度射出了"鬼刀炮",我的注意力被她吸引过去了。说不定这就是卡律布狄斯发怒的原因。

不管原因是什么,他们的处境都很危险,于是我用"思维传递"提醒他们。

"听到了吗?它可能会发动攻击,你们别大意!"

"了解了,利姆鲁大人!"

"明白。"

"知道了,主人!"

听到三人不同的回答,我点了点头。

估计不用一一提醒,他们也不会掉以轻心,但还是要以防万一。

卡律布狄斯果然开始攻击了。

我说完之后,一道凌厉的攻击袭向了苍影他们。

摩擦玻璃般的刺耳声音充斥着周围的空间。

光是这个声音就能让人产生不快,似乎具有精神污染的效果。

这是卡律布狄斯全身的鳞片摩擦的声音。

接着——

"什么！它竟然连这种攻击手段都有——"

"情况不妙，这招——无处可躲。"

托蕾妮和红丸急切地喊道。

卡律布狄斯全身释放出灾厄，播撒死亡与破坏。

它的攻击气势正盛之时……

"哦！这就是'暴风乱鳞雨（Tempest Scale）'吧！就是因为这一招，卡律布狄斯才会得到暴君之名。我还是第一次见到！"米莉姆说道。

她闲得慌，于是就开始进行解说。

现在的关键又不是技能的名字，而且既然你知道干吗不早说……

我不禁想问她："米莉姆，你知道吗？"但还是忍住了。

现在不是聊详细情况的时候，而且这种攻击一眼就能看出是怎么回事。

更重要的是我很担心紫苑她们。

苍影、紫苑、岚牙听到我的忠告之后立即进行防备，勉强来得及躲避。卡律布狄斯多到夸张的鳞片迫近他们。

成千上万的盾鳞化作无坚不摧的炮弹朝四面八方射出。盾鳞大小各异，即便是小型盾鳞也有几十厘米。被盾鳞直接命中肯定比被刀砍中更惨。

多达数万片的盾鳞以惊人的速度，如暴雨般倾注而下。

他们无处可逃。

米莉姆所说的"暴风乱鳞雨"是规模远超黑炎狱的大范围扫荡攻击。

"呃，这无法完全躲开。我和岚牙会'潜影移动'，可是……"

"逃跑？你说什么傻话？我可不会死在这种攻击之下！"

第五章
暴风大妖涡

紫苑对苍影的话嗤之以鼻。

她眼中遍布血丝，似乎彻底放弃了思考。她也不躲避迫近的盾鳞，高举大太刀朝卡律布狄斯挥下去。

再不行动，紫苑就真的危险了。

"苍影，你快逃。我来当替紫苑挡住。"

岚牙在空中和紫苑会合。

岚牙顺势继续跳跃，并将力量集中在四肢上。接着，他脱离了卡律布狄斯的"魔力妨害"的影响范围，再用高阶技能"操纵气流"重新冲向卡律布狄斯。

先头的盾鳞已经命中岚牙，在他身上留下了伤痕。

正如岚牙所说，他打算替紫苑挡住攻击。

"岚牙，你个蠢货想死吗？你赶紧逃！"

紫苑恢复冷静叫道，但岚牙只是轻轻一笑。

"呵呵呵。利姆鲁大人也许会选择存活几率更高的手段，但我别无选择。而且——我体型巨大，这里没有合适的影子让我使用'潜影移动'。苍影你快逃，就算只能保住一个也好。"

近乎万能的"潜影移动"也需要一定的条件才能发动。空中没有稳固的落脚点，岚牙根本无法使用"潜影移动"。

听到岚牙的话，苍影犹豫了一瞬。

"存活概率啊。那我也留下来。但是别误会，我的'真身'会在有生命危险的时候撤退，你不用管我。"

"呵呵，这才是苍影。那我们全部都要活下来！"紫苑露出爽朗的笑容宣告道。

面对令人绝望的"暴风乱鳞雨"，谁都没有放弃。

他们的选择很鲁莽，不过我喜欢。

在这三人下定决心之时……

"你们真是一群笨蛋。在这种情况下,你们怎么还不叫我帮忙?"我在这关键时刻对他们说道。

"咦?"

我飞到他们前方朝迫近的盾鳞举起左手。

"利姆鲁大人!!"

三人同时喊出我的名字,这叫声中没有惊愕也没有喜悦。

我没有回答他们,只是目不转睛地看着前方,做好我要做的事。

也就是——

"吞噬一切吧——'暴食者'!!"

永远不知满足的暴食之王听到我的呼唤,醒来了。

只有短短的一瞬……

估计没几个人知道发生了什么。当时大量盾鳞如一堵墙一般正朝我们迫近,但在那一瞬间消失得一干二净。

"太……太惊人了……不愧是利姆鲁大人——"

苍影发出了惊叹。

其实,连我自己也很意外。

我想到既然这是远程攻击,那把它们统统吃掉就行,于是我飞了过来。

不,这是骗人的。其实是"大贤者"告诉我这是最佳手段。

我听从了"大贤者"的建议,赶过来保护这三人。我用"潜影移动"从那三人面前飞出来才勉勉强强来得及。接着,我按照"大贤者"的建议,使用了"暴食者"。

"暴食者"效果惊人,把我们和卡律布狄斯之间的盾鳞统统吃光了。这项能力(技能)的效果远超我的预想。真不愧是"大贤者",

竟然能看出这件事，并给我提供建议。

这事没必要说出来。

我要利用这个状况，为自己树立一个帅气的形象。

"后面的事就交给我。你们先下去休息。"

我装作理所当然的样子，对这三人说道。

"可……可是……我们还能……"

苍影说到一半被我制止了。

"看吧，盾鳞正在再生。那不是只能用一次的大招，应该是可以重复使用的攻击手段之一。等它再用这一招的时候，我也不知道还能不能保护得了你们。而且，你们能引诱卡律布狄斯使出刚才的攻击已经足够了。如果在不知情的情况下，让天翔骑士团去对付它，那后果将不堪设想。这是值得骄傲的事。"

苍影被我说服，退场了。

"祝您武运昌隆！"

"利姆鲁大人请小心。"

"主人，我随时响应您的召唤。"

三人说完最后的话，岚牙带着他们离开了。

接下来……

尽管耍了一回帅，但要面对这个大家伙，我仍然心有不安。现在说丧气话也没用，总之尽力而为吧。

我和卡律布狄斯的对峙开始了。

*

不过，能在天翔骑士团抵达之前见识到"暴风乱鳞雨"真是万幸。

没被我吃掉的盾鳞将灾厄播撒至四面八方。如果被直接命中，

第五章
暴风大妖涡

根本谈不上什么防御,直接就会被剁成肉馅。

我的部下都没被直接命中,但附近的森林地貌被改变了。卡律布狄斯的力量实在太离谱了。

总之,我要做的只有完成自己的工作。

现在最重要的问题是"暴风乱鳞雨"需要几秒才能再次使用。

远方出现了援军天翔骑士团的身影。

他们停了下来,似乎目击到刚才的大规模攻击……

在我和卡律布狄斯战斗的时候,应该会有人帮我去说明状况。所以,我要在吸引它注意力的同时,把它的攻击手段统统摸透。

之后就可以在保障全员安全的前提下持续攻击。这项工作非常危险,但我只能努力去做。

我后悔自己拒绝了米莉姆帮助。不,说句心里话,现在我仍然希望她能替我解决卡律布狄斯,但这样太没面子了。至少要先努力尝试,如果实在不行,再考虑向她求助。

就这样,正式歼灭卡律布狄斯的战斗开始了。

用我的新技能"魔炎弹"先发制人,来一轮轰击。

在命中的同时,猛烈的"黑炎"在卡律布狄斯身上燃烧。我的推测没错,这一招有效果。

卡律布狄斯拥有强大的魔法耐性,普通的火焰应该对它无效。"黑炎"也一样,在接触到它的本体之前,魔素(能量)就会消散,从而失去效果。我推测要防止魔素(能量)消散,就要和它直接接触进行攻击,所以只要像刚才那样施加某种防护,让技能直接作用于本体就行。

于是,我尝试将"黑炎"封入魔力弹中射出。结果很成功,卡律布狄斯在高温中显得很痛苦。

……不对，似乎只是疼痛？它的体型太大了，这一招似乎没造成多大的伤害，但我不会就此放弃。只要进行密集轰炸，应该能在短时间内积累一定的伤害。于是，我鼓足劲连续发动攻击。

我尝试了几类攻击，并观察卡律布狄斯的反应。

看样子卡律布狄斯比较怕"黑炎""黑雷岚"。火焰对它造成了大面积伤害，而雷电可以对魔力神经网造成一定的影响。

然而，除了这些有利的信息，我也得到了一个坏消息。

"喂……这家伙，该不会拥有'超速再生'吧？"

我不由得说出了口。现在可没人会回答我的低语。

"说明。根据身体组织的修复速度判断，可以确定个体名——卡律布狄斯拥有高阶技能'超速再生'。"

啊，有人回答了。

这一瞬间，这个让人难以接受的事实得到了确认。

总之，盾鳞之所以能快速再生，也是"超速再生"的效果。

等这些鳞片完成再生之后，它肯定会再次使用"暴风乱鳞雨"。如果它不拘泥于全方位的"暴风乱鳞雨"，就不必等到全身盾鳞再生完毕，那就有可能更快发动该技能。这样算来，它使用这项技能的最短间隔为三分钟。如果我造成的伤害够大，它受伤的部位应该就不会射出盾鳞。

我确认了这项情报并用"思维传递"告诉所有人。现在掌握足够的情报，天翔骑士团也可以制订进攻计划了。

第五章
暴风大妖涡

*

战斗持续了十个多小时。

米莉姆睡着了，她没有参加战斗，估计是因为闲得发慌。但我们都拼上了性命。

如果我们造成伤害的速度赶不上它再生的速度，那一切都将徒劳无功。所有人都投身到这令人绝望的战斗中，我们毫不吝惜回复药，与之持续战斗。

卡律布狄斯的生命可能被削减了三成。

能飞行的人自然全部投入战斗；岚牙和苍影使用"潜影移动"参与战斗；红丸和托蕾妮姐妹从远处使用魔法攻击；朱菜和剩下的人负责援护、回复和保护等后方支援。

战场上怪异光线和盾鳞轮番射出，每当这时都会出现魔法和能力（技能）从旁点缀，战况十分惨烈。

所有人齐心协力奋战的结果是卡律布狄斯只丧失三成的生命。

我们的一切行动都以安全为前提，所以没有任何一个人退场。好像有一个退场的？这应该是我的错觉。我们还要维持这个节奏继续战斗才行，可是这个考验太严峻了。

这场战斗容不得半点闪失。一旦有人分散注意力，不仅他个人有危险，还会导致整个歼灭作战出现破绽。

现状令人绝望，但没有任何人放弃。

因此，我也在想办法打破这一困境……

"唔……唔……唔……那……那家伙……米——"

嗯？好像有什么声音……

"那……那……米……米莉……米莉姆！"

嗯？米莉姆？我听到米莉姆的名字了？
我赶紧让"大贤者"进行"解析鉴定"。

"说明。已确认卡律布狄斯的依附素体有些许生命反应。推测依附素体可能未和魔核同化，推测其在受到伤害时产生了扭曲。而且……"

"大贤者"做了详细说明。
据"大贤者"说，卡律布狄斯在制作肉体供自己依附时，可能使用了活生生的魔人。本来应该先消除肉体的自我意识再与之同化，但那个用作依附体的魔人抱有强烈的愤怒与憎恨之情，所以同化不完全。
而那个魔人愤怒与憎恨的矛头所指的不是我，而是米莉姆……
嗯？等等。那这是怎么回事？那个魔人和米莉姆有仇，所以才会径直朝我们的城镇过来？
那不是和我们没关系吗？
我一直以为是因为维鲁德拉在我体内，它察觉了波动之类的东西，所以才会找上我们。看来是我想太多了。
咦？这样的话，就算把它交给米莉姆也没任何问题吧？
这时，我终于注意到这个冲击性的事实。

我赶紧用"思维传递"叫醒米莉姆。
"我说米莉姆，这家伙好像有事找你——"
"嗯。我听到了。卡律布狄斯的依附素体是前不久来过的'黑豹牙'法比欧。"

第五章
暴风大妖涡

啊，就是之前那个。原来是这么回事。

即便是那么远的距离，米莉姆也能读取卡律布狄斯泄露出的思维，而且还用"龙眼"看出了那个思维的主人是谁。

没想到她的"解析鉴定"的能力比我的"大贤者"还强。既然是米莉姆，那也不足为奇。

"好像是这样。我本以为它是我的客人，不想麻烦你，不过……"

"难道说我可以去对付它了？"米莉姆不等我说完，就满心期待地问道。

幸好米莉姆咬钩了。我也知道，她早就等不及了。

真亏她能忍到现在。

"嗯，换你上了。不好意思，我们拦住了你的客人。"

我不忘向米莉姆强调卡律布狄斯是来找她的。这样一来，应该就能把这个难缠到极点的卡律布狄斯推给米莉姆了。

对了，对了。

"啊，还有件事。那个叫法比欧的魔人是魔王卡利昂的部下吧？你可以留下它的依附体，把其他部分全部打飞吗？如果可以的话，我想救他一命——"

我拜托米莉姆一件要事。

我知道卡律布狄斯是个怪物，这个要求简直是强人所难……可我感觉米莉姆应该能做到。

而且，如果杀了魔王卡利昂的部下，可能又会引发新的问题。

此外我还有一个目的，但这个要求太高，如果能做到当然最好……

总之，如果可以的话，我想救法比欧。

"哇哈哈哈哈，交给我吧！小事一桩。最近我也学会怎么掌握分寸了。正好趁这个机会让你看看我的进步。"

米莉姆似乎认为这是她的拿手好戏，立即开心地答应了。

不过，她学会掌握分寸……这事从何谈起？

这毫无根据的话让我有些不安。我抱着这份不安，把之后的事交给了米莉姆。

这事既然定了，那就好办了。

"好，各位，我们迅速撤离！"

"利姆鲁阁下，您在说什么？我们可还没放弃啊。"

"拜托你照我说的做。你就相信我的话，让所有人撤离！"我叫道。天翔骑士团的团长德鲁夫不情不愿地对其他人下达了撤退命令。

不管怎么说，现在所有人都已疲惫不堪。这样下去，我们会被慢慢逼上绝路，也许他认为等待天翔骑士团剩下的成员过来也是一种战术。

"那就有劳您殿后了！祝武运昌隆。"

他留下这句话就率领骑士团撤退了。

我这边的人没有问题。他们通过"思维传递"对这件事有了一定的了解。

就这样，我留下来，并确认其他人已经全部撤离。

"好，米莉姆，我这边已经准备好了！"

我通知了米莉姆。

"嗯！交给我吧。"

她似乎没等我的通知就飞了出来。米莉姆扇动背后的龙翼，嘴角挂着开心的笑容。一转眼，米莉姆就已经悬停在我身边。

"唔。唔啊啊！米莉……米莉姆——"

第五章
暴风大妖涡

卡律布狄斯似乎发现米莉姆，它扭过巨大的身躯正面瞪着我们。不过已经晚了。

"那就让你看看！这是我掌握分寸的一击！龙星扩散爆（Dragon Burster）！！"

苍白的光线从米莉姆的双手间向外扩散。

那是能够抹消万物的破坏之光。

"无法解析。情报（数据）收集……失败。"

"大贤者"似乎非常吃惊，这应该是我的错觉吧。

虽然不清楚米莉姆的攻击到底是什么，但其结果一目了然。我眼前这幅情景让我不得不重新思考"分寸"这个词到底是什么意思。

数条苍白的光线汇聚到卡律布狄斯身上，并将其贯穿。那些光线开始侵蚀卡律布狄斯，不给它使用"超速再生"的机会。那些光线不费吹灰之力，将它超过五十米的巨大身躯抹消。

还好这里是空中。如果是地面，地貌可能会发生翻天覆地的变化。米莉姆攻击的威力太大了。

我们耗费那么长的时间，专心致志地攻击才消耗了卡律布狄斯三成的生命，可米莉姆仅仅一击就把它的身体破坏殆尽，令它无法继续战斗。

无法想象的实力——这个词简直就是专门用来形容米莉姆的。

卡律布狄斯的巨大身躯被抹消，一个小小的碎片往下坠去。不，那不是碎片，是它附身的魔人——法比欧。米莉姆如约将卡律布狄斯轰得只剩下法比欧。这哪里是掌握分寸，简直就是神技。

我赶紧朝法比欧飞去，在他撞上地面之前把他捞了回来。

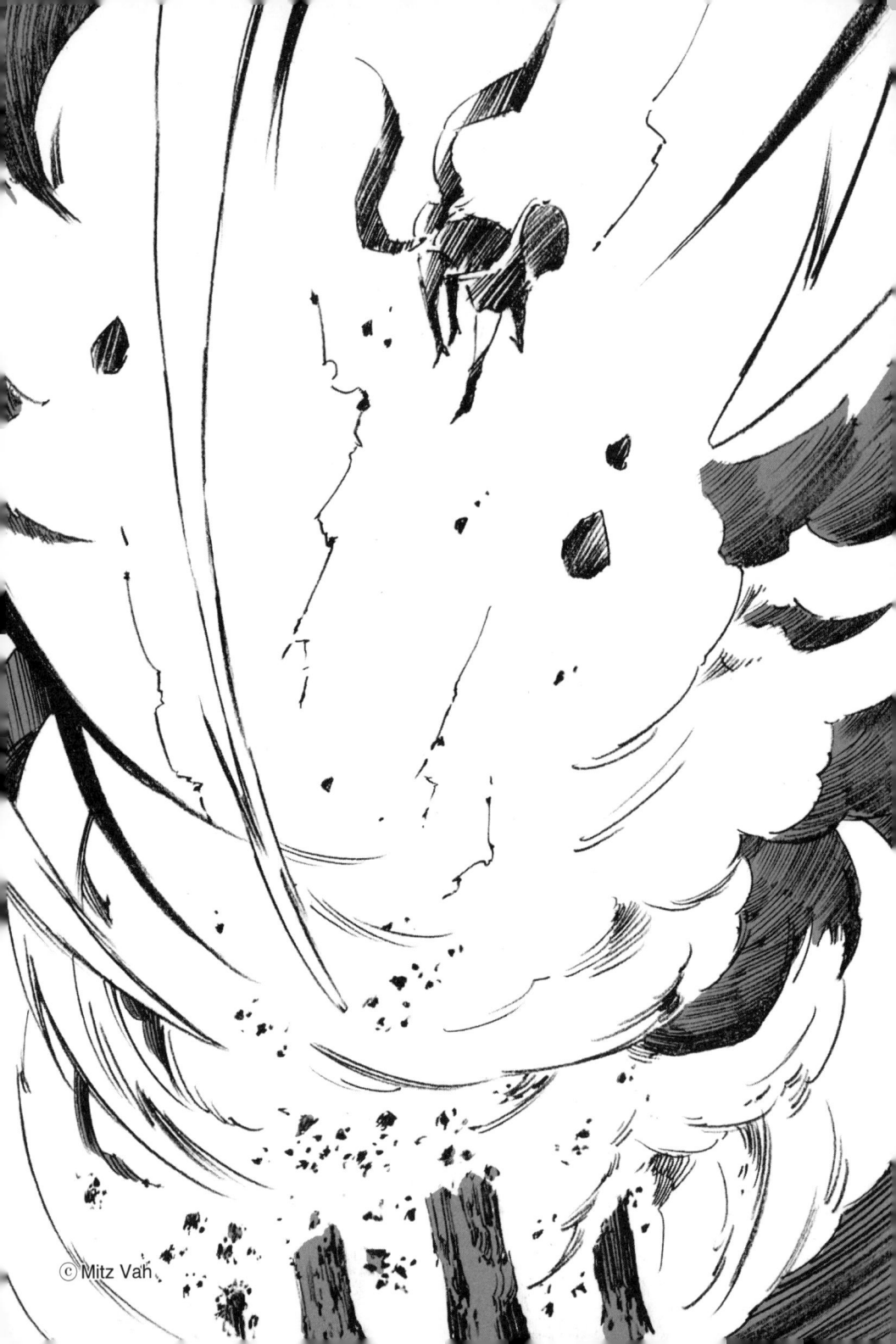

第五章
暴风大妖涡

法比欧还活着。

他只剩下一口气，但我的目的也算达成了。

我想尽量避免被人看到我接下来要做的事，于是决定尽早开始。

我对法比欧使用"解析鉴定"，发现他已经完成了九成的融合。如果继续融合，卡律布狄斯可能会再次复活。

就算是为了阻止卡律布狄斯复活，我也必须这么做。

"你想干什么？"

"你也看到了吧？如果放着不管法比欧，仍然无法摆脱卡律布狄斯。所以我想好人做到底。"

我简单应付了米莉姆一句便开始行动。

我要做的是把法比欧和卡律布狄斯彻底分离。

我的专属技能"异变者"的能力是"统合"和"分离"。这次需要用到其中的"分离"。我要直接把卡律布狄斯从法比欧身上"分离"出来，但卡律布狄斯是精神生命体，如果没有防范措施的话，可能会被它逃走。

这就需要专属技能"暴食者"出场了。

就算是"大贤者"也无法将两个专属技能进行统合。但是，"大贤者"可以控制两个专属技能同时工作。

这项工作和做手术一样精细，却不得不做。如果失败的话，就必须彻底消灭法比欧，这可能会导致我和魔王卡利昂的关系出现嫌隙。所以，这项工作只许成功不许失败。

我集中注意力进行操作。

我一点一点进行"分离"，然后"捕食"剥离出的部分。"大贤者"正在控制我的能力，因此这项操作必须由我亲自进行。

在和卡律布狄斯战斗时，我感觉那就像是别人的事。因为我知道有米莉姆在。

她的魔素量（能量）是我的十倍以上，是实力强大的魔王。只要有米莉姆在，就算面对卡律布狄斯，我也不会紧张。

我也很清楚这有危险，但也知道只要向米莉姆求助，她就能帮我解决。正是出于内心某处这个撒娇般的意识，我当时没有危机感。

但现在不同，没人能替我完成这项工作。我一旦失败，就有可能点燃新的火种。所以我要承担起全部责任，不能让其他人看到。

话虽如此，但米莉姆正在我身旁兴致勃勃地凝视着这一切……

接着——

"提示。已成功将个体名'卡律布狄斯'的魔核从法比欧身上'分离'。此外，已成功'捕食'个体名'卡律布狄斯'的魔核。对魔核的'解析鉴定'……部分失败……现将其'隔离'并继续进行'解析鉴定'。获得的能力如下……"

成功了。

我感觉这段时间长得看不到尽头，其实耗时并不长。在这段时间里，其他人都退开躲避米莉姆的攻击，我在他们回来之前完成了。

大量信息灌入我的大脑。我有些在意部分失败的事，但现在大家都过来了，所以我决定这事以后再说。既然已经被"隔离"，那大概不会有危险。

接着，我让衰弱的法比欧喝下回复药，免得他忘记。

喝下我特制的完全回复药后，法比欧的情况稳定了。

剩下的就是等他醒来。

就这样，逼近我们的威胁——卡律布狄斯被彻底打败了。

第五章
暴风大妖涡

*

"能否请阁下说明一下情况？"天翔骑士团长德鲁夫第一个问道。

啊……嗯。是啊。他想了解一下情况。

"不……那个……也对。其实，这位少女是魔王米莉姆。"

我尝试进行说明。

"哈哈哈，利姆鲁阁下真爱开玩笑。你怎么不早点告诉我们你有火力那么高的魔法武器？关于这件事，我们之后会正式请求说明。"

德鲁夫皮笑肉不笑，表情十分严肃。

这本来就是事实，所以我也非常过意不去。

"话说回来，卡律布狄斯对人类而言也是灾祸，能解决它实属侥幸。我也要向国王汇报，所以就此告辞。"

接着，他的情绪缓和下来，向我行了一个礼。

"这次你们帮了非常大的忙。盖泽尔国王那边就由我去说明吧。"

我也回了一个礼。

他们前来帮助我们，无畏地与魔王级的敌人战斗。如果没有他们的帮助，估计我无法发现法比欧成了卡律布狄斯的附身体。

虽然在最坏的情况下还能请求米莉姆的帮助，但真到那时候她应该会毫不留情地彻底抹消卡律布狄斯。如果不知道法比欧的事，那我肯定也不会阻止她那么做。

正因为我们在他们的帮助下坚持了那么久，我才能发现法比欧和卡律布狄斯间那细微的背离。

"要谢就谢盖泽尔国王。而且……接下来的话只是我的自言自语……"

德鲁夫用这话开了一个头，然后低声在我耳边说道。

"既然您愿意替我向国王报告，那能否请您亲自移步多瓦贡？上次让您以那种方式离开多瓦贡，实在令人遗憾，国王也惦记着那件事。国王已经撤回了将阁下流放至国外以及不得在多瓦贡逗留的处罚……"

德鲁夫吞吞吐吐地邀请我去矮人王国。

也许这不是德鲁夫的意思，而是盖泽尔国王的想法。

"我明白了。那我就去一趟，顺便报告这次的事。那就有劳你转告盖泽尔国王，说我希望他能正式发出邀请。"

"哦！想必国王也会高兴的。对了，凯金和伽卢姆等人的流放处罚也已经撤回。你也可以让他们同行。"听闻我愿意前往矮人王国，德鲁夫开心地对我说道。

凯金他们应该也想回家乡看看，我应该带上他们。

德鲁夫说这话似乎也是为了这个。他看上去是个过于认真的人，但似乎很关心别人。

之后，矮人王国会正式发出国宾待遇的邀请函。

我们简单聊完之后，德鲁夫率领天翔骑士团赶回矮人王国了。

我在心中感慨幸好他们中没有出现伤亡。

*

危险已经过去，所以我变回了史莱姆的姿态。

我们正准备回去的时候……

"唔……这里是……什么地方？我……我到底……"

第五章
暴风大妖涡

有人低声说道，那人似乎很混乱。

法比欧醒了。

红丸和紫苑十分戒备，但法比欧现在连战斗的力气都没有。虽然他身上的伤已经痊愈，但魔力已经耗尽。而且我已经把卡律布狄斯彻底剥离，法比欧现在不过是个高阶魔人罢了。至少他不是我的对手。

"哟，你醒啦？你忘记自己做过什么了吗？"我慢悠悠地对他说道。

听到我的声音，法比欧渐渐清醒。他突然跑到我和米莉姆面前跪了下来，看来他还记得自己做过什么。

"抱……抱歉！不，是对不起！我竟然对米莉姆大人如此无礼……而且也给你惹了不小的麻烦……"

法比欧脸色铁青，立即向我们赔罪。

没想到法比欧这个魔人如此耿直。这样看来，他不像是会弄出这么大事的人，感觉这事有点可疑……

我正想问他为什么会惹出这种事，这时托蕾妮单刀直入地问道："你为什么……会知道封印卡律布狄斯的地方？你可别说是偶然发现的哟。"

她这话说得也有道理。

看上去这家伙是个高傲的魔人，就算他想找米莉姆报仇，应该也不会依靠外力。可是他为了复仇，却不惜让被封印的卡律布狄斯附到自己身上，这一点很可疑。

我之前也一直很在意这件事。

"啊，那是因为……"

法比欧丝毫不打算隐瞒，把整件事全盘托出。

他说有两个人提出要帮他，那两人戴着面具自称是中庸小丑连的成员，十分可疑。

"两个戴着面具的可疑的人？卡律布狄斯被封印在一个隐秘的地方，只有我们这些受勇者嘱托的树妖精才知道。那两人竟然找得到，看来不能对他们掉以轻心……而且，他们戴着面具啊。他们戴的该不会是左右不对称、表情像在嘲笑别人的面具吧？"

接着，她好像想到了什么事，对法比欧提出了这个质问。

"不……不是。找上我的是一个带着哭泣面具的少女和一个戴着愤怒面具的发福的男性。他们自称蒂亚和福特曼。"

"蒂亚和福特曼……原来不是那个可疑的男人……"

看来他们不是托蕾妮口中的人。

不过，戴着谜之面具的魔人啊……

咦……等一下——

"说起来，红丸你们的部族被毁时有一个——"

"嗯。我也想起来了。那是一个戴着面具的发福的男性，面具上画着愤怒的表情。错不了，那是操纵猪头族（半兽人）的人之一。"

红丸他们当时之所以会和我战斗，就是因为把我误认为是那个面具魔人的同伙。

"确实有这么个人。和我分头行动的一名猪头将军的先遣队中有这么一个高阶魔人。他是格鲁米德雇来的保镖，名叫福特曼。"

克鲁特肯定了红丸的话。

而且——

"说起来，帮过我的拉普拉斯先生也是格鲁米德雇来的……我记得他说过他是'中庸小丑连的副会长，只要给钱我们什么都干'。而且他就戴着托蕾妮女士说的'左右不对称、表情像在嘲笑别人的

第五章
暴风大妖涡

面具'。"

加维鲁抛出了一个爆炸性的发言。

这一刻,在各地发生的事都串联起来了。

"原来那人名叫拉普拉斯。"

"这样啊。福特曼啊……我先记下这个名字。"

托蕾妮眼中带着锋锐的光芒,红丸的嘴角浮现出自信的笑容。

想不到连神出鬼没的托蕾妮也和那个什么中庸小丑连扯上了关系,不知道她是在哪里遇到那人的。

在红丸他们看来,虽然福特曼没有亲自出手,但肯定他也是导致大鬼族之乡毁灭的原因之一。

虽然还不能完全确定他们是敌人,但他们肯定和这一系列事件有关。

谜团重重的万事屋——中庸小丑连,这似乎是个难缠的对手。

我又问了米莉姆,想看看她会不会知道什么。

"嗯?我没听过什么中庸小丑连。我在听计划的说明时,没听说会找那些人挑拨种族间的矛盾。如果我知道会有这么有意思的家伙,那我一定会想办法见见他们。"

看来米莉姆从没听说过那些人。她似乎完全不清楚作战的详细计划。

看来猪头帝计划的策划与实行都是格鲁米德一手操办的……

米莉姆听克雷曼说过计划的大致情况,但克雷曼没提过他会雇万事屋中庸小丑连。

"说不定这事的幕后主使不是格鲁米德,其实是克雷曼在策划什么阴谋。那家伙有可能会认识这类人。"米莉姆若无其事地说道。

"克雷曼?那是谁?"

"嗯，他也是魔王。那家伙最喜欢搞这种阴谋了。"

喂喂，她随随便便曝出了这件事，但这是怎么回事？又不能单单因为怀疑就把人当成犯人……

按照米莉姆的说法，那个名叫克雷曼的魔王有可能会干出这事。

他这么做不是因为觉得格鲁米德靠不住，而是想在和其他魔王的竞争中偷偷取得优势。

猪头帝计划由三名魔王策划，为了公平起见，他们约好把事情全权交给格鲁米德……米莉姆断言，如果有人想独占成果的话，那应该就是魔王克雷曼。

关于这件事，我也做不了笔记，于是决定把它留在我的脑海中。

我本以为这件事已经全部说完了，结果好像还有一点。

"还有一件事让我很在意……那个名叫拉普拉斯的人说过他不是魔族。"米莉姆说完后，托蕾妮向我报告道。

我记得，在这世界中魔族指的应该是所有和人类敌对的人。他说他自己不是魔族，那就意味着他和人类不是敌对关系。

如果这是实话……

不过，我和人类也不是敌对关系，就算有魔人和我的想法一样也不足为奇，这好像没什么可在意的……

不，等等。

"他说他不是魔族吗？"我突然发现了问题，向托蕾妮确认道。

"是的，利姆鲁大人。说不定他在人类社会中也有协助者。"

她果然是这个意思，真不好办。

如果她的推测没错，那将是个大问题……但我们也没办法证实这件事。

现在没有证据，我们在这里也讨论不出结果。今后要注意那伙

第五章
暴风大妖涡

可疑的人，法比欧的事就这样传来了。

*

我们整合了现有的全部情报。

结合这些情报综合考虑这次的事，我发现了一个情况。

这个中庸小丑连会假借协助之名接近他们的目标，然后再利用目标达成他们的目的，而他们自己却置身事外。

猪头帝事件，他们的目的是挑起种族间的战争。

这次，他们的目的是让卡律布狄斯和我们或者是米莉姆战斗。

不管怎么想，都是他们巧妙地利用了法比欧。这么说来，真正的幕后黑手另有其人。

"你好像被人利用了。你以后要多留心，别再被人骗了。"

要说法比欧没有责任其实也不大对，但他又不是真正的犯人，所以要处罚他也好像也不大合适。而且，我也不想再埋下争端的种子。

只要他发誓今后不来找我们的麻烦，我也可以释放他。

"……哈？不，反正你也不会放过我吧？这次的事是我个人独断，和魔王卡利昂大人没有关系。所以请让我一人以命相抵——"

他保持下跪的姿势，坚决地说道。

真是不可思议，他那副模样看上去还挺有男子气概的。

"不，我又不想要你的性命。是吧，米莉姆？"

"嗯，当然了！虽然我也想过要轻轻揍你一拳，但我毕竟是个成年人。现在完全没有生气，所以就原谅你了！"

原来米莉姆想揍他啊……就算她说自己是成年人也没有说服力……

算了。

"米莉姆也说会原谅你,你就别放在心上了。"

"可是,我在愤怒的驱使下做出了这种事……"

"这就是问题所在。我估计是因为那个戴着愤怒面具的家伙,是他利用你的感情控制了你。"

听到我的话,法比欧恍然大悟:"说起来……他当时说过'我是被愤怒和憎恨之情吸引过来的'……"

法比欧一脸惊愕,看来被我说中了。我只是随便找个理由看看能不能说服他罢了,结果却歪打正着。

"是吧?所以,你就别放在心上了。"

"是啊。卡利昂,你也是这么想的吧?"

嗯?卡利昂?

一名男性从树荫中走了出来,用行动回答了我的疑问。

他身上的高级服装穿得不是那么规矩,带着野性的韵味。他锐利的目光在倒竖的金色短发的映衬下显得更加凌厉。

"哼,被你发现了啊,米莉姆。"

"那是当然。"

那名男性轻描淡写地应道,这似乎在他的预料之中。

在寂静的气氛中,这个身形高大的男性散发着一股狂野的力量。这股力量虽然比不上卡律布狄斯,但他迸发出的威压感不亚于卡律布狄斯。

原来这家伙就是魔王卡利昂。

卡律布狄斯虽然是魔王级的魔物,但终究不如真正的魔王。

"哟,我是魔王卡利昂。你非但不杀那家伙还救了他,谢谢你。"

魔王卡利昂径直盯着我说道。

第五章
暴风大妖涡

紧张的气氛在这里蔓延。

在这压倒性的气势面前,我也说不出话来。他以此来告诉他人自己这魔王不是浪得虚名。

但我是其他人的主人,不能被他的气势压倒。

"没想到魔王会亲自过来。我叫利姆鲁·特恩佩斯特,是这座森林的魔物建立的国家'魔国联邦(特恩佩斯特)'的盟主。"我挤出勇气,大大方方地说道。

"哼!不过是一介魔人,也敢建立国家?要是在过去倒还好说,但在当今这世道简直是不知死活。我接到报告说谜之魔人已经死于猪头帝之手,看来这份报告有误啊。你就是杀死格鲁米德的那个戴面具的魔人吧?"

我现在是史莱姆形态,这样他都能把我和那副模样联系在一起吗?不过这应该是最合理的推测……

既然他看到我和卡律布狄斯的战斗,那自然不难推测出我的身份,而且米莉姆也在。

"嗯,就是我。"

说完,我变成了人形。

"然后呢?因为我杀了格鲁米德,所以你要替他报仇?"

估计这不是他的目的,不过姑且还是问一下。

听到我的话,卡利昂轻轻笑了笑。

"呼哈哈哈哈!有意思,利姆鲁还挺招人喜欢的。"

他的笑声吹散了紧张的气氛。

卡利昂哈哈大笑了一阵之后,表情变得很严肃。接着他做了一件出乎所有人预料的事。

他竟然向我认错了。

313

"抱歉，我的部下闹出了这么大的事。是我监管不善，请你原谅。"

卡利昂终究是魔王，没有低下头，但他向我道歉了。

而且——

"这次的事算我欠你一个人情。以后如果有事你可以来找我。"

他甚至用这话来展现自己最大的诚意。

卡利昂是高高在上的魔王，他却对我展现出了诚意。这也证明了卡利昂拥有宽广的胸怀。

人情啊。说起来，我倒是有个请求。

"既然这样，那我希望你能和我签订互不侵犯协议。"

"这样就行？那好。我以'魔王'——不，以兽王国犹拉瑟尼亚'狮子王'卡利昂的名义，发誓不会对你们兵戎相向。但前提是你们没有主动发起攻击。"

卡利昂立即做出了承诺。

他气量之大令人钦佩。

现在太匆忙，于是我们决定日后派使者进行沟通。

我不知道这个协议的可信度如何，不过既然卡利昂是那个耿直的法比欧的主人，那他应该也是个耿直的人吧？至少在今后一段时间内，他应该不会从背后攻击我们。

之后再看情况，如果能和兽王国犹拉瑟尼亚建交那是最好不过了。

就这样，这件事落下了帷幕。

法比欧被卡利昂揍了一顿，再次受到了濒死的重伤，但这应该算卡利昂对他的袒护。

在这之后，卡利昂把法比欧扛到肩上，使用转移魔法离开了。

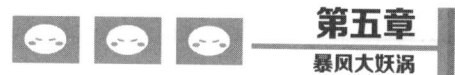

第五章
暴风大妖涡

那我们也回去吧。

这一连串的事件总算可以告一段落了。

设计草图

终章

新的阴谋

Regarding Reincarnated to Slime

　　暴风大妖涡（卡律布狄斯）的骚乱解决之后又过了几天。

　　魔国联邦（特恩佩斯特）终于恢复了平静。

　　尽管发生了很多事，但我们的国家得到认可是最让人高兴的。

　　武装国多瓦贡和布鲁姆特王国——这两个国家和我国建立了友好关系。

　　我国和武装国多瓦贡之间修通了道路，对方也正式发来了邀请函。我计划以国宾的身份访问多瓦贡顺便报告这次的事。

　　菲茨正在布鲁姆特王国为我们的事努力。他亲眼看见了这次骚乱的经过，现在要去逐一说服国王和各贵族，让他们知道与敌对相比，与我们交好更加有利。

　　布鲁姆特王国不是大国，所以贵族数量也不多，因此也没多少难缠的人，那边应该没什么好担心的。

　　"没问题。我掌握着那些贵族的弱点，鞭子和糖并用总能搞定的。"菲茨离开时说过这样一句话。

　　他当时的表情显得有些可怕，把这事全权托付给他应该没问题。

　　卡巴鲁那三人想留下来，可他们有护送菲茨的任务。

　　"我们还能再来吗？"

　　"我也要来，离开朱菜小姐的料理，我就活不下去了……"

　　"就算你拒绝我，我也会再来的！"

　　他们边说边依依不舍地跟着菲茨走了。

　　我也没想拒绝他们，如果他们再来，我也欢迎。所以，我决定为他们准备房间和床铺，以便他们随时过来。

终章
新的阴谋

还有一个国家不能忘记，就是兽王国犹拉瑟尼亚。

如果能谈拢，我也想和这个国家建交。虽然很困难，但我得到的利益也很大。

和魔王交好，意义重大，但这事取决于今后谈得怎么样。我要尽力把这事谈成。

说到利益，我个人也有收获……

我从卡律布狄斯身上得到了固有能力"魔力妨害"和"重力飞行"，此外还得到了"魔法耐性"，这可以说是对付魔法的一张王牌。之后，"大贤者"会开足马力进行"解析鉴定"，估计用不了多久就能和其他能力（技能）统合。

其实这也是我请求米莉姆不杀法比欧的原因之一。我的目的的确是要隔离卡律布狄斯，但也期待能够顺便取得它的能力。

我毕竟费了那么大的劲，这也算是给我自己的奖赏。

至于我们现在在干什么……

咚！锵！咚！砰！

在这响声中，我、红丸、苍影和紫苑四人被打得落花流水。

"哇哈哈哈哈！没用的！！"

不用说，那个大笑着的敌人就是魔王米莉姆。

难得强到离谱的米莉姆在这儿，我想顺便做个修行……

我们四人一起上，结果却惨不忍睹。所有的攻击都逃不过米莉姆的"龙眼"，各种小花招也一样。

我在心中感叹，真不愧是米莉姆。

米莉姆的手上套着龙拳套。

我按照约定做了武器送给米莉姆。

这种武器原本是用于防止拳头受伤，同时增加攻击的威力，但这件武器不同。

这件武器的作用恰恰相反。装备这件武器之后，攻击的威力会降到十分之一左右。

这件武器中心部分的"魔钢"中用"刻印魔法"赋予了"减速"和"无力"效果。

我把龙拳套交给米莉姆时，她兴致勃勃地盯着这件武器，开心地收下了。

从那之后，她就片刻不离手。

她吃饭时也套着龙拳套，在我的提醒下，她才拿了下来。但她很不开心，还和我闹别扭。她喜欢这个礼物倒是好事，但也希望她能分清时间和场合。

多亏有这个龙拳套，要不然我们就命丧米莉姆之手了。

从那天起，我每天上午和米莉姆进行练习战成了我的日常功课。

强得离谱的力量。违规般的身法。无尽的精力。

幸好她不是我的敌人。

只有白老才配当她的对手。

我再次认识到，不能单纯依赖力量和能力（技能），技量才是最重要的。如果米莉姆动真格的，就算有白老那种技量也不是她的对手。

技量很重要，但只有技量也不行。

不过，我最缺的是战斗经验。

我打算通过每天和米莉姆进行练习战弥补我的不足。

至于我为什么会这么做，其实原因很简单。

与我原来的世界相比，这个世界里有很多事取决于力量。

终章
新的阴谋

猪头帝是这样。

卡律布狄斯是这样。

我幸运地和魔王卡利昂建立了友好关系,但其他魔王未必和他一样。

最重要的是,我还要对付魔王莱昂。

在亲眼看见了米莉姆和卡利昂等货真价实的魔王之后,我意识到凭我现在的实力根本不是魔王的对手。

所以,我要踏踏实实地努力。

在和米莉姆进行特训的几周里,我的日常生活是这样——上午特训、正午过后开始巡视各部门——生活非常有规律。

适度运动之后享受营养丰富的美味食物:干炸、汉堡肉、肉排、炸肉饼,还有炸虾。

这里有种类似虾的生物,名字恰巧也叫虾——真是有趣的巧合。

烹饪时不用担心微生物等问题。朱菜在杀菌方面处理得很好,而且还会"解析鉴定",能替我们把好食品安全的关。

说起来,也不知道魔物会不会有食物中毒方面的担心……

我们的菜单让米莉姆激动得忘乎所以。

"哇哈哈哈哈!为什么同样是烤肉,味道却差这么多?"

这是她吃肉排时的感想。

她每次吃饭都无比喜悦。

在吃炸虾的时候,她一言不发专心致志。因为这是深受儿童喜爱的料理。这似乎是朱菜精心烹调的杰作。

米莉姆爱吃就好。

这也算是米莉姆陪我修行的谢礼,能让她开心就好。

就这样，时间一天天过去，我们的实力也有显著提升。

白老在技术方面已经登峰造极，所以没有多少提高，但其他人和之前比简直判若两人。最显著的是红丸和苍影，已经可以和神出鬼没的托蕾妮打得有来有回了。

我也有很大的进步。

"你的进步非常大！现在就算利姆鲁说要当魔王，我也不会反对！"

我的成长让米莉姆开心地说了这样一番话。

虽然我每次都说自己没兴趣当魔王……

今天我们四人一起上依然输得很惨。这种状态也敢以魔王自居，也太不像话了吧。

"说起来，米莉姆你为什么要当魔王？"

我把话题转移开。

"唔——这是……为什么呢？发生了不好的事，所以我迫不得已当上了魔王……"

"怎么变成你问我了……"

"这事我也想不起来了。这事过去太久，我忘记了！"

米莉姆的语气听起来很开朗，也许她真的有难言之隐。如果继续追问就太不识趣了。

"这样啊。忘了就算了，没必要再去想那事。"

这个话题就此终结。

虽然米莉姆看上去是个孩子，内心却是真正的魔王，而且是资格最老的魔王之一。

也就是说，她经历了我无法想象的漫长岁月。

说不定她的朋友都不在了。虽然她的寿命很长，但岁月会夺走

终章
新的阴谋

她的朋友……

"我说,你就没有家人或者其他担心你的人吗?你一直留在这里不联系他们没关系吗?"

我一直很在意这件事。

"没事。倒是有一群人在照顾我,但那些人不会担心我。我是最强的,哪有人敢担心我?所以我只有你一个朋友。"

她突然说出这句话,我一时语塞。

米莉姆口中的"挚友"也许比我想的更有分量。既然如此,那我也应该以诚相待。

"是啊。那今后也请多关照啦,米莉姆。"我抚摸着米莉姆的头说道。

她的外表实在太孩子气了,我不禁把她当成了亲戚家的孩子。

米莉姆并不在意,她开心地笑着说:"那是当然!"

*

几天之后……

"我有工作要出去一趟!"米莉姆告诉我。

"什么?怎么这么突然?你现在就出发吗?"

"嗯?是啊……不过我会回来的,我现在就出发!"

说完,她瞬间换上了我们第一次见面时的衣服。

这是一种名叫魔法换装(Dress Change)的便利魔法。她教过我,所以我也会用。

这种魔法适合拥有许多装备的人,但需要先学会"空间魔法"用于存放装备以供更换,所以难度意外地高。

换好衣服后,米莉姆对我微笑道:"我会告诉其他魔王不许对这里出手,利姆鲁,你就放心吧!"

"哦,哦。也就是说你要去见其他魔王?"

"嗯。因为这是工作!"

米莉姆说完,自豪地挺起了胸膛。

据说她要和之前来过的卡利昂以及其他魔王进行会谈。

她似乎把阴谋诡计当成了工作,这时候的她还真像个可怕的魔王。猪头帝那件事也是,追根溯源那件事就是从米莉姆几人的密谈开始的,我也被牵扯了进去。

其他魔王不会对我们出手,那真是求之不得。

顺带一提,魔王莱昂没有加入米莉姆的圈子。莱昂是个新魔王,所以米莉姆对他知之甚少。

卡利昂好像也不是个坏人,不知道其他魔王是怎样的人?

虽然有点担心,但米莉姆应该没问题。

虽然外表是个孩子,可她也有老奸巨猾的一面,何况她的实力在魔王中是独一份的。

我担心地叮嘱她别被人骗了。

"利姆鲁,你真是爱操心啊。我很聪明的,不会被骗。"米莉姆笑着断言道。

但我担心的就是她这份自信。

"那我走了!"

她说完这句就飞走了,和来的时候一样突然。

她就这样以超音速离开了,既没有声音,也没有冲击。

她要去的地方似乎非常远,但在这种超高的飞行速度面前根本不值一提。

"咦?米莉姆大人走了吗?"紫苑问道。

终章　新的阴谋

她们经历了许多，关系变得很好。

"嗯。说是有工作。"

"工作吗？"

"她和其他魔王约好要见面。"

"其他魔王……希望她不会被骗……"

对啊，正常人都会这么想。

看来紫苑抱着和我一样的担心。

"她说工作结束后就会回来，我们担心也没用。"

"她比我们强得太多了，担心她简直就是不敬。"

"确实……"

"我们要变得更强，等她回来的时候让她大吃一惊。"

"那就必须更努力地进行修行了。"

有米莉姆在，我们就没法清净，但她一离开，我突然又觉得有些失落。

仔细想想我们已经非常亲密了。她真是个让人惦记的魔王（家伙）啊！

红丸他们说得没错，现在就想想如何变强吧。等米莉姆回来的时候让她大吃一惊。

我重整心情，在白老那个魔鬼的指导下再次开始修行。

●

宽敞豪华的房间。

房间中优雅放松地品尝葡萄酒的人是魔王克雷曼。

有个人坐在他对面用忧郁的眼神望着窗外，她是异名"天空女王"的魔王芙蕾。

"那么，现在情况如何了？"

"事情很顺利，芙蕾。我以卡利昂的部下对米莉姆的愤怒为食饵，成功煽动卡律布狄斯。我的监视人员汇报说卡律布狄斯被米莉姆打败了。这样一来，你就不必担心了吧？"

克雷曼愉快地笑着向芙蕾报告。

是的，一切都在克雷曼的计划之内。

战斗结果也不出所料。

对于米莉姆的胜利，这两位魔王没有任何怀疑。

"可是，这不会惹怒卡利昂吗？"

"没有任何证据指向我。所以，卡利昂的愤怒会指向米莉姆或那些谜之魔物。也许他会把愤怒的矛头指向诓骗了法比欧的'万事屋'，但只要我发出委托的这件事不泄露就没问题。"

说完，克雷曼用鼻子轻轻哼了一下。他真正的同伴万事屋中庸小丑连是个谜团重重的组织，甚至连其是否存在都是个谜。他们和克莱曼的关系应该没有暴露，因为卡利昂连他们的联络手段都没有，根本找不到他们的所在地。

（可是，就算是这样……）

克雷曼突然想起了缪兰最后送回的影像——米莉姆一击便将卡律布狄斯轰得粉碎。

米莉姆的力量强得离谱，连克雷曼也觉得她深不可测。

而且，还有一个人。

"那个打败格鲁米德的魔人可是能单独和卡律布狄斯战斗哟。那个魔人非常强大，我能理解米莉姆为什么对他那么执着。如果他继续成长，他的实力搞不好会和我们这些魔王相当。"

终章

新的阴谋

"哼哼哼，克雷曼，想不到你会说这么有趣的话。"芙蕾心不在焉地附和道。

她顺势改变话题，切入主题。

"那么，关于这件事，你想要什么报酬？"芙蕾看着克雷曼说道。

这才是这两人今天见面的目的。

"我希望你戒心别那么重。你只要答应我一个请求就行了。我也需要你，所以这是公平交易。"

"是啊……只要我做得到，我就答应你。"

"谢谢。我就知道你会这么说。"

两人约好之后，克雷曼心满意足地笑了。

这个约定才是克雷曼的目的。

"哼哼哼哼哼。这样一来，在下次魔王会谈上，我应该能提对我有利的提议。还是说把这机会用在别的地方——不，等等。如果运用得当，说不定能控制住那个米莉姆。是啊，如果用上那位大人赐予我的宝具（Item）——"

想到这里，克雷曼不寒而栗。

他的脑中闪过一个阴谋，既然现在得到了芙蕾这枚棋子，那么那个策略也不是不可能。

芙蕾见事情谈完了，正准备回去，克雷曼对她说道："不过，这样一来你的眼中钉就剩米莉姆一人。天空中的绝对优势在她的面前毫无意义。我说，芙蕾，只要我帮得上忙，任何事你都可以来找我商量。我随时欢迎你。"

克雷曼亲切的表情背后藏着一个巨大的阴谋。

芙蕾没注意到这件事，她知道克雷曼没安好心，但装作什么都不知道，向他道别："嗯，到时候还要再请你多关照。那再见了。"

她说完就离开了克雷曼居住的城堡。

克雷曼独自留在房间里想道:如果能得到米莉姆的力量,那我甚至没必要再去煽动其他魔王。这事有必要慎重考虑。等着瞧吧,米莉姆——

克雷曼从怀里取出面具戴到脸上。

他平静了下来。

对克雷曼而言,面具才是他的真实面目。

(就算这样……那个迷之魔人确实不容忽视。拉普拉斯和蒂亚说得对,应该对他有所防备。也应该给缪兰一个挽回名誉的机会,就让她潜入吧——)

缪兰搜集的情报比克雷曼预想的更有用,所以克雷曼想把缪兰榨干。

这次的潜入搜查,缪兰是最合适的人选。

如果她能给克雷曼一个满意的结果当然好。就算她失败被杀,也能给克雷曼一个插手的借口。

这样一来,克雷曼应该也能弄到替代缪兰的棋子。

谜之魔人固然值得防备,但这终究是小事,不能因小失大。

为了防止谜之魔人妨碍新的阴谋,他要搜集情报并伺机加以利用。

魔王克雷曼虽然有那个意识,但此时他的注意力却集中在利姆鲁他们身上。

克雷曼怀着微暗的愉悦,挂着冰冷的笑容,策划他的阴谋……

现状

暴风大妖涡
（卡律布狄斯）
Charybdis

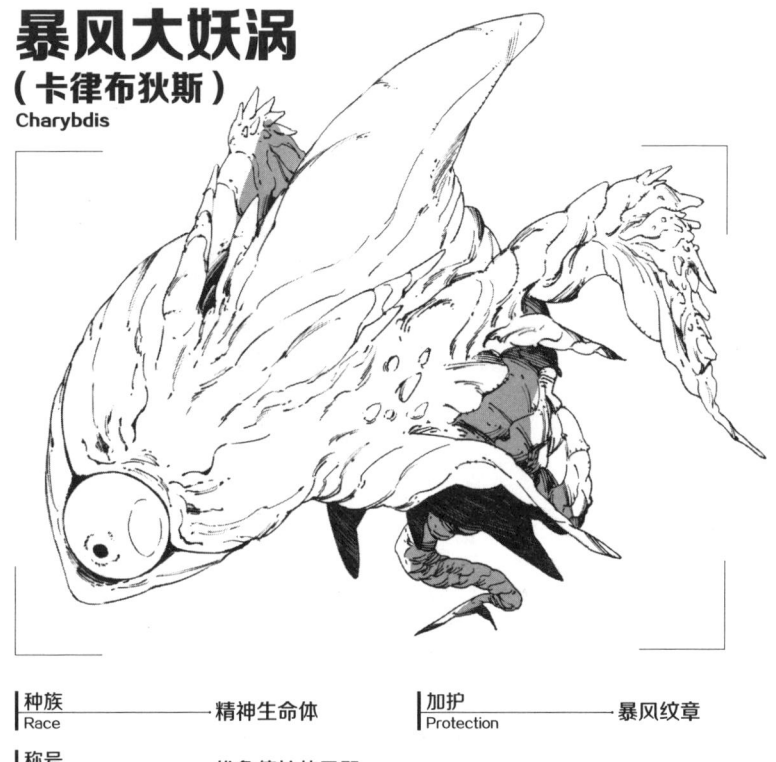

种族 Race	精神生命体	**加护** Protection	暴风纹章
称号 Title	维鲁德拉的子嗣		
魔法 Magic	无	**必杀技** Special	（Tempest Scale） 暴风乱鳞雨
高阶技能 Extra Skill	操纵重力　魔力感知　魔力妨害　超速再生		
耐性 Tolerance	痛觉无效　物理攻击耐性　麻痹耐性		

　　它是巨大的独眼之龙。由维鲁德拉的魔素汇聚而成，被当成维鲁德拉的子嗣。该魔物和利姆鲁一样被称为维鲁德拉的眷属。它遵从破坏的意识行动，没有坚定的自我。

现状

米莉姆·纳瓦
Milim Nava

种族 Race	龙魔人
加护 Protection	不详
称号 Title	破坏暴君 真魔王 最古老的魔王
魔法 Magic	不详
技能 Skill	不详
招数? Normal	拳打——连岩石也能击碎！ 脚踢——能让狂妄的家伙闭嘴。 米莉姆之眼——任何事都逃不过"龙眼"！ ※ 超高性能。兼具"鉴定解析""魔力测定"等其他能力。 米莉姆之耳——任何坏话都逃不过"龙耳"！
必杀技 Special	（Dragon·Burster） 龙星扩散爆……米莉姆学会控制力量之后降低威力、提高精度的攻击方式之一。还有威力更大的招式。
耐性 Tolerance	不详

最古老的魔王之一。在魔王之中也属于强者，拥有独一份的压倒性实力。

后记

后记

各位读者好久不见，我是伏濑。

首先要感谢你们捧起这本书，谢谢。

我记得我在第一本的后记中也说过这话，如果各位没有捧起这本书的话，一切都无从谈起，所以这话无论说多少次都没问题，是吧？

总之，《史莱姆》的第三本也终于发售了。

这也多亏了各位读者的支持。

真的非常感谢你们。今后也请多关照。

寒暄结束之后，我想稍微聊聊这一本的内容。由于多少有些剧透，所以我推荐读者看完正文之后再看后记。

特别是没看过网络版的读者！

*

我已经事先提醒过各位了，所以现在进入正题。

开门见山地说，这一本的主题是"魔王米莉姆"！

从封面到内容都是她。

总而言之，这一本的主要笔墨都在魔王米莉姆身上。

这个涉及一些其他方面的考虑。

我这个想法是源于责任编辑给我看的一张"略惹火的插图"。

原来如此,这个可以有!

因此,米莉姆"火辣可爱"的风格就定下来了。

网络版中我把她描绘成一个哥特萝莉,但她在实体书中的形象有很大的变化。关于这一点,我觉得读者一看到封面就会明白。

事实上,在我第一次看到画好的插图时,发生过以下对话。

"这插图还可以再暴露一点吧?"

"也对——我再和 Mitz Vah 商量一下。"

可是,完成的封面草图却不只暴露了"一点"。

"……我说,这个'胖次'都变成系带式的——这没关系吗?"

"没关系!"

责任编辑是个可靠的人,既然他说没问题,那我也不会有异议。

就这样,米莉姆的形象定下来了。

话说得虽然轻巧,但其实也发生了不少事。对其他魔王没有任何要求(特别是芙蕾),他们的形象轻轻松松就定下来了,但对米莉姆,我们真的花了很大的力气去讨论。

这一切都少不了我的责任编辑和 Mitz Vah 的热情。

这一切的原动力绝不是出于火辣,还请各位读者不要误会。

内容方面,各位只要看过就知道。

和封面及插图不同,内容非常严肃——唔,我也不大确定这算不算严肃……没有撩人的描绘。

各位是不是觉得很遗憾?我也有一点遗憾。

我在网络连载版的基础上加入了大量新内容(新内容有四分之三),最终完成了网络版中没有的新篇章——《魔王来袭篇》。

把第三章的内容分成两段,是我和责任编辑讨论后决定的。这

# 后记

基本是在我的坚持之下决定的。

因为我坚持要将网络版中的插曲展开来,深入描绘。我们经过多次讨论,最终决定把这一本的中心放在米莉姆身上,这算是我任性的结果。

这一本的内容从城镇建设到与矮人王国的交涉,还有其他国家的想法等,一口气增加了许多登场人物。

如果读者能理解并接受各登场人物的想法与行动,那这一本就算得上成功。

不过,为了方便没看过网络版的读者理解,也删除了某些魔人的戏份。我打算将这些角色放在下一本之后再登场,但这事还没定下来。

故事的主线和网络版一样,但我计划渐渐增加细节部分的变化!

我今后努力进行各种修改,让初次接触本书的读者和已经看过网络版的读者都能从中获得乐趣。

*

接下来,我有件事要告诉各位读者。

也许有人已经知道了,只要看过本书的腰封就知道,《史莱姆》将会推出漫画!

漫画将于明年春季,在讲谈社的月刊《少年天狼星》上开始连载。漫画由川上泰树老师负责。

川上老师画工很好,画风也很可爱,他笔下的利姆鲁等人和实体书中的插图有些不同。

我非常期待利姆鲁等人在小说之外的媒体中活跃,我都快等不

333

及了。

其实我已经看过构思草图了！

这是作者独享的福利。

也许有人会问为什么话题会转到这上面来？其实我也有这个疑问。

大概是因为凡事随缘吧，于是我想到什么就写什么了。

今后也许还有机会再聊，这次就先到这里吧。

那么，今后也请支持《史莱姆》。